Marquée

LA MAISON DE LA NUIT

Livre 1. *Marquée*

Livre 2. *Trahie*

Livre 3. *Choisie*

Livre 4. *Rebelle*

Livre 5. *Traquée*

Livre 6. *Tentée*

Livre 7. *Brûlée*

Livre 8. *Libérée*

Livre 9. *Destinée*

Livre 10. *Cachée*

Livre 11. *Révélée*

MARQUÉE

LA MAISON DE LA NUIT   LIVRE 1

P. C. CAST et KRISTIN CAST

Traduit de l'américain par Julie Lopez

POCKET JEUNESSE
PKJ·

Directeur de collection :
Xavier d'ALMEIDA

Titre original :
Marked – A House of Night Novel 1
Publié pour la première fois en 2007
par St. Martin's Press LLC, New York.

Contribution : Malina Stachurska

Loi n° 49 956 du 16 juillet 1949 sur les publications
destinées à la jeunesse : avril 2012.

Marked. Copyright © 2007 by P.C. Cast and Kristin Cast. All rights reserved.
Translation copyright © 2010, 2012 by éditions Pocket Jeunesse,
département d'Univers Poche.

ISBN : 978-2-266-21450-6

*À Meredith Bernstein, notre fabuleux agent,
qui a prononcé les trois mots magiques : école de vampires.
Du fond du cœur, merci !*

Extrait du poème adressé à Nyx,
la personnification grecque de la Nuit

« *Là se dresse également la sinistre maison de la Nuit ;*
D'effrayants nuages l'enveloppent dans l'obscurité.
Devant elle, Atlas se tient droit qui, sur sa tête
Et ses bras infatigables, soutient fermement le vaste ciel,
Où la Nuit et le Jour passent un seuil de bronze
Avant de se rapprocher et de se saluer. »

(Hésiode, *Théogonie*, v. 744-750)

CHAPITRE UN

Juste au moment où je me disais que ma journée n'aurait pas pu être pire, je vis un mort devant mon casier. Kayla, lancée dans l'un de ses interminables bavardages, que j'appelle kayblabla, ne le remarqua même pas. Du moins, au début. À vrai dire, quand j'y repense, je crois que personne à part moi ne le vit avant qu'il se mette à parler : une preuve supplémentaire de ma dramatique incapacité à me fondre dans la masse.

— Non mais, Zoey, je te jure que Heath ne s'est pas tant soûlé que ça, après le match ! Tu es trop dure avec lui.

— C'est ça, dis-je d'un air absent. Bien sûr.

Je fus encore secouée par une quinte de toux. Je me sentais malade comme un chien. Je devais avoir attrapé ce que M. Wise, mon prof de biologie cinglé – et c'est un euphémisme –, appelle le « virus de l'adolescence ».

Si je mourais, au moins je pourrais échapper au contrôle de géométrie, annoncé pour le lendemain. Il n'est pas interdit de rêver, non ?

— Ho, Zoey, je te parle ! Il n'a bu que quatre... bon, peut-être six bières, et disons trois petits verres de gin. Tout ça parce que tes imbéciles de parents t'avaient forcée à rentrer à la maison dès la fin du match.

Nous échangeâmes un regard entendu en repensant à la dernière injustice que m'avaient infligée ma mère et mon « beauf-père », le loser qu'elle avait épousé trois longues années plus tôt. Puis, après une pause d'une demi-seconde, Kay repartit de plus belle.

— C'était pour fêter l'événement. Quand même, on a battu l'équipe de football américain du lycée d'Union ! s'exclama-t-elle en me secouant par l'épaule et en rapprochant son visage du mien. Hé ho ! Ton copain...

— Mon ex-copain, rectifiai-je en m'efforçant de ne pas lui tousser à la figure.

— Arrête ! Heath est notre attaquant, je te rappelle ! Il était *obligé* de fêter ça ! Ça fait des millions d'années que le lycée de Broken Arrow n'a pas battu celui d'Union.

— Seize ans.

J'ai beau être nulle en maths, à côté de Kay, je passe pour un génie.

— Oui, oui. Ce qui compte, c'est qu'il était heureux. Tu devrais le lâcher un peu.

— Ce qui compte, c'est qu'il en est à sa cinquième cuite de la semaine ! Je suis désolée, mais je n'ai pas envie de sortir avec un mec qui voulait à la base devenir joueur de foot universitaire, et dont le principal but dans la vie, maintenant, est de descendre un pack de six sans vomir. Sans parler du fait que toute cette bière, ça va le faire grossir.

Une nouvelle quinte me fit taire. La tête me tournait ; j'inspirai à fond pour calmer cette satanée toux. Kay ne s'en aperçut même pas.

— Berk ! Heath, gros ? Je n'aimerais pas voir ça !

— Et, quand je l'embrasse, j'ai l'impression d'être avec un vieux poivrot.

Elle fit la grimace.

— Oui, enfin... il est quand même super sexy...

Je levai les yeux au ciel, sans tenter de dissimuler l'agacement que m'inspirait ce genre de remarque.

— Tu râles trop quand tu es malade ! En tout cas, tu ne peux pas imaginer l'air de chien battu qu'il avait hier quand tu l'as ignoré au déjeuner. Il ne pouvait même pas...

C'est alors que je le vis. Le type mort. Bon, je compris vite qu'il n'était pas réellement mort. Il était... non mort. Ou non humain. Enfin, peu importe ; les scientifiques emploient un terme, les gens normaux en préfèrent un autre, mais c'est du pareil au même. Bref, sa nature ne faisait aucun doute : il émanait de lui une puissance incroyable, maléfique. De plus, il aurait fallu être aveugle pour ne pas voir sa Marque, un croissant de lune bleu saphir sur son front, accompagné d'entrelacs tatoués qui encadraient ses yeux du même bleu. C'était un vampire. Encore plus effroyable, un Traqueur.

Et il se tenait devant mon casier !

— Zoey, tu ne m'écoutes pas ! me reprocha Kay.

Le vampire se mit alors à parler, et ses mots, dangereux et séduisants, comme du sang mêlé à du chocolat fondu, glissèrent jusqu'à moi :

— Zoey Montgomery ! La Nuit t'a choisie ; ta mort sera ta renaissance. La Nuit t'appelle ; prête l'oreille à sa douce voix. Ton destin t'attend à la Maison de la Nuit !

Puis il leva un long doigt blanc et le pointa sur moi.

Alors que mon front explosait de douleur, Kayla poussa un hurlement.

Lorsque les points lumineux disparurent enfin de mon champ de vision, je vis le visage blême de mon amie à quelques centimètres du mien.

Comme toujours, je dis la première stupidité qui me passait par la tête :

— Kay, tes yeux sortent de leurs orbites ; on dirait un poisson.

— Il t'a marquée. Oh, Zoey ! Tu as une Marque sur le front !

Elle pressa une main tremblante contre ses lèvres blanches pour réprimer un sanglot.

Je m'assis et toussai, puis je me frottai le front entre les deux sourcils. J'avais l'impression qu'une guêpe m'y avait piquée. La douleur irradiait dans tout mon visage, et je luttais contre l'envie de vomir.

— Zoey ! s'écria Kay, en larmes. Oh non ! Ce type était un Traqueur – un Traqueur de vampires !

— Kay, lui dis-je en clignant des yeux pour tenter de chasser la douleur. Arrête de pleurer, tu sais que je déteste ça.

Je voulus lui donner une tape rassurante sur l'épaule, mais elle recula d'un bond. Je n'arrivais pas à le croire : on aurait dit qu'elle avait peur de moi ! Elle dut s'apercevoir qu'elle m'avait blessée, car elle se lança aussitôt dans un kayblabla éperdu.

— Oh, Zoey ! Qu'est-ce que tu vas faire ? Tu ne peux pas partir là-bas, tu ne peux pas devenir l'une de ces... de ces horreurs. C'est impossible ! Avec qui j'irai voir les matchs de foot, maintenant ?

Pendant toute sa tirade, elle s'était tenue à distance.

Je réprimai une terrible envie de fondre en larmes à mon tour. J'étais vraiment douée pour cacher mes émotions. Il faut dire que j'avais eu trois ans d'entraînement.

— T'inquiète, je vais m'en sortir. C'est sans doute... sans doute une erreur, mentis-je.

Je ne parlais pas vraiment ; je laissais les mots s'échapper de ma bouche. Je me levai en grimaçant de douleur. Je ressentis une pointe de soulagement en m'apercevant que Kay et moi étions seules dans le couloir. Je faillis rire comme une hystérique. Si je n'avais pas flippé à cause de mon contrôle de géométrie, je ne serais pas retournée prendre le livre dans mon casier. Le Traqueur m'aurait alors trouvée devant le lycée au milieu des mille trois cents élèves, en train d'attendre ce que ce stupide clone de Barbie qui me sert de sœur appelle les « grandes limousines jaunes ». J'avais une voiture, mais on avait l'habitude de traîner avec les élèves moins chanceux, ceux qui devaient prendre le bus, d'autant plus que c'était un excellent moyen de savoir qui draguait qui.

Ah ! En fait il y avait un autre élève dans le couloir, un ringard grand et maigre aux dents pourries, sur lesquelles j'avais malheureusement une vue dégagée car il me dévisageait, bouche bée, comme si j'étais une extraterrestre.

J'eus une autre quinte de toux, cette fois grasse et répugnante. Le pauvre type poussa un gémissement aigu et partit en courant vers la salle de Mme Day, serrant un jeu d'échecs contre sa poitrine osseuse. J'en déduisis que le club se réunissait désormais le lundi après les cours.

Tout à coup, je me posai une tonne de questions. Les vampires jouent-ils aux échecs ? Existe-t-il des vampires ringards ? Des vampires pom-pom girls ? Des orchestres de vampires ? Et des vampires emo, ces mecs en jeans de fille avec d'horribles franges qui leur cachent la moitié du visage ? Ou bien ressemblent-ils à ces gothiques épouvantables qui n'aiment pas trop se laver ? Vais-je me transformer en gothique ? Ou, pire, en emo ? Je n'aimais pas particulièrement m'habiller en noir, du moins pas tout le temps, et je n'avais pas d'aversion pour l'eau et le savon, ni une envie irrépressible de changer de coupe de cheveux et de me barbouiller les yeux de crayon noir.

Alors que toutes ces pensées tourbillonnaient dans mon esprit, un autre éclat de rire hystérique tenta de se frayer un chemin dans ma gorge. Je fus presque soulagée qu'il se transforme en toux.

— Zoey ? Tu vas bien ? lança Kayla d'une voix aiguë, comme si quelqu'un l'avait pincée.

Elle avait encore reculé d'un pas.

Je soupirai et sentis la colère monter en moi. Je n'avais pas demandé à être marquée ! Kay était ma meilleure amie depuis le CE2, et voilà qu'elle me regardait comme si j'étais un monstre.

— Kayla, ce n'est que moi. La même personne qu'il y a une minute, une heure ou un jour ! Je n'ai pas changé malgré ça, m'écriai-je en désignant mon front.

Les yeux de Kay se remplirent de nouveau de larmes. Heureusement, la sonnerie de son portable – « Material Girl », de Madonna – retentit à ce moment-là. Elle regarda qui l'appelait. Je devinai à son expression de lapin pris dans les phares d'une voiture qu'il s'agissait de son petit ami, Jared.

— Vas-y, dis-je d'une voix lasse. Cours le rejoindre.

Son soulagement évident me fit l'effet d'une gifle.

— Tu m'appelles plus tard ? me lança-t-elle en se sauvant au pas de course.

Par la porte ouverte, je la vis foncer à toute vitesse à travers la pelouse vers le parking, le portable collé à l'oreille, sans cesser de parler avec animation. À coup sûr, elle lui racontait déjà que je m'étais transformée en monstre.

Si seulement... mais rien n'était encore joué. Or, me transformer en monstre était ce qui pouvait m'arriver de mieux. J'avais deux options. La première : devenir un vampire, c'est-à-dire une aberration de la nature aux yeux de la majorité des gens. La seconde : voir mon corps rejeter la Transformation, et mourir. Pour toujours.

La bonne nouvelle, c'était que j'allais échapper au contrôle de géométrie. La mauvaise : je serais obligée de m'installer à la Maison de la Nuit – un pensionnat privé situé dans le centre de Tulsa, que tous mes amis appelaient la Boîte de vampires –, où je passerais les quatre prochaines années à subir d'innombrables mutations physiques, ainsi qu'un chamboulement total et irréversible de ma vie. À condition bien sûr que le processus ne me tue pas.

Une perspective géniale, quoi ! Dire que je voulais juste essayer d'être normale, malgré mes parents réacs, mon nain de frère et ma grande sœur parfaite ! Je voulais réussir en géométrie, avoir de bonnes notes, entrer à l'école vétérinaire d'Oklahoma quand j'aurais enfin quitté Broken Arrow. Surtout, je voulais être un peu épanouie, du moins au lycée. À la maison, c'était mission impossible. Il ne me restait que mes amis et ma vie en dehors de chez moi.

Et voilà qu'on allait m'enlever ça aussi.

Je me frottai le front, puis m'arrangeai les cheveux de façon qu'ils tombent devant mes yeux et cachent ma Marque. La tête baissée, comme si j'étais soudain fascinée par le carrelage, je me précipitai vers la sortie.

Je m'arrêtai au dernier moment : j'avais vu Heath par la fenêtre. Des filles lui tournaient autour, minaudant et secouant leurs cheveux, tandis que des mecs faisaient rugir le moteur de leurs grosses voitures, croyant paraître cool. Comment avais-je pu un jour être attirée par ce cirque ? Bon, pour être honnête, je devais reconnaître que Heath avait été adorable autrefois, et cela lui arrivait encore aujourd'hui. Surtout lorsqu'il réussissait à rester sobre.

Un rire haut perché, insupportable, attira mon attention. Génial. Kathy Richter, la plus grosse traînée du lycée, faisait semblant de frapper Heath. De toute évidence, elle le draguait à mort. Comme toujours, Heath ne se rendait compte de rien et restait là à lui sourire comme un débile. Décidément, cette journée n'allait pas en s'arrangeant ! Pour couronner le tout, ma Coccinelle Volkswagen de 1966, le modèle bleu ciel, était garée en plein milieu de toute cette bande. Non. Je ne pouvais pas sortir. Je ne pouvais pas traverser leur petit groupe avec cette chose sur le front. Je ne faisais plus partie de leur monde. Je me souvenais de leur réaction, quand un élève du lycée avait été choisi par un Traqueur.

Ça s'était passé à la rentrée précédente. Le Traqueur était arrivé avant le début des cours et avait repéré un des garçons qui se rendaient en classe. Je ne l'avais pas vu ; en revanche, j'avais aperçu sa victime. Il avait laissé tomber ses livres et s'était enfui, livide, la Marque luisant sur son front pâle et les joues baignées de larmes.

Je n'oublierai jamais la façon dont les élèves s'étaient écartés de lui comme d'un pestiféré. Moi aussi, j'avais reculé et je l'avais dévisagé ; et pourtant j'étais vraiment désolée pour lui. Je ne voulais pas qu'on me colle l'étiquette de « la fille qui sympathise avec les monstres ». Ironique, quand on y pense, non ?

J'entrai donc dans les toilettes les plus proches, heureusement vides. Il y avait trois W.-C. et, oui, je regardai sous les portes pour vérifier qu'il n'y avait personne. Puis je me plantai devant le miroir, inspirai à fond et relevai la tête tout en repoussant mes cheveux en arrière.

J'eus l'impression de dévisager une inconnue à l'air vaguement familier. C'était comme apercevoir une personne que vous croyez connaître, alors qu'en fait vous ne l'avez jamais vue. Eh bien, cette personne, c'était moi.

Elle avait mes yeux, couleur noisette, mais plus grands et plus ronds ; mes cheveux longs, raides et presque aussi noirs que ceux de ma grand-mère ; mes pommettes hautes ; mon nez fin et ma bouche, un peu large. J'avais hérité ces traits de ma grand-mère et de ses ancêtres cherokees. Cependant mon visage n'avait jamais été aussi pâle : j'avais toujours eu le teint mat, beaucoup plus foncé que celui des autres membres de ma famille. Mais peut-être paraissait-il si blanc par contraste avec le croissant de lune bleu foncé gravé au milieu de mon front ? Ou peut-être était-ce dû à l'affreuse lumière des néons. Je priai pour que cela vienne de l'éclairage.

J'observai de plus près le tatouage. Combiné avec mes traits cherokees, il me donnait un air primitif... Comme si j'appartenais à une époque révolue où le monde était plus vaste, plus barbare...

À ce moment précis, je sus que désormais ma vie ne serait plus jamais comme avant. L'espace d'un instant – très bref –, j'oubliai mon terrible sentiment de solitude, et une vague de plaisir me submergea. Au plus profond de moi, le sang du peuple de ma grand-mère exultait.

CHAPITRE DEUX

Lorsque j'estimai que tout le monde avait dû quitter le lycée, je me recoiffai, sortis des toilettes et passai la tête par la porte donnant sur le parking. Je ne vis qu'un type vêtu d'un pantalon large et particulièrement laid, qui lui tombait sur les genoux. Occupé à l'en empêcher, il ne risquait pas de faire attention à moi. Un terrible mal de crâne me fit grimacer. Je sortis.

Dès que je mis le pied dehors, le soleil, qui était pourtant caché par de gros nuages, me blessa les yeux. Je mis les mains en visière pour les protéger ; du coup, je ne remarquai la camionnette que lorsqu'elle s'arrêta devant moi dans un crissement de pneus.

— Hé, Zo ! Tu n'as pas eu mon message ?

Oh, non, pitié ! C'était Heath, assis à l'arrière du pick-up de son ami Dustin. Dans la cabine, j'aperçus ce dernier et son frère Drew. Comme d'habitude, ils chahutaient, et, heureusement, ils m'ignorèrent. Je regardai Heath entre mes doigts et soupirai. Il avait une bière à la main et souriait d'un air niais. J'oubliai momentanément que je venais d'être marquée et que j'allais devenir une suceuse de sang. Je lui lançai un regard mauvais.

— Tu bois devant le lycée ? Tu es dingue ?

Son sourire de petit garçon s'élargit.

— Oui, je suis dingue, dingue de toi, bébé !

Je secouai la tête et lui tournai le dos. J'ouvris la portière grinçante de ma Coccinelle et jetai mes livres et mon sac à dos sur le siège du passager.

— Vous n'allez pas à l'entraînement de foot ? demandai-je à Heath sans me retourner.

— Tu n'es pas au courant ? On nous a donné la journée pour fêter la pâtée qu'on a mise à Union vendredi !

Dustin et Drew, qui, tout compte fait, devaient nous observer avec plus d'attention que je ne le pensais, se mirent à brailler. J'élevai la voix pour couvrir leurs « Wouhou ! » et leurs « Ouais ! » tonitruants.

— Oh. Euh, non... Je ne devais pas être là quand ça a été annoncé. J'avais plein de choses à faire aujourd'hui. J'ai un contrôle de géométrie super important, demain, dis-je d'une voix que j'espérais neutre et nonchalante. En plus, j'ai attrapé un rhume.

— Qu'est-ce qu'il y a, Zo, lança Heath. Tu m'en veux ou quoi ? Kayla t'a raconté des trucs sur la fête, hein ? Tu sais, je ne t'ai pas vraiment trompée.

Tiens... Kayla ne m'avait pas dit un mot à ce sujet. Comme une imbécile, j'oubliai la Marque, et pivotai vers lui.

— Qu'est-ce que tu as fait, Heath ?

— Moi ? Tu sais bien que je ne...

Mais son numéro d'innocent et ses excuses s'évanouirent quand il vit mon visage.

— Qu'est-ce..., commença-t-il, d'un air stupéfait.

— Chut ! le coupai-je en désignant Dustin et Drew, qui, maintenant, chantaient à tue-tête le dernier tube, accompagnant la radio.

Les yeux toujours écarquillés, Heath baissa la voix.

— C'est quoi, ce truc ? souffla-t-il. Ton maquillage pour le cours de théâtre ?

— Non.

— Mais... tu ne peux pas être marquée ! glapit-il. On sort ensemble !

— On ne sort pas ensemble !

Et ce fut la fin du répit que m'avaient accordé mes bronches. Je me pliai en deux, secouée par une violente toux grasse.

— Hé, Zo ! me cria Dustin. Faut que t'arrêtes la clope !

— Ouais, enchaîna Drew, on dirait que tu vas cracher tes poumons !

— Laissez-la tranquille, les mecs, intervint Heath. Vous savez bien qu'elle ne fume pas. C'est un vampire !

Super. Magnifique. Le pire, c'est que ce crétin pensait sincèrement me défendre en hurlant cette information à ses amis, qui passèrent aussitôt la tête par la fenêtre ouverte. Ils me dévisagèrent, bouche bée, comme si j'étais le cobaye d'une expérience scientifique douteuse.

— Merde alors ! Zoey est un putain de monstre ! s'écria Drew.

Son manque de tact fit remonter à la surface la colère que j'avais enfouie en moi lorsque Kayla m'avait repoussée. J'explosai. Ignorant le soleil qui me blessait, je foudroyai Drew du regard.

— Toi, tu vas la fermer ! J'ai déjà passé une sale journée, je n'ai pas besoin de me taper tes conneries en plus. Ni les tiennes, ajoutai-je en pointant Dustin du doigt.

Je me rendis alors compte d'une chose qui me surprit et, bizarrement, me fit plaisir : Dustin paraissait terrifié. Drew aussi. Il avait les yeux écarquillés et ne disait plus rien. Un picotement me parcourut tout le corps. Ma Marque se mit à me brûler.

Du pouvoir. C'était une sensation de pouvoir.

— Zo ? Qu'est-ce qui se passe ?

La voix de Heath détourna mon attention des deux frères.

— On se casse ! s'écria Dustin en appuyant soudain sur l'accélérateur.

Le pick-up fit une embardée, et Heath perdit l'équilibre. Il fit des moulinets des deux bras, renversa sa bière et tomba sur le bitume.

Je courus vers lui.

— Tu vas bien ? demandai-je en me penchant pour l'aider à se relever.

Je sentis alors une odeur incroyable : chaude, sucrée, délicieuse.

Était-ce une nouvelle eau de toilette ? Un de ces parfums aux phéromones, censés attirer les filles comme des mouches ? Je ne réalisai notre proximité physique que lorsqu'il se remit debout. Nos corps étaient collés l'un contre l'autre. Il me regarda, l'air interrogateur.

Je ne bougeai pas. J'aurais dû reculer. Autrefois, je l'aurais fait... mais pas aujourd'hui.

— Zo ? fit-il d'une voix rauque.

— Tu sens vraiment bon, lâchai-je.

Mon cœur battait si fort que je l'entendais résonner dans mes tempes endolories.

— Zoey, tu m'as beaucoup manqué, dit-il. On doit se remettre ensemble. Tu sais que je t'aime.

Il tendit la main pour me caresser la joue, et nous remarquâmes tous les deux le sang qui couvrait sa paume.

— Ah, mince. J'ai dû me..., commença-t-il.

Il se tut, pétrifié, en me fixant : mon teint pâle, ma Marque bleu saphir sur le front, mes yeux rivés sur sa main ensanglantée, tout cela devait être terrifiant. Quant à moi, je ne pouvais ni bouger, ni détourner le regard de sa blessure.

— Je veux, murmurai-je. Je veux…

Quoi donc ? Je n'arrivais pas à le formuler. Non, pour être exacte, je ne voulais pas exprimer à voix haute le désir brûlant et irrépressible qui était en train de me submerger, et qui ne devait rien à la proximité de Heath. Après tout, nous étions sortis ensemble pendant un an, nous avions l'habitude de nous toucher. Mais je n'avais jamais ressenti une chose pareille. Je me mordis la lèvre et gémis.

C'est alors que le pick-up s'arrêta juste à côté de nous. Drew ouvrit la portière, attrapa Heath par la taille et le tira sur le siège.

— Arrête ! Je parle à Zoey ! cria mon futur ex-petit copain.

Il essaya de repousser son ami, mais Drew n'occupait pas le poste de défenseur de l'équipe de foot pour rien : c'était une armoire à glace. Dustin claqua la portière.

— Laisse-le tranquille, espèce de monstre ! me hurla Drew tandis que son frère démarrait en trombe.

Je montai dans ma voiture. Je dus m'y prendre à trois fois pour mettre le moteur en marche, tant mes mains tremblaient.

— Rentrer à la maison. Rentrer à la maison, répétais-je en conduisant, secouée par de violentes quintes de toux.

Je ne voulais pas penser à ce qui venait de se passer. J'en étais incapable.

Il fallait quinze minutes pour rentrer chez moi, mais le trajet passa en un clin d'œil. J'essayai de me préparer à la scène qui n'allait pas manquer de se produire, aussi sûrement que le tonnerre suit l'éclair.

Pourquoi les garçons m'avaient-ils fuie ? En fait, ce n'était pas la bonne question. Plutôt, pourquoi avais-je voulu m'éloigner coûte que coûte ? Non ! Ce n'était pas le moment de se le demander.

De toute façon, il y avait probablement une explication simple et rationnelle à leur comportement. Pas besoin de posséder un pouvoir aussi nouveau que terrifiant pour intimider Dustin et Drew. C'était des attardés, des cerveaux immatures nourris à la bière. Ils avaient juste flippé parce que j'avais été marquée. Point barre. Ils n'étaient pas les seuls à avoir peur des vampires.

— Mais je ne suis pas un vampire ! m'écriai-je.

Cependant je me rappelai le sang magnifique, affolant de Heath, et le désir soudain qu'il avait éveillé en moi.

Non ! Non et non ! Le sang n'était ni magnifique ni affolant. J'étais juste en état de choc. Je n'avais plus les idées claires. Du calme... Du calme... Je me touchai machinalement le front. Il ne me brûlait plus, mais la sensation était quand même étrange. Je toussai pour la énième fois. Bien. J'avais beau chasser Heath de mes pensées, je me sentais différente. Ma peau était ultrasensible. J'avais mal à la poitrine et, malgré mes lunettes de soleil, mes yeux ne cessaient de pleurer.

— Je suis en train de mourir, marmonnai-je.

Je serrai les lèvres. C'était peut-être vrai. Je regardai la grande maison en brique où, au bout de tant d'années, je ne me sentais toujours pas chez moi. « Finissons-en », pensai-je. Ma sœur n'était pas rentrée de son entraînement de pom-pom girl. Avec un peu de chance, le nain serait donc captivé par son nouveau jeu vidéo. J'aurais maman rien que pour moi. Peut-être qu'elle comprendrait... Peut-être qu'elle saurait quoi faire...

Eh oui ! J'avais seize ans, et ce que je désirais le plus au monde, c'était de parler à ma maman.

— S'il vous plaît, faites qu'elle comprenne ! murmurai-je à l'intention de toute divinité disposée à m'entendre.

Comme toujours, je laissai ma voiture dehors et j'entrai par le garage. Je passai dans ma chambre, où je déposai mes affaires. Puis j'inspirai profondément et, d'un pas mal assuré, partis à la recherche de ma mère.

Je la trouvai dans le salon, recroquevillée sur le canapé. Elle buvait un café en feuilletant *Des soupes qui font du bien à l'âme*. Elle me parut normale, comme autrefois. Sauf qu'autrefois elle lisait des romans d'amour et se maquillait. Deux choses que son abruti de mari lui interdisait.

— Maman ?
— Humm ? fit-elle sans me regarder.
— Mamoune.

C'était comme ça que je l'appelais avant qu'elle épouse John.

— J'ai besoin de ton aide, ajoutai-je.

J'ignore si ce fut l'emploi inattendu de ce petit nom affectueux ou le ton de ma voix qui réveilla la fibre maternelle enfouie en elle, en tout cas elle releva immédiatement les yeux. Son regard était doux et plein de sollicitude.

— Qu'est-ce qu'il y a, ma chérie ?

Elle se tut, l'air effrayé, en avisant la Marque sur mon front.

— Oh, mon Dieu ! Qu'est-ce que tu as encore fait ?

— Rien, je te jure, m'écriai-je, le cœur serré. Ça m'est tombé dessus, je ne l'ai pas provoqué ! Ce n'est pas ma faute.

— Oh non ! gémit-elle comme si elle ne m'avait pas entendue. Que va dire ton père ?

J'avais envie de crier : « On s'en fiche, ça fait quatorze ans qu'il n'a pas donné signe de vie ! » Mais je savais que cela n'arrangerait pas les choses. Elle avait horreur que je lui rappelle que John n'était pas mon vrai père. Je tentai donc une autre tactique, que j'avais mise au point trois ans plus tôt.

— Mamoune, s'il te plaît. On n'est pas obligées de le mettre au courant. Du moins pas tout de suite. On pourrait garder ça pour nous, le temps de... je ne sais pas... de nous habituer.

Je retins mon souffle.

— Il va s'en apercevoir ! Impossible de couvrir ce truc avec du maquillage ! s'exclama-t-elle d'un air dégoûté.

— Maman, je ne compte pas rester ici. Je dois partir, tu le sais bien.

Une violente quinte de toux me secoua les épaules.

— Maintenant que le Traqueur m'a marquée, je dois m'installer à la Maison de la Nuit, sinon je vais devenir de plus en plus malade.

« Et ensuite, je mourrai », tentai-je de lui faire comprendre par un regard appuyé, ne pouvant me résoudre à le dire à voix haute.

— J'ai juste besoin de quelques jours avant d'affronter...

Je me forçai à tousser pour ne pas avoir à prononcer son nom, ce qui ne fut pas difficile.

— Qu'est-ce que je dirai à ton père ? se lamenta-t-elle.

Je décelai une note de panique dans sa voix, et cela me terrifia. C'était elle la mère ! Elle était censée fournir des réponses, pas poser des questions !

— Tu n'as qu'à lui dire que je vais rester quelques jours chez Kayla pour préparer une interro de biologie.

Soudain, son regard se transforma : l'inquiétude céda la place à une dureté que je ne connaissais que trop bien.

— En gros, tu me demandes de lui mentir ?

— Non, maman. Ce que je te demande, c'est, pour une fois, de faire passer mes intérêts avant les siens. Je veux que tu redeviennes ma mamoune. Que tu m'aides à faire mes bagages et que tu me conduises dans cette nouvelle école parce que j'ai peur, que je suis malade et que je ne sais pas si je pourrai y arriver toute seule !

— J'ignorais que j'avais cessé d'être ta maman, répondit-elle froidement.

Elle me fatiguait encore plus que Kayla. Je soupirai.

— Je crois que c'est justement là le problème, maman. Tu ne t'intéresses pas assez à moi pour en avoir conscience. Depuis que tu as épousé John, tu ne te soucies que de lui.

Elle plissa les yeux d'un air mauvais.

— Comment peux-tu être aussi égoïste ? Tu ne vois pas tout ce qu'il a fait pour nous ? Grâce à lui, j'ai pu quitter le travail que je détestais. Grâce à lui, nous n'avons plus de problèmes d'argent, et nous vivons dans cette magnifique maison. Il nous a apporté la sécurité et assuré un bel avenir.

J'avais si souvent entendu cette tirade que je la connaissais par cœur. En général, c'était à ce moment de la conversation que je m'excusais et retournais dans ma chambre. Mais pas aujourd'hui. J'avais changé. Tout avait changé.

— Non, maman. La vérité, c'est qu'à cause de lui tu n'as pas prêté la moindre attention à tes enfants depuis trois ans. Es-tu au courant que ta fille aînée fait n'importe quoi ? Qu'elle est sortie avec la moitié de l'équipe de foot ? Que ton fils joue en secret à des jeux vidéo immondes ? Non, bien sûr que non ! Ils font tous les deux semblant d'être heureux, et d'aimer John et cette famille pourrie. Comme ça, ils peuvent faire ce qu'ils veulent, avec ta bénédiction. Et moi ? Tu penses que je suis la mauvaise graine parce que je refuse de jouer la comédie et que je suis honnête. Tu sais quoi ? J'en ai assez de cette vie, et je suis contente que le Traqueur m'ait choisie ! Cette école de vampires s'appelle peut-être la Maison de la Nuit, mais elle ne peut pas être plus sombre que celle-ci, qui est parfaite à tes yeux !

Et, avant de fondre en larmes ou de me mettre à hurler, je fis volte-face et courus me réfugier dans ma chambre. Je claquai la porte.

« Qu'ils meurent tous ! »

À travers les murs trop minces, je l'entendis passer un coup de fil à John. Elle était hystérique. Il n'allait pas tarder à débouler pour s'occuper de moi, le Big Problème. Au lieu de me laisser aller au désespoir, je vidai mon sac à dos. Je n'aurais pas besoin de mes affaires de classe là où j'allais. On n'y étudiait sûrement pas la géométrie ni la littérature ! Ce serait plutôt des cours du genre « Comment bien trancher les gorges », ou « Comment voir dans le noir »…

Quoi que fasse ma mère, je ne pouvais pas rester ici plus longtemps. Il fallait que je parte. Et vite !

Je fourrai dans le sac mes deux jeans préférés et quelques tee-shirts noirs. C'était bien ce que portaient les vampires, non ? Et puis le noir, ça amincit. J'ajoutai ma robe vert d'eau, de peur que tout ce noir ne me déprime, ainsi que des tonnes de chaussettes, de culottes, du maquillage et des accessoires pour les cheveux. Je tentai d'ignorer ma peluche Léon le Poichon (je ne savais pas dire « poisson », à deux ans), en vain : vampire ou non, je savais que je ne pourrais pas dormir sans elle.

On frappa à ma porte, et j'entendis *sa* voix.

— Quoi ?

— Zoey, ta mère et moi voulons te parler.

Génial.

— Léon, je suis mal barrée, murmurai-je à ma peluche.

Je redressai les épaules, toussai et partis affronter l'ennemi.

CHAPITRE TROIS

Au premier regard, John Genniss, mon « beauf-père », pouvait passer pour un type normal. (Oui, c'est vraiment son nom, ce qui signifie, malheureusement, que ma mère s'appelle Mme Genniss...) Quand tous deux avaient commencé à se voir, j'avais même entendu des amies de ma mère le qualifier de « beau » et de « charmant ». Ça ne dura pas. Maman avait désormais un nouveau groupe d'amis, plus appropriés aux yeux de M. Beau-et-Charmant que les célibataires marrantes qu'elle fréquentait auparavant.

Moi, je ne l'avais jamais aimé. Dès le premier jour, je n'avais vu en lui qu'un imposteur, un type qui faisait semblant d'être sympa, d'être un bon mari et un bon père.

Il ressemblait à n'importe quel autre homme de son âge : cheveux bruns, petites jambes de poulet et un début de brioche. Ses yeux étaient le reflet de son âme : brunâtres, délavés, froids.

En entrant dans le salon, je les trouvai assis sur le canapé. Ma mère, le dos voûté, lui tenait la main, les yeux rouges et humides. Génial. Elle allait nous jouer son numéro de la mère hystérique blessée, qu'elle maîtrisait à la perfection.

John, qui avait sans doute prévu de me jeter un regard foudroyant, fut distrait par ma Marque. Son visage se tordit de dégoût.

— Recule, Satan ! s'écria-t-il d'une voix vibrante.

— Ce n'est pas Satan, soupirai-je. Ce n'est que moi.

— L'heure n'est pas aux sarcasmes, Zoey, intervint maman.

— Laisse-moi gérer ça, chérie, fit le beauf en lui tapotant distraitement l'épaule. Zoey, je t'avais prévenue que tu devrais payer un jour pour ta mauvaise conduite et ton insolence. Ça ne m'étonne pas que ce soit arrivé si vite !

Je secouai la tête. J'avais beau m'y attendre, c'était quand même dur à avaler. Le monde entier savait qu'on ne pouvait pas provoquer la Transformation et que les balivernes du genre « Si tu te fais mordre par un vampire, tu mourras et tu deviendras vampire à ton tour » n'étaient que pure fiction. Les scientifiques cherchaient depuis des années à percer le mystère des transformations physiques menant au vampirisme. Ils espéraient pouvoir enrayer le phénomène, ou du moins concevoir un vaccin. Pour l'instant, ils n'y étaient pas arrivés. Mais pour mon beau-père, les choses étaient simples et limpides : cette réaction physique était la conséquence des frasques des adolescents (alors que les miennes se limitaient à un mensonge de temps en temps, à des commentaires acides concernant ma mère et John Genniss et à une légère fixation sur Ashton Kutcher – dommage qu'il préfère les femmes plus âgées). Eh bien ! Quel scoop !

— Je n'y suis pour rien, parvins-je finalement à articuler. Ce n'est pas quelque chose que *j'ai fait*. C'est quelque chose que *l'on m'a fait*. Tous les spécialistes de la planète s'accordent sur ce point.

— Ces gens-là ne sont pas omniscients. Ils ne sont pas Dieu !

Que répondre à ça ? Il était membre du conseil d'une communauté religieuse, le Peuple de la Foi, position dont il était très fier et qui avait en partie attiré ma mère. D'un point de vue logique, je la comprenais. Membre du conseil rimait avec réussite. Cet homme avait un bon boulot, une belle maison ; il était censé faire ce qu'il fallait, penser comme il fallait. En théorie, il représentait l'époux et le père de famille idéal. En théorie. Et voilà qu'il me sortait l'argument prévisible du religieux et me lançait Dieu en pleine figure !

Je fis une nouvelle tentative.

— On a étudié ce phénomène en cours de biologie. Il s'agit d'une réaction physiologique qui se produit dans le corps de certains adolescents lorsque leur taux d'hormones s'élève.

Je réfléchis un instant, très contente de me souvenir de ce que j'avais appris le semestre dernier, avant d'ajouter :

— Chez certaines personnes, les hormones déclenchent une réaction dans un… un… un brin d'ADN, ce qui met en route la Transformation.

Je souris, fière de moi. Je sus que c'était une erreur lorsque je vis les mâchoires de John se crisper.

— La connaissance de Dieu surpasse la science, et c'est un blasphème d'affirmer le contraire, jeune fille.

— Je n'ai jamais dit que les scientifiques étaient plus

intelligents que Dieu ! J'essaie seulement de t'expliquer ce qui se passe.

— Je n'ai pas besoin qu'une gamine de seize ans m'explique quoi que ce soit !

Faux ! Vu la chemise et le pantalon hideux qu'il portait, il aurait bien eu besoin qu'une adolescente lui apprenne le b-a-ba de la mode. Cependant le moment était mal choisi pour lui faire remarquer son manque total de goût...

— John chéri, qu'allons-nous faire d'elle ? gémit ma mère, toute pâle. Que vont dire les voisins ? Que vont dire les gens de notre Église ?

Je voulus répondre, mais John me devança, le regard mauvais.

— Nous allons faire ce que ferait n'importe quelle bonne famille. Nous allons remettre ça entre les mains de Dieu.

Je sursautai : ils allaient m'envoyer au couvent ou quoi ? Une nouvelle quinte de toux m'empêcha de riposter.

— Nous allons également appeler le Dr Asher. Il saura calmer les choses.

Merveilleux. Fabuleux. Il allait appeler notre psy attitré, l'Homme Absolument Impossible. Parfait.

— Linda, compose le numéro d'urgence du docteur. Ensuite, il faudra activer la chaîne de prières et prévenir les membres du conseil. On se réunira ici.

Ma mère hocha la tête et se leva, mais les mots qui m'échappèrent la forcèrent à se rasseoir.

— Quoi ? Votre solution, c'est d'appeler un psy qui ne connaît rien aux ados et de rameuter cette bande de ringards ? Comme s'ils avaient la moindre chance de comprendre ce qui se passe. Non ! Vous n'avez pas saisi, là : je dois partir. Ce soir.

Une toux abominable me brûla la poitrine.

— Vous voyez ! Ça va encore empirer si je ne vais pas chez les...

Pourquoi était-ce si difficile de prononcer le mot « vampires » ? Sans doute parce que cela semblait à la fois étrange et — je suis obligée de le reconnaître — fantastique.

— Il faut que j'aille à la Maison de la Nuit ! m'exclamai-je.

Maman sauta sur ses pieds, et je crus un instant qu'elle allait m'aider. Mais John passa un bras autoritaire autour de ses épaules. Elle leva les yeux vers lui et, lorsqu'elle les reposa sur moi, on aurait dit qu'elle me demandait pardon. Pourtant, comme d'habitude, ses paroles ne reflétèrent que ce que John voulait entendre :

— Zoey, ça ne changerait rien si tu restais ici pour la nuit, non ?

— Ta mère a raison, affirma John. Je suis sûr que le Dr Asher acceptera de passer. Avec lui ici, tu ne risques rien.

Il tapota l'épaule de maman avec une sollicitude feinte. Qu'il était mielleux et faux cul ! Il me donnait envie de vomir.

Ils n'allaient pas me laisser partir. Pas ce soir, et peut-être jamais, en tout cas pas avant que je sois mourante et que les ambulanciers viennent me chercher. Je compris soudain qu'il ne s'agissait pas seulement de ma Marque et du nouveau tour que prenait ma vie. C'était une question de pouvoir. D'une certaine manière, s'ils cédaient, ils auraient perdu. Dans le cas de maman, je préférais penser qu'elle avait peur de me perdre, moi.

John, en revanche, craignait seulement que sa précieuse autorité et l'illusion de notre parfaite petite famille ne disparaissent. Pour reprendre les mots de maman, qu'allaient penser les voisins ? Et les gens de son Église ? Il était prêt à tout sacrifier pour préserver sa réputation – même ma santé.

Pas moi !

Il était temps de prendre les choses en main.

— D'accord, lançai-je. Appelez le Dr Asher. Prévenez les membres du conseil, déclenchez les prières. Mais, si ça ne vous dérange pas, je vais aller m'allonger en attendant que tout le monde arrive.

Je toussai encore pour être plus convaincante.

— Bien sûr, ma chérie, dit maman, l'air soulagé. Tu te sentiras sûrement mieux après une petite sieste.

Elle se dégagea des bras de John et me serra contre elle en souriant.

— Tu veux que j'aille te chercher du sirop pour la toux ? demanda-t-elle.

— Non, ça va aller.

Je m'accrochai à elle quelques secondes. J'aurais tant aimé revenir trois ans en arrière, quand elle était encore à moi, quand elle était encore de mon côté ! J'inspirai à fond et reculai.

— Ça va aller, répétai-je.

Elle hocha la tête et me regarda avec tendresse. J'eus de nouveau l'impression qu'elle me demandait pardon.

— Fais-nous une faveur, lâcha le beauf alors que je m'éloignais. Essaie de recouvrir cette... cette chose avec du fond de teint, d'accord ?

Je ne m'arrêtai même pas. Je serrai les poings : non, je ne pleurerais pas !

« Je m'en souviendrai, pensai-je. Je me rappellerai

toujours ce qu'ils m'ont infligé aujourd'hui. Quand j'aurai peur et que je me sentirai seule, quand la Transformation aura vraiment commencé, je me souviendrai qu'il ne peut rien y avoir de pire qu'être coincée ici. Rien. »

CHAPITRE QUATRE

Je m'assis sur mon lit et écoutai ma mère passer un coup de fil paniqué au psy, puis un second, tout aussi hystérique, pour activer la redoutable chaîne d'appels à leurs « amis ». Dans trente minutes, notre maison serait envahie par des femmes obèses et par leurs maris à l'air malsain et aux yeux de fouine. Ils me convoqueraient dans le salon et qualifieraient ma Marque de « problème très grave et très embarrassant ». Ils m'enduiraient sûrement le visage d'une huile dégoûtante qui me boucherait les pores et me filerait des boutons de la taille d'un œil de cyclope, avant de poser leurs mains sur moi et de prier. Ils demanderaient à Dieu de m'aider à me comporter en bonne adolescente qui ne cause pas de soucis à ses parents. Oh ! et aussi de régler le petit détail de la Marque.

Si seulement c'était aussi simple ! J'aurais été ravie de conclure un pacte : je serais exemplaire et, en échange, je n'aurais à changer ni d'école ni d'espèce. Je passerais même mon contrôle de géométrie. Quoique... N'exagérons rien ! Mais je n'avais jamais demandé à être transformée en monstre ! Et pourtant j'étais censée tout abandonner et entamer une nouvelle vie dans un endroit effrayant où je ne connaissais personne. Je clignai des yeux et serrai les mâchoires pour ne pas pleurer. Mon lycée était le seul lieu où je me sentais chez moi ; mes amis étaient ma seule famille. Stop ! Une chose à la fois ; je devais régler les problèmes les uns après les autres.

Pour commencer, pas question de me coltiner les clones de mon beauf-père. Sans compter que l'insupportable séance de prières serait suivie d'un entretien d'une heure avec l'exaspérant Dr Asher, qui me poserait des tas de questions sur ce que je ressentais. Il me ferait son petit laïus sur la colère et l'angoisse existentielle des adolescents, parfaitement normales et... bla bla bla... Ensuite, vu qu'il s'agissait d'une « urgence », il me demanderait sans doute de lui dessiner l'enfant qui est en moi, un arbre ou je ne sais quoi encore.

Il fallait donc que je fiche le camp.

L'intérêt d'être la « mauvaise » fille, c'est qu'on est préparée à ce genre de situation. Bon, je n'avais jamais imaginé que je devrais un jour m'enfuir pour rejoindre les vampires. Quand j'avais caché un double de mes clés de voiture dehors, sous le pot de lavande que Grand-mère m'avait offert, c'était pour pouvoir filer chez Kayla en douce ou, au pire, pour aller flirter avec Heath dans le parc. Aujourd'hui, Heath buvait, et moi, j'allais me transformer en vampire. Parfois, la vie est absurde.

J'attrapai mon sac à dos et, avec une facilité qui en disait plus sur ma nature de pécheresse que tous les sermons du beauf, je grimpai sur le rebord de ma fenêtre. Je mis mes lunettes de soleil et jetai un coup d'œil sur ma montre : il n'était que quatre heures et demie de l'après-midi. Heureusement, la haie me cachait à la vue de nos voisins, d'une curiosité maladive. Une seule autre fenêtre donnait de ce côté de la maison, celle de ma sœur, qui ne devait pas avoir terminé son entraînement.

Je laissai glisser mon sac à terre, puis sautai aussi discrètement que possible. Je fis une longue pause, le visage entre les bras, pour étouffer une horrible quinte de toux. Puis je pris la clé sous le pot de lavande.

Le portail ne grinça même pas quand je l'entrebâillai. Ma fidèle Coccinelle m'attendait à sa place habituelle, juste devant la troisième porte de notre immense garage. Mon beauf-père ne voulait pas que je la gare à l'intérieur, réservé à sa tondeuse. Je regardai à droite et à gauche : personne. Je me ruai vers mon petit bijou, sautai à l'intérieur, ôtai le frein à main... Je bénis notre allée en pente lorsque ma voiture se mit à rouler sans un bruit vers la rue. Là, je démarrai le moteur et quittai à toute vitesse le quartier des Grosses Maisons Hors de Prix, sans jeter un seul coup d'œil dans le rétroviseur.

J'éteignis mon téléphone portable : je ne voulais parler à personne.

Ou presque. Il y avait bien quelqu'un à qui je tenais à me confier. Le seul être au monde, j'en étais sûre, qui ne me considérerait pas comme une erreur de la nature ou une sale gamine.

La Coccinelle, comme si elle lisait dans mes pensées, se dirigea vers la route qui menait à l'endroit le plus merveilleux de l'univers : la plantation de lavande de ma grand-mère Redbird.

Contrairement au trajet du lycée à la maison, celui-ci me parut durer une éternité. Et lorsque, au bout d'une heure et demie, je pris le chemin de terre battue qui conduisait à la ferme, j'étais encore plus courbaturée qu'après les cours de gym d'une prof complètement cinglée qu'on avait eue l'année précédente et qui nous prenait pour des forçats. Les muscles me faisaient un mal de chien. Il était six heures ; le soleil commençait enfin à se coucher, mais mes yeux me piquaient toujours. En fait, même la lumière déclinante me donnait des fourmis dans les bras. Heureusement, c'était la fin du mois d'octobre, et la température avait suffisamment baissé pour que je puisse porter mon super pull à capuche *Star Trek* qui couvrait la plus grande partie de mon corps. Avant de descendre, je m'enfonçai une vieille casquette sur le crâne.

La maison de ma grand-mère s'élevait au milieu des champs de lavande, à l'ombre d'immenses chênes. Construite en 1942 en pierre d'Oklahoma, elle était dotée d'une véranda confortable et de très grandes fenêtres. Je l'adorais. Le simple fait d'en gravir les marches me procura une sensation de bien-être et de sécurité. Je repérai un petit mot scotché sur la porte et reconnus l'écriture élégante de Grand-mère : *Je cueille des fleurs sauvages sur la colline.*

Je touchai le doux papier parfumé à la lavande. Elle devinait toujours quand j'allais venir. Enfant, je trouvais ça flippant, mais, au fil du temps, j'en étais venue à apprécier son sixième sens. Je savais que, quoi qu'il arrive, je pourrais compter sur elle. Après le mariage de ma mère et de John, je n'aurais pas survécu si je n'avais pu me réfugier chez elle tous les week-ends.

L'espace d'un instant, j'envisageai d'entrer dans la maison – elle ne fermait jamais sa porte à clé – et de l'attendre. Mais j'avais trop besoin qu'elle me serre dans ses bras et me dise les mots que j'aurais voulu entendre de ma mère. « N'aie pas peur… Tout ira bien… On va régler ça. » J'empruntai donc le petit sentier qui grimpait sur la colline, laissant mes doigts frôler les fleurs, dont le parfum embaumait l'air du soir, comme pour me souhaiter la bienvenue.

J'eus l'impression que des années s'étaient écoulées depuis ma dernière visite, alors que cela faisait seulement quatre semaines. John n'aimait pas Grand-mère. Il la trouvait bizarre. J'avais même surpris une conversation entre lui et maman où il la traitait de « sorcière qui irait droit en enfer ». Quel abruti !

Soudain, je m'arrêtai, frappée par une pensée incroyable : mon beauf-père et ma mère n'exerçaient plus aucune autorité sur moi. Je ne vivrais plus jamais avec eux. John ne me donnerait plus jamais d'ordres.

Waouh ! Génial !

Tellement génial qu'une quinte de toux me déchira la poitrine et me plia en deux. Il fallait que je trouve ma grand-mère, et vite.

CHAPITRE CINQ

Le sentier, que j'avais emprunté des milliards de fois, seule ou avec Grand-mère, avait toujours été raide, mais je n'avais jamais eu autant de mal à le gravir que ce jour-là. En plus de ma toux et de mes muscles douloureux, j'avais des vertiges et mon ventre gargouillait comme celui de Meg Ryan dans le film *French Kiss,* lorsqu'elle fait une crise d'intolérance au lactose après avoir mangé du fromage. (Kevin Kline est super mignon dans ce film ; enfin, pour un vieux.)

Mon nez s'était transformé en fontaine. J'en étais réduite à l'essuyer avec la manche de mon pull. Je ne pouvais respirer que la bouche ouverte, ce qui m'irritait encore plus la gorge, et j'avais terriblement mal à la poitrine. J'essayai de me rappeler ce qui, selon la version officielle, tuait les jeunes qui ne menaient pas la Transformation à bien. Succombaient-ils à une crise cardiaque, ou bien à une quinte de toux ?

« Arrête de penser à ça ! »

Il fallait que je trouve ma grand-mère. Elle saurait répondre à mes questions. Elle comprenait les gens. D'après elle, cela venait de son héritage cherokee et du savoir des Femmes Sages qu'elle devait à ses origines. Même maintenant, je ne pouvais pas m'empêcher de sourire en pensant à la grimace qui apparaissait sur son visage chaque fois qu'on parlait de mon beauf-père. (C'était la seule adulte à savoir que je l'appelais comme ça.) Selon elle, si le sang des Sages Redbird avait de toute évidence zappé sa fille, c'était pour me réserver une dose supplémentaire de magie.

Grand-mère et moi avions l'habitude de pique-niquer en haut de la colline. On étalait une couverture au milieu des herbes hautes et des fleurs sauvages et, tandis qu'on mangeait, elle me parlait du peuple cherokee, m'apprenait sa langue aux consonances mystérieuses. À présent, ces récits tourbillonnaient dans mon esprit comme de la fumée lors d'un feu rituel. Parmi eux, il y avait la triste histoire du chien, qui, surpris à voler un sac de farine de maïs, s'était fait fouetter par la tribu. Alors qu'il s'enfuyait en hurlant, son repas s'était répandu dans le ciel et avait formé la Voie lactée. Ou encore celle du Grand Vautour, qui avait créé les montagnes et les vallées en battant de ses ailes. Et ma préférée, celle du jeune Soleil qui vivait à l'est, de sa sœur, Lune, qui vivait à l'ouest, et de Redbird, la fille de Soleil.

— N'est-ce pas étrange ? dis-je à voix haute. Je suis une Redbird, une fille de Soleil, et je me transforme en monstre de la nuit.

Malgré la faiblesse de ma voix, mes paroles résonnaient autour de moi comme dans un tambour.

Un tambour...

Ce mot me rappela les assemblées auxquelles Grand-mère m'avait emmenée quand j'étais petite. Soudain, j'entendis le bruit des tambours de cérémonie. Je regardai autour de moi en plissant les yeux. Ils me piquaient, et ma vision était altérée. Il n'y avait pas de vent, et pourtant les ombres des arbres semblaient remuer... s'étirer... se pencher vers moi.

— Grand-mère, j'ai peur..., gémis-je.

Il ne faut pas craindre les esprits de la terre, Zoey, mon petit oiseau.

— Grand-mère ?

M'avait-elle vraiment parlé, ou n'était-ce encore qu'un écho lointain de mes souvenirs ?

— Grand-mère ! appelai-je de nouveau.

Rien. Rien que le vent.

U-no-le... Le mot « vent » en cherokee me traversa l'esprit comme un rêve à moitié oublié.

Qu'est-ce qui se passait ? Alors que, une seconde auparavant, il n'y avait pas la moindre brise, à présent je devais retenir ma casquette d'une main et repousser de l'autre les cheveux qui me fouettaient le visage. Puis je les entendis : les voix de plusieurs Indiens chantant au rythme des percussions. Je vis aussi de la fumée. L'odeur sucrée des pins parasols emplit ma bouche, et je humai les feux de camp de mes ancêtres. Je haletais, à bout de souffle.

C'est alors que je les aperçus. Des silhouettes ondoyaient dans le pré à la manière de la brume de chaleur qui monte de la chaussée surchauffée en été. Elles se pressaient contre moi, tourbillonnaient, effectuant des pas délicats et complexes autour d'un feu de camp aux contours indistincts.

Rejoins-nous, U-we-tsi a-ge-hu-tsa... Rejoins-nous, fille...

Des fantômes de Cherokees... Mes poumons en folie... La dispute avec mes parents... La fin de mon ancienne vie...

C'en était trop. Il fallait fuir ! Je partis en courant.

Je compris que ce qu'on apprend en biologie sur le

pouvoir de l'adrénaline lorsqu'on doit sauver sa peau était vrai. Alors même que ma poitrine menaçait d'exploser et que j'avais l'impression de respirer sous l'eau, je parcourus les derniers mètres du sentier escarpé à la vitesse de l'éclair.

Je voulais échapper coûte que coûte aux esprits terrifiants qui flottaient autour de moi comme du brouillard, mais je m'enfonçais toujours plus dans leur monde d'ombres et de fumée. Étais-je en train de mourir ? Était-ce la raison pour laquelle je voyais des fantômes ? Où était la fameuse lumière blanche ? Paniquée, je fonçais, les bras écartés, comme pour tenir à distance la terreur qui m'assaillait.

Je ne vis pas la racine qui sortait de terre et trébuchai. J'essayai de retrouver l'équilibre, en vain : j'avais perdu tous mes réflexes. Je tombai lourdement. Je ressentis une violente douleur à la tête, qui ne dura qu'un instant : l'obscurité m'engloutit aussitôt.

En me réveillant, je m'attendais à avoir mal à la tête et à la poitrine ; or, je me sentais étrangement bien. À vrai dire, je me sentais mieux que bien. Je ne toussais plus. Les jambes et les bras me picotaient un peu, comme si je venais de me glisser dans un bon bain chaud, un soir d'hiver.

Quoi ?

J'ouvris les yeux et constatai que les rayons brûlants du soleil avaient cédé la place à une douce pluie de lumière qui semblait tomber du ciel et qui, chose bizarre, ne m'éblouissait pas. En m'asseyant, je m'aperçus que je m'étais trompée. La lumière ne descendait pas : c'était moi qui montais vers elle !

« Je vais au paradis. J'en connais un qui serait drôlement surpris... »

Je regardai en bas et vis... mon *corps* ! J'étais – ou il était – dangereusement près de la falaise, immobile. Je m'étais coupée au front et je saignais abondamment. Le sang s'écoulait sur le sol, telle une traînée de larmes rouges pénétrant au cœur de la roche.

Malgré le côté insolite de la situation, je n'avais pas peur. J'aurais dû, non ? Après tout, j'étais sûrement morte ; du coup, les fantômes de mes ancêtres pourraient se manifester à leur guise. Or, même cette idée ne m'effrayait pas. En fait, j'avais l'impression d'être un observateur extérieur, comme si tout cela ne me concernait pas.

Alors que j'admirais le monde, qui m'apparaissait neuf et étincelant, mon corps se mit à réclamer mon attention. Je flottai donc jusqu'à lui. J'avais du mal à respirer. Enfin, mon corps avait du mal à respirer. Et je(il) n'avais(t) pas l'air bien. Je(il) étais(t) pâle, avec des lèvres bleues. Hé ! Un visage blanc, des lèvres bleues, du sang rouge ! Je virais patriote, ou quoi ?

J'éclatai de rire. Et là, un phénomène incroyable se produisit. Mon rire voleta autour de moi comme des aigrettes de pissenlit, sauf qu'il n'était pas blanc, mais bleu clair. Waouh ! Qui aurait cru que mourir était aussi rigolo ! Je me demandai si c'était ce qu'on ressentait quand on avait fumé un joint.

Le rire bleu s'évanouit, et j'entendis le bruit cristallin de l'eau vive. Je me rapprochai encore de mon corps et aperçus une étroite crevasse dans le sol, d'où s'échappait le chant d'une source. Curieuse, j'y jetai un coup d'œil, et des mots argentés s'élevèrent vers moi. Je tendis l'oreille et perçus un murmure.

Zoey Redbird... Viens à moi...
— Grand-mère ! m'écriai-je.
Mes mots, violets, se bousculèrent autour de moi.
— C'est toi, Grand-mère ?
L'argent se mélangea au violet de ma voix, et les mots prirent la couleur scintillante de la lavande. C'était un présage ! Un signe ! Comme les esprits auxquels les Cherokees croyaient depuis des siècles, Grand-mère Redbird me demandait de descendre dans le rocher.

Sans hésiter, mon esprit plongea dans la crevasse, suivant à la fois la trace de mon sang et la voix de ma grand-mère. J'arrivai dans une grotte au sol lisse. Un petit ruisseau coulait au milieu ; son chant, couleur de verre teinté des reflets écarlates de mon sang, se répercutait contre les parois en éclats dorés. J'aurais voulu m'asseoir au bord de l'eau et la toucher, jouer avec la texture de sa musique, mais on m'appela de nouveau.

Zoey Redbird... Va vers ton destin...

J'obéis à cette voix de femme. La grotte rétrécit, devenant un tunnel qui s'enroulait en une spirale douce. Il me mena jusqu'à un mur couvert de symboles, à la fois familiers et inconnus. L'eau s'infiltrait dans une fissure et disparaissait. « Et maintenant ? me demandai-je, confuse. Dois-je la suivre ? »

Je regardai derrière moi : il n'y avait rien dans le tunnel, à part une lumière mouvante. Quand je me retournai vers le mur, je reçus comme une décharge électrique. Waouh ! Une femme était assise en tailleur par terre ! Elle portait une robe blanche ornée de perles dessinant les mêmes symboles que ceux de la roche. Elle était d'une beauté surnaturelle. Ses longs cheveux raides étaient si noirs qu'on y décelait des reflets bleus et violets, comme sur les ailes d'un corbeau. Ses lèvres charnues se relevèrent lorsqu'elle dit de sa voix puissante :

— *Tsi-lu-gi U-we-tsi a-ge-hu-tsa. Bienvenue, ma fille. Tu t'en es bien sortie.*

Elle parlait en cherokee, et je la comprenais, alors que je n'avais pas pratiqué cette langue depuis des années.

— Vous n'êtes pas ma grand-mère ! m'écriai-je, mal à l'aise.

De magnifiques motifs bleu lavande s'élevèrent quand mes mots se joignirent aux siens.

Son sourire était comme le lever du soleil.

— *Non, ma fille, mais je connais très bien Sylvia Redbird.*

J'inspirai profondément et demandai :

— Est-ce que je suis morte ?

J'avais peur qu'elle ne se moque de moi, mais elle n'en fit rien. Ses yeux sombres s'emplirent de sollicitude.

— *Non, U-we-tsi a-ge-hu-tsa. Tu n'es pas morte, même si ton esprit s'est temporairement libéré de ton corps pour errer dans le royaume des Nunne'hi.*

— Le peuple des esprits !

— *Ta grand-mère t'a bien éduquée, u-s-ti Do-tsu-wa... Petit Oiseau. Il y a en toi un mélange unique des Traditions d'antan et du Monde nouveau ; de l'ancien sang tribal et du battement de cœur des étrangers.*

À ces mots, j'eus à la fois chaud et froid.

— Qui êtes-vous ?

— *On me connaît sous plusieurs noms... La Femme changeante, Gaia, A'akuluujjusi, Kuan Yin, Grand-mère Araignée, et même Aube...*

Son visage se transformait chaque fois qu'elle citait un nouveau nom. Son pouvoir me donnait le vertige. Elle dut s'en rendre compte, car elle s'interrompit et m'adressa un sourire étincelant. Son visage redevint tel qu'il était au début.

— *Mais toi, Zoey Redbird, ma fille, tu peux m'appeler par celui que l'on me donne aujourd'hui : Nyx.*

— Nyx, répétai-je à voix basse. La déesse des vampires ?

— *En réalité, ce sont d'abord les Grecs touchés par la Transformation qui m'ont choisie et vénérée comme la mère dont ils avaient besoin pour traverser leur Nuit éternelle. Au fil des siècles, j'ai adopté avec joie leurs descendants. À ton époque, en effet, on les qualifie de vampires. Accepte ce titre, U-we-tsi a-ge-hu-tsa ; il te permettra d'accomplir ton destin.*

Ma Marque se mit à me brûler, et j'eus soudain envie de pleurer.

— Je... je ne comprends pas. Accomplir mon destin ? Tout ce que je veux, c'est trouver un moyen de vivre ma nouvelle vie... de faire en sorte que ça se passe bien. Déesse, je veux seulement trouver ma place, c'est tout ce dont je me sens capable.

Son visage s'adoucit de nouveau, et elle s'exprima avec une voix qui me rappela celle de ma mère, en plus tendre, et qui contenait l'amour de toutes les mères du monde.

— *Aie confiance en toi, Zoey Redbird. En te marquant, je t'ai accueillie comme mon enfant. Tu seras ma première véritable U-we-tsi a-ge-hu-tsa v-hna-i Sv-no-yi de cette époque. Ma Fille de la Nuit... Tu es unique. Accepte-le, et tu comprendras ta puissance. En toi se mêlent le sang magique des Femmes Sages et des Anciens ainsi que l'intuition et la compréhension du monde moderne.*

La déesse se leva et se dirigea vers moi avec grâce, tout en peignant de sa voix des symboles argentés. Elle essuya les larmes sur mes joues avant de prendre mon visage entre ses mains.

— *Zoey Redbird, Fille de la Nuit, tu seras mes yeux et mes oreilles dans le monde d'aujourd'hui, un monde dans lequel le bien et le mal luttent pour trouver un équilibre.*

— Mais je n'ai que seize ans ! J'ai encore plein de choses à apprendre ! Comment pourrais-je voir et entendre pour vous ?

Elle se contenta de me sourire avec sérénité.

— *Tu es bien plus vieille que tu ne le penses, Zoey, Petit Oiseau. Aie confiance en toi, et tu trouveras un moyen. Mais, rappelle-toi, l'obscurité n'est pas toujours synonyme de mal, tout comme la lumière n'apporte pas toujours le bien.*

Puis la déesse Nyx, l'antique personnification de la Nuit, déposa un baiser sur mon front. Et, une fois de plus, je m'évanouis.

CHAPITRE SIX

Ma belle, vois le nuage, le nuage apparaître.
Ma belle, vois la pluie, la pluie s'approcher...

Les paroles de cette ancienne chanson flottaient dans mon esprit. Je devais encore rêver de Grand-mère Redbird. Je me sentais en sécurité, au chaud et heureuse, ce qui me changeait agréablement de l'état lamentable dans lequel je m'étais trouvée ces derniers temps... Sauf que je ne me rappelais plus exactement pourquoi. Hum. Bizarre.

Je me recroquevillai, couchée sur le côté, et frottai ma joue contre l'oreiller tout doux. Malheureusement, ce simple geste me causa une douleur intense dans le crâne. Telle une balle frappant une vitre, elle fit voler mon bien-être en éclats. Les souvenirs de ma dernière journée de lycée refirent surface.

J'étais en train de me transformer en vampire.

Je m'étais enfuie de chez moi.

J'avais eu un accident et vécu une sorte d'expérience aux portes de la mort.

J'étais en train de me transformer en vampire. Oh, non !

— Zoey, Petit Oiseau ! Tu es réveillée ?

J'ouvris les yeux avec difficulté. Ma grand-mère était assise sur une petite chaise à côté de mon lit.

— Grand-mère ! fis-je d'une voix rauque en tendant la main. Que s'est-il passé ? Où suis-je ?

— Tu es en sécurité, Petit Oiseau. Tout va bien.

— J'ai mal à la tête.

En me touchant le front, je sentis des points de suture. Elle me caressa la main.

— C'est normal. Tu m'as fait une peur bleue ! Tout ce sang ! Promets-moi de ne plus jamais recommencer.

— Promis. C'est toi qui m'as trouvée ?

— Oui, en sang et inconsciente, Petit Oiseau. Tu étais tellement pâle que ton croissant de lune semblait luire sur ta peau. J'ai compris qu'il fallait t'amener à la Maison de la Nuit, et c'est ce que j'ai fait. J'ai appelé ta mère pour la mettre au courant, ajouta-t-elle en souriant, avec des yeux espiègles de petite fille. Je lui ai raconté que la communication était mauvaise pour pouvoir lui raccrocher au nez. Je crains qu'elle ne nous en veuille à toutes les deux…

Je lui rendis son sourire. Chouette, maman n'en avait pas qu'après moi !

— Mais, Zoey, qu'est-ce que tu faisais dehors en plein jour ? Et pourquoi ne m'as-tu pas prévenue que tu avais été marquée ?

Je tentai de me redresser. Ouf, j'avais apparemment arrêté de tousser. « Sans doute parce que je suis enfin là, à la Maison de la Nuit… » Soudain, je saisis ce qu'elle venait de dire.

— Attends, je n'aurais pas pu te prévenir plus tôt ! Le Traqueur m'a marquée tout à l'heure au lycée. Je suis d'abord rentrée à la maison. J'espérais que maman comprendrait et me soutiendrait. Tu parles ! Elle et mon beauf ont appelé le psy et leurs copains les prieurs.

Grand-mère fit la grimace.

— Alors, je me suis enfuie par la fenêtre et je suis venue chez toi.

— Tu as bien fait, Zoey. Mais ça ne colle pas.

— Je sais, soupirai-je. Je n'arrive pas à croire qu'on m'ait marquée. Pourquoi moi ?

— Ce n'est pas ce que je voulais dire, Petit Oiseau. Cela ne m'étonne pas du tout. La magie a toujours coulé dans le sang des Redbird ; ce n'était qu'une question de temps. Ce qui me surprend, c'est que le croissant de lune n'est pas seulement esquissé : il est complètement rempli, alors que tu viens à peine d'être marquée.

— C'est impossible !

— Vérifie par toi-même, *U-we-tsi a-ge-hu-tsa*, fit-elle, m'appelant par le même nom que la déesse mystérieuse et millénaire.

Grand-mère sortit de son sac à main le vieux miroir de poche qu'elle gardait toujours sur elle et me le tendit sans un mot. J'appuyai sur le fermoir. Il s'ouvrit et me renvoya mon reflet. Cette inconnue à l'air familier... Ce moi qui n'était pas vraiment moi. Elle avait des yeux immenses et une peau d'une blancheur maladive, que je remarquai à peine, fascinée par son sceau, un croissant de lune entièrement coloré en bleu saphir, comme ceux des vampires. J'avais l'impression de rêver. Je traçai de mes doigts le contour de cet étrange tatouage et je crus sentir de nouveau les lèvres de la déesse sur ma peau.

— Qu'est-ce que ça veut dire ? demandai-je, incapable de détourner mon regard.

— Nous espérions que tu pourrais répondre à cette question, Zoey Redbird, fit une voix suave.

Avant même de relever les yeux, je savais que cette femme serait extraordinaire. Je ne me trompais pas. Elle avait la beauté d'une star de cinéma. Je n'avais jamais vu quelqu'un d'aussi proche de la perfection. Elle avait d'immenses yeux verts en forme d'amande, un visage en cœur et un splendide teint velouté. Ses magnifiques cheveux roux foncé tombaient en lourdes vagues sur ses épaules. Son corps était lui aussi de toute beauté, svelte et harmonieux. Et elle avait de superbes seins. (J'aurais tant aimé avoir de beaux seins !)

— Hein ? demandai-je bêtement.

Elle me sourit, découvrant d'incroyables dents blanches, bien alignées – et sans crocs. Oh, j'ai oublié de mentionner le croissant de lune saphir tatoué au milieu de son front, d'où partaient des volutes qui, telles des vagues, descendaient sur ses pommettes hautes.

C'était un vampire.

— J'ai dit que nous espérions que tu pourrais nous fournir une explication : pourquoi une novice qui ne s'est pas encore transformée porte-t-elle la Marque d'un vampire adulte ?

Sans son sourire et la douceur de sa voix, ses mots auraient pu paraître durs. Au contraire, ils me semblèrent refléter une inquiétude mêlée d'étonnement.

— Alors, je ne suis pas un vampire ?

Elle laissa échapper un rire mélodieux.

— Pas encore, Zoey, mais le fait que ta Marque soit déjà complète est un excellent signe.

— Oh... je... bien, très bien, bredouillai-je.

Heureusement, Grand-mère intervint, volant à mon secours :

— Zoey, voici Neferet, la grande prêtresse de la Maison de la Nuit. Elle a pris soin de toi quand tu étais...

quand tu dormais, conclut-elle, évitant délibérément le terme « inconsciente ».

— Bienvenue à la Maison de la Nuit, Zoey Redbird, dit Neferet avec chaleur.

Complètement déboussolée, je marmonnai :

— Ce... ce n'est pas mon vrai nom. Je m'appelle Zoey Montgomery.

— Vraiment ? fit Neferet en haussant ses sourcils parfaitement dessinés. L'un des avantages, lorsqu'on commence une nouvelle vie, c'est qu'on a la possibilité de tout reprendre à zéro, de faire des choix qui nous étaient interdits auparavant. Si tu pouvais le choisir, quel serait ton nom ?

— Zoey Redbird, répondis-je sans hésitation.

— Dans ce cas, à partir de maintenant, on t'appellera ainsi. Bienvenue dans ta nouvelle vie ! dit-elle avec un sourire radieux.

Elle me tendit la main, et je tendis la mienne. Mais, au lieu de la serrer, elle m'attrapa l'avant-bras, ce qui me parut étrange et pourtant approprié.

Sa main était chaude et ferme. Elle était fascinante, imposante, bien plus qu'une humaine. L'incarnation du vampire : forte, intelligente, talentueuse. On aurait dit qu'une lumière aveuglante émanait d'elle. Une description plutôt étonnante, d'ailleurs, vu les clichés qui circulaient sur les vampires (dont certains, je le savais déjà, étaient incontestablement vrais) : ils évitaient le soleil, étaient plus puissants la nuit, devaient boire du sang pour survivre (berk !) et vénéraient la personnification de la Nuit.

— Merci... Je suis ravie de vous rencontrer, répondis-je d'un ton que j'espérais aussi normal que possible.

— J'expliquais tout à l'heure à ta grand-mère

qu'aucun novice ne nous était jamais arrivé de façon aussi inhabituelle. Te rappelles-tu ce qui t'est arrivé, Zoey ?

Je m'apprêtais à lui dire que j'étais tombée et m'étais cogné la tête, et que je m'étais regardée tel un esprit désincarné, avant de suivre dans la grotte la manifestation physique des mots, et, finalement, de rencontrer la déesse Nyx. Mais j'eus soudain une sensation étrange, comme si on m'avait donné un coup de poing dans le ventre. Pas de doute : on me demandait de me taire.

— Je... Je ne me souviens pas trop de ce qui s'est passé, du moins après ma chute. Avant, le Traqueur m'a marquée ; je l'ai dit à mes parents et je me suis violemment disputée avec eux ; ensuite je me suis enfuie chez ma grand-mère. Je me sentais tellement mal en gravissant la colline que...

Tout me revenait : les esprits du peuple cherokee, les danses et le feu de camp. « Tais-toi ! » m'ordonna mon ventre.

— Je... Je crois que j'ai glissé, et je me suis cogné la tête. Ensuite, je me suis réveillée ici.

J'aurais voulu éviter le regard perçant de Neferet, mais le même instinct qui m'avait soufflé de me taire me poussait à la fixer dans les yeux. Je devais la convaincre que je n'avais rien à lui cacher, même si j'ignorais complètement pourquoi je lui avais menti.

Grand-mère rompit le silence, déclarant d'un ton neutre :

— Les pertes de mémoire sont fréquentes après un tel choc.

Je l'aurais embrassée !

— Oui, bien sûr, dit rapidement Neferet, dont les

traits se détendirent. Ne vous inquiétez pas pour la santé de votre petite-fille, Sylvia Redbird. Elle ira bien.

Elle s'adressait à Grand-mère avec respect. La tension qui s'était accumulée en moi disparut immédiatement : si elle appréciait Grand-mère Redbird, elle ne pouvait pas être fondamentalement mauvaise.

— Comme vous le savez sans doute, continua Neferet, les vampires, même novices, jouissent de grandes capacités de rétablissement. Zoey a le pouvoir de guérir tellement vite qu'elle peut dès maintenant quitter l'infirmerie. Zoey, aimerais-tu rencontrer ta nouvelle camarade de chambre ?

« Non », pensai-je.

J'avalai ma salive et hochai la tête.

— Oui.

— Parfait ! s'exclama Neferet.

Elle fit mine de ne pas voir que je restais plantée là comme un stupide nain de jardin.

— Vous êtes certaine qu'il ne faut pas la garder un jour de plus en observation ? demanda Grand-mère.

— Je comprends votre inquiétude, mais je vous assure qu'elle n'est pas fondée.

Neferet me sourit de nouveau et, bien qu'effrayée et nerveuse, je lui rendis son sourire. Elle semblait sincèrement heureuse que je sois là. Et, grâce à cela, la Transformation ne me paraissait plus aussi terrible.

— Grand-mère, je vais bien. Vraiment. J'ai encore un peu mal à la tête, mais le reste va beaucoup mieux.

Neferet dit alors quelque chose qui non seulement m'étonna, mais me toucha. Je compris que j'allais pouvoir l'aimer et lui faire confiance.

— Sylvia Redbird, je vous jure solennellement que votre petite-fille est en sécurité, ici. Sachez que nous attribuons à chaque novice un mentor ; or, je serai celui de Zoey. Maintenant, vous devez me la confier.

Elle appuya le poing serré contre son cœur et s'inclina respectueusement devant Grand-mère. Celle-ci n'hésita qu'un bref instant avant de répondre :

— Je suis sûre que vous tiendrez votre promesse, Neferet, grande prêtresse de Nyx.

Elle imita les gestes de Neferet, puis me serra dans ses bras.

— Si tu as besoin de moi, n'hésite pas à m'appeler, Petit Oiseau. Je t'aime.

— Oui, Grand-mère. Je t'aime aussi. Et merci de m'avoir conduite ici.

Je sentis son parfum de lavande et m'efforçai de ne pas pleurer.

Elle m'embrassa doucement sur la joue, puis sortit de la chambre d'un pas rapide. Pour la première fois de ma vie, je me retrouvai seule avec un vampire.

— Alors, Zoey, es-tu prête ? me demanda Neferet.

Je n'arrivais toujours pas à m'habituer à son aura. Neferet m'intimidait terriblement. Si je me transformais en vampire, posséderais-je son assurance, ou bien était-elle réservée aux grandes prêtresses ? Ce serait génial, de devenir prêtresse un jour ! pensai-je avant de me dire que je n'étais qu'une gamine effrayée qui n'avait absolument pas l'étoffe d'une prêtresse. Pour l'instant, une seule chose comptait vraiment : trouver ma place ici. Et, grâce à Neferet, cela me paraissait plus facile.

— Oui, je suis prête, répondis-je.

En réalité, je n'en étais pas si sûre...

CHAPITRE SEPT

— Quelle heure est-il ?

Nous marchions dans un couloir étroit et sinueux sans fenêtres, aux murs faits de pierres sombres et de briques saillantes. Des bougeoirs antiques en fer noir disposés à intervalles réguliers dispensaient une douce lueur jaune qui, heureusement, ne m'agressait pas les yeux.

— Il est presque quatre heures du matin. Les cours sont terminés depuis une heure, répondit Neferet.

Elle sourit en voyant mon expression stupéfaite.

— Ils commencent à huit heures du soir et finissent à trois heures du matin. Les professeurs sont disponibles jusqu'à trois heures et demie pour aider les élèves. Le gymnase reste ouvert jusqu'à l'aube, tout comme les espaces communs, le réfectoire et la bibliothèque. Le temple de Nyx est bien entendu ouvert sans interruption ; les rituels officiels ont lieu deux fois par semaine, juste après les cours. Le prochain se déroulera demain. Tout cela doit te paraître impressionnant pour l'instant, mais tu trouveras bientôt tes repères. Ta camarade de chambre et moi-même t'y aiderons.

Je m'apprêtais à lui poser une autre question lorsqu'une boule de fourrure orange jaillit dans le couloir et, sans un bruit, sauta dans les bras de Neferet. Je bondis en arrière avec un petit cri ridicule. Honteuse, je m'aperçus qu'il ne s'agissait pas d'un monstre volant, mais d'un énorme chat.

Neferet éclata de rire et lui caressa les oreilles.

— Zoey, je te présente Skylar. Il rôde souvent dans le coin en attendant une occasion de se jeter sur moi.

— Je n'ai jamais vu un chat aussi gros, dis-je en tendant la main vers lui.

— Fais attention, il a l'habitude de mordre.

Contre toute attente, le chat se mit à se frotter contre mes doigts. Je retins mon souffle. Neferet pencha la tête sur le côté, comme si elle écoutait des mots soufflés par le vent.

— Il t'aime bien. C'est étrange... En principe, il n'aime personne d'autre que moi. Il chasse même les chats qui ont le malheur de s'aventurer par ici. C'est un horrible tyran, dit-elle avec tendresse.

Imitant ses gestes, je caressai avec précaution les oreilles de Skylar.

— J'adore les chats, répondis-je doucement. J'en avais un avant, mais, lorsque ma mère s'est remariée, j'ai dû me séparer de lui. John, son nouveau mari, ne les supporte pas.

— À mon sens, la disposition d'une personne à l'égard des chats – et réciproquement – est révélatrice de sa personnalité.

Au fond de ses yeux verts, je vis qu'elle en savait beaucoup sur les problèmes familiaux. Je me sentis immédiatement proche d'elle, et je me détendis un peu.

— Il y a beaucoup de chats, ici ?

— Oui. Ils ont toujours été des alliés des vampires.

Je hochai la tête : en cours d'histoire, M. Shaddox

nous avait appris qu'autrefois les gens les massacraient, persuadés qu'ils pouvaient se transformer en vampires. « Ridicule ! Encore une preuve de l'imbécillité des humains... » Cette pensée avait traversé mon esprit, et je fus surprise par la facilité avec laquelle je m'étais mise à considérer les gens « normaux » comme des « humains », et donc comme des êtres différents de moi.

— Vous pensez que je pourrai avoir un chat ?
— Seulement s'il te choisit !
— S'il me choisit ?
— Oui, les chats nous choisissent ; ils ne nous appartiennent pas.

Comme pour prouver la véracité de ses propos, Skylar sauta de ses bras et disparut dans le couloir en relevant la queue.

Neferet éclata de rire.

— Il est vraiment affreux, mais je crois que je l'adorerais même s'il n'était pas un cadeau de Nyx.
— Skylar est un cadeau de la déesse ?
— Oui, d'une certaine manière. Chaque grande prêtresse se voit attribuer une affinité – c'est-à-dire un pouvoir spécial. C'est ce qui permet de les identifier. Il peut s'agir de capacités cognitives hors du commun – certaines sont ainsi en mesure de lire les pensées, d'avoir des visions ou de prédire l'avenir. D'autres ont un rapport privilégié avec l'un des quatre éléments, ou avec les animaux. J'ai reçu deux dons de la déesse : ma principale affinité, c'est le lien inhabituel – même pour un vampire – que j'ai avec les chats. Nyx m'a aussi conféré un grand pouvoir de guérison. C'est grâce à lui que je peux te dire que tu te rétabliras vite.

— Waouh ! C'est incroyable !

Ce fut tout ce que je trouvai à dire. Les événements de la veille me faisaient encore tourner la tête.

— Allons voir ta chambre. Je suis sûre que tu es affamée et fatiguée. Le repas sera servi dans...

Elle pencha de nouveau la tête sur le côté, comme si quelqu'un lui murmurait quelque chose à l'oreille.

— ... une heure. Les vampires savent toujours quelle heure il est.

— Ça, c'est cool.

— Ma chère, ce n'est que la partie émergée de l'iceberg !

J'espérais que sa comparaison n'annonçait pas des désastres de l'ampleur de la catastrophe du *Titanic*. Tout en marchant, je me rappelai la question que j'avais voulu lui poser lorsque Skylar avait interrompu mes pensées, déjà passablement embrouillées.

— Attendez ! Vous avez dit que les cours commençaient à huit heures. Du soir ? fis-je bêtement.

— C'est cela. Suivre les cours la nuit est en effet on ne peut plus logique. Tu sais déjà que les vampires, novices ou adultes, n'explosent pas à la lumière du soleil ; il n'empêche qu'elle nous est très désagréable. Le soleil ne t'a pas paru difficile à supporter, hier ?

— Si, mes Ray Ban n'ont pas été très efficaces. Euh, c'est une marque de lunettes de soleil, m'empressai-je d'ajouter, me sentant une fois de plus complètement stupide.

— Oui, Zoey, dit-elle avec patience. Je m'y connais en lunettes. Je m'y connais même très bien.

— Oh, mon Dieu, je suis désolée, je...

Je me tus. Avais-je le droit de dire « Dieu » ? Cela risquait-il d'offenser Neferet qui arborait si fièrement la Marque de Nyx ? Et « C'est l'enfer ! », mon expression préférée ? Il faudrait que je la raye de mon vocabulaire, elle aussi ! D'après mon beauf-père, les vampires vouaient un culte à une fausse déesse ; c'étaient des créatures sombres et égoïstes, obsédées par l'argent, le luxe et le sang, qui iraient droit en enfer... Mieux valait donc que je surveille mes propos...

— Zoey ?

Neferet m'observait avec une expression soucieuse, et je compris qu'elle avait perçu mon trouble.

— Désolée, répétai-je.

Elle s'arrêta, posa les mains sur mes épaules et me tourna vers elle.

— Zoey, arrête de t'excuser. N'oublie pas que tout le monde est passé par là. Nous savons ce que c'est, la peur de la Transformation, la vie qui change radicalement d'un seul coup.

— Et le fait de perdre tout contrôle, complétai-je doucement.

— Oui, tu as raison. Mais ça ne durera pas. Lorsque tu seras un vampire adulte, ta vie t'appartiendra de nouveau. Tu feras tes propres choix ; tu sauras quel chemin suivre. Écoute ton cœur, ton âme et tes talents.

— *Si* je deviens adulte...

— Je n'en doute pas, Zoey.

— Comment pouvez-vous l'affirmer ?

Elle posa les yeux sur ma Marque.

— Tu as été désignée par Nyx. Pourquoi, nous l'ignorons. Elle a posé une Marque parfaite sur toi. Elle ne l'aurait pas fait si tu devais échouer.

Je me souvins des mots de la déesse, « *Zoey Redbird, Fille de la Nuit, tu seras mes yeux et mes oreilles dans le monde d'aujourd'hui, un monde dans lequel le bien et le mal luttent pour trouver un équilibre* »... Je reçus de nouveau comme un coup dans l'estomac. Pourquoi mon ventre m'ordonnait-il de passer sous silence ma rencontre avec Nyx ?

J'essayai de cacher mon émotion :

— C'est… c'est juste que ça fait beaucoup pour une seule journée.

— Certainement, surtout lorsqu'on a l'estomac vide…

Nous avions recommencé à marcher lorsque la sonnerie d'un téléphone portable me fit sursauter. Mon mentor sortit un petit appareil de sa poche.

— Neferet, dit-elle.

Elle écouta un instant, puis elle plissa le front.

— Non, tu as bien fait de m'appeler. Je vais venir la voir.

Elle raccrocha.

— Tu m'excuseras, Zoey. Une de nos novices s'est cassé la jambe aujourd'hui. Apparemment, elle a du mal à trouver le sommeil. Je dois aller m'assurer qu'elle va bien. Suis ce couloir en prenant toujours à gauche, jusqu'à la porte principale, d'accord ? Tu ne peux pas la manquer, elle est immense, en bois très ancien. Devant, il y a un banc en pierre. Attends-moi là. Je ne serai pas longue.

— D'accord, pas de problème, répondis-je.

Mais elle avait déjà disparu. J'inspirai profondément. Me retrouver seule dans un endroit rempli de vampires me faisait un drôle d'effet. Soudain, les lumières vacillantes que j'avais trouvées chaleureuses se mirent à projeter des ombres fantomatiques sur le vieux mur en pierre.

Déterminée à ne pas me laisser aller, je continuai dans la direction que Neferet m'avait indiquée. Finalement, j'aurais préféré croiser quelqu'un. C'était trop calme. Et sinistre. J'accélérai le pas. Je suivis les instructions de Neferet et bifurquai à gauche à chaque croisement, gardant les yeux rivés devant moi, car les couloirs qui partaient à droite étaient à peine éclairés.

À un énième embranchement, je ne pus m'empêcher d'y jeter un œil. Il y avait une bonne raison à cela : j'avais entendu un bruit. Plus précisément, un rire étouffé. Un rire de femme qui, pour une raison étrange, me donna la chair de poule. Je stoppai net. Je perçus alors un mouvement dans l'ombre.

Zoey...

On avait murmuré mon prénom, ou bien avais-je rêvé ? La voix m'était presque familière. Était-ce encore Nyx ? Aussi effrayée qu'intriguée, je retins mon souffle et fis quelques pas dans le couloir sombre.

Je me plaquai contre le mur : deux personnes se tenaient non loin de moi, dans un petit renfoncement. J'eus du mal à saisir ce qui se passait ; puis, tout à coup, je compris.

À ce moment-là, j'aurais dû partir et essayer d'oublier cette scène. Mais mes pieds me semblaient si lourds que je ne pouvais plus bouger. Je ne pouvais que regarder.

L'homme – non, pas un homme, un adolescent, il devait avoir un an ou deux de plus que moi – était appuyé contre la paroi, la tête renversée en arrière, le souffle court. Malgré l'obscurité, je constatai qu'il était très beau. Un petit rire rauque me fit baisser les yeux.

Une fille était agenouillée devant lui. Je ne distinguais que ses cheveux blonds, si longs qu'on aurait dit un voile. Ses mains remontèrent le long des cuisses du garçon.

« Va-t'en ! hurlai-je intérieurement. Sauve-toi ! » Je

reculais en retenant ma respiration quand la voix du garçon me figea.

— Arrête !

J'écarquillai les yeux : l'espace d'un instant, je crus qu'il s'adressait à moi.

— Tu ne le penses pas vraiment, répondit la fille.

Je manquai de défaillir de soulagement : c'était à elle qu'il parlait. Ils ne savaient même pas que j'étais là.

— Si. Relève-toi.

On aurait dit qu'il parlait en serrant les dents.

— Tu plaisantes, n'est-ce pas ?

Elle avait une voix enrouée qui se voulait sexy, mais son ton geignard ne m'échappa pas. Elle semblait presque désespérée. Elle fit glisser son index sur la cuisse du garçon. Aussi incroyable que cela puisse paraître, son ongle déchira le jean aussi facilement qu'un couteau, et une ligne de sang apparut.

À ma grande honte, je me mis à saliver.

— Non ! cria-t-il en essayant de la repousser.

— Oh, ça suffit, ton cinéma ! dit-elle en riant d'un air mauvais et sarcastique. On sera toujours ensemble, inutile de le nier.

Elle lécha les gouttes de sang.

Je frémis. Malgré moi, j'étais complètement fascinée.

— Non ! Dégage ! Ne me force pas à te faire mal. Tu ne comprends pas ? C'est fini, tout ça ! Je ne veux plus de toi !

— Bien sûr que si ! Tu auras toujours envie de moi ! dit-elle.

Je n'aurais pas dû être là. Je n'aurais pas dû voir ça. Dans un effort surhumain, je fis un pas en arrière.

Le garçon leva les yeux. Et il me vit.

Il se passa alors une chose bizarre : je sentis qu'il me

touchait par le regard. Je ne pouvais détourner les yeux. Il n'y avait plus dans le couloir que lui, moi et l'odeur délicieuse de son sang.

— Tu ne veux pas de moi ? Ce n'est pas l'impression que tu donnes, fit-elle d'un ton ironique.

Ma tête se mit à dodeliner. Au même moment, il hurla : « Non ! » et tenta de l'écarter pour venir vers moi.

J'arrachai mon regard au sien et reculai en trébuchant.

— Non ! répéta-t-il.

Cette fois, il n'y avait pas de doute : c'était à moi qu'il parlait. La fille dut s'en rendre compte elle aussi, car elle se retourna avec un cri qui ressemblait dangereusement au grondement d'un animal sauvage.

Je retrouvai mes réflexes et partis en courant. M'attendant à ce qu'ils me suivent, je ne m'arrêtai qu'à la porte que Neferet m'avait décrite. Je m'appuyai contre le bois, hors d'haleine, et tendis l'oreille.

Que faire s'ils arrivaient ? Mon mal de tête était revenu. Je me sentais faible, effrayée et, surtout, choquée. Ce que je venais de voir m'avait vraiment traumatisée. Le pire, c'était ma réaction lorsque j'avais vu le sang de ce type.

J'aurais voulu le boire, moi aussi.

Et, ça, ce n'était pas normal.

Et puis, il y avait eu cet étrange échange de regards. Qu'est-ce que cela signifiait ?

— Zoey, tu vas bien ?

Je sursautai et laissai échapper un cri.

Neferet me regardait, l'air déconcerté.

— Tu ne te sens pas bien ?

— Je... je...

Je ne pouvais pas lui raconter la scène à laquelle je venais d'assister.

— J'ai juste très mal à la tête, dis-je.

C'était la vérité.

Elle fronça les sourcils, inquiète.

— Laisse-moi t'aider.

Elle posa la main sur mes points de suture et, fermant les yeux, murmura quelques mots dans une langue que je ne comprenais pas. Puis sa main devint chaude, d'une chaleur liquide, que ma peau absorba aussitôt. Je fermai les yeux à mon tour et poussai un soupir de soulagement : la douleur avait disparu.

— Ça va mieux ?

— Oui, chuchotai-je.

Elle retira sa main, et j'ouvris les yeux.

— Cela devrait garder ta souffrance à distance. Je me demande pourquoi elle est revenue avec autant de force...

— Moi aussi, mais c'est fini, maintenant.

Elle me fixa en silence pendant quelques secondes. Je retins mon souffle.

— Quelque chose t'a perturbée ?

— J'ai un peu peur de rencontrer ma camarade de chambre.

Je ne mentais pas beaucoup, cela m'effrayait.

Neferet sourit avec gentillesse :

— Tout ira bien, Zoey. Maintenant, laisse-moi te faire découvrir ta nouvelle vie.

Mon mentor ouvrit la lourde porte en bois, et nous pénétrâmes dans une grande cour. Des adolescents, portant tous des uniformes, s'y promenaient en petits groupes. Ils riaient et parlaient d'une voix étonnamment normale. Mon regard passait des élèves à l'école, ne sachant où se poser. Je choisis l'école, la moins intimidante des deux (d'autant plus que j'avais peur de *le* revoir).

Cet endroit semblait tout droit sorti d'un rêve terrifiant. Nous étions en pleine nuit, mais il ne faisait pas noir, car la pleine lune brillait au-dessus des immenses chênes, qui jetaient leurs ombres sur la pelouse. Des lampadaires en cuivre bordaient l'allée parallèle au vaste bâtiment de briques rouges et de pierres noires qui abritait l'école. Composé de trois étages, il était surmonté d'un toit haut et pointu. Par les lourds rideaux ouverts, on voyait une lumière jaune danser sur les murs des salles. La tour ronde attenante à la façade faisait que le bâtiment ressemblait davantage à un château qu'à une école. Des douves m'auraient semblé plus appropriées que les épais buissons d'azalées et la pelouse bien tondue qu'on voyait autour.

En face du bâtiment principal se trouvait un autre édifice, plus petit, plus ancien, qui avait l'air d'une église. Derrière lui et les chênes, j'aperçus un énorme mur de pierre qui entourait tout le parc. Devant l'église s'élevait une statue en marbre représentant une femme vêtue d'une longue robe flottante.

— Nyx ! m'exclamai-je.

Neferet haussa un sourcil, surprise :

— Oui, Zoey. Il s'agit en effet d'une statue de la déesse. Le bâtiment que tu vois là est son temple.

Elle me fit signe de la suivre dans l'allée et désigna avec de grands gestes l'impressionnant parc qui s'étendait devant nous.

— Ce que nous appelons aujourd'hui la Maison de la Nuit a été bâti dans un style néoroman, avec des pierres importées d'Europe. Au milieu des années 1920, c'était un monastère appartenant au Peuple de la Foi. Il a finalement été converti en école privée pour riches adolescents humains, le Manoir Cascia. Nous l'avons racheté lorsque nous avons décidé d'ouvrir une école dans cette partie du pays, il y a cinq ans.

— Je suis étonnée qu'on vous l'ait vendu à vous, dis-je d'un air absent.

Neferet émit un petit rire bas et menaçant.

— Nous avons fait à leur arrogant proviseur une offre qu'il n'a pu refuser.

Je n'osai pas lui demander laquelle : son rire m'avait donné la chair de poule. Par ailleurs, j'étais de plus en plus captivée par ce que je découvrais. Une chose me frappa : tous les élèves possédant un tatouage complet étaient d'une beauté exceptionnelle. Cela me parut dingue, même si je n'apprenais rien de nouveau. Je savais que les vampires étaient séduisants. Les acteurs et actrices les plus célèbres au monde sont des vampires, tout comme les danseurs, les musiciens, les écrivains et les chanteurs. Ils dominent le monde des arts, ce qui explique en partie leur richesse. (Et aussi le fait que les membres du Peuple de la Foi les trouvent égoïstes et immoraux. En fait, ils sont jaloux de leur beauté. Ils vont voir leurs films, leurs spectacles, leurs concerts ; ils achètent leurs livres et leurs œuvres d'art, mais, en même temps, ils les méprisent et ne se mélangent jamais à eux. De vrais hypocrites !)

Pourtant, toutes ces personnes sublimes autour de moi me donnaient envie de me cacher sous un banc, même si elles me faisaient un signe de main après avoir salué Neferet. Je leur rendais timidement leur bonjour en leur lançant des coups d'œil discrets. Les élèves s'inclinaient devant Neferet et posaient le poing sur le cœur. Elle leur souriait en retour et s'inclinait légèrement elle aussi. Je constatai qu'ils n'étaient pas aussi beaux que les vampires adultes. Agréables à regarder, intéressants, même, avec leur croissant de lune sur le front et leurs tenues qui tenaient plus du vêtement de marque que de l'uniforme, ils ne possédaient pas cette aura non humaine et attirante qui émanaient des vampires adultes. Leurs uniformes étaient noirs : pas très surprenant pour des créatures de la nuit... Je devais admettre que cette couleur, rehaussée de minuscules fils violets, bleu marine et vert émeraude, leur allait bien. Chacun arborait un symbole brodé, en fil or ou argent, sur la poitrine. Je n'arrivais pas à distinguer ce qu'ils représentaient. Je remarquai également avec étonnement que tout le monde, aussi bien les filles que les garçons, et même les professeurs, avaient les cheveux qui leur tombaient sur les épaules. Même les chats qui erraient dans la cour avaient le poil long. Étrange. J'étais contente d'avoir refusé de me faire couper les cheveux la semaine précédente, comme Kayla.

Autre point commun entre les adultes et les élèves : leurs yeux s'attardaient avec curiosité sur mon croissant de lune. Super. À peine arrivée, je me faisais déjà remarquer.

CHAPITRE HUIT

Les dortoirs de la Maison de la Nuit se trouvaient de l'autre côté du parc, si bien que nous marchâmes assez longtemps. Neferet faisait exprès d'aller lentement pour me laisser le temps d'observer et de lui poser des questions. Cela me donnait une idée précise de l'endroit où j'allais vivre. C'était étrange, mais dans le bon sens du terme. Sans compter que marcher était une activité normale, et donc rassurante. En fait, je me sentais de nouveau moi-même. Je ne toussais plus. Mon corps ne me faisait plus souffrir : je n'avais même plus mal à la tête. Je ne pensais absolument pas à la scène perturbante à laquelle j'avais assisté par hasard. Je l'avais délibérément oubliée. Je n'avais pas besoin d'un énième souci.

Je me dis que, si je n'avais pas été en train de traverser un parc en pleine nuit au côté d'un vampire, j'aurais presque pu être la même que la veille. Presque.

Bon, d'accord... pas tout à fait. Mais au moins j'étais prête à affronter ma camarade de chambre lorsque Neferet poussa finalement la porte du dortoir des filles.

Là, ce fut une véritable surprise. Alors que je m'attendais à ce que tout soit noir et terrifiant, je découvris une pièce sympa, dans des tons bleu pâle et jaune, meublée de canapés confortables avec de gros coussins. Une douce lumière émanait d'antiques lustres de cristal. On se serait cru dans un château de conte de fées. Sur les murs couleur crème, de grandes peintures à l'huile représentaient des femmes en tenue exotique. Des fleurs fraîchement coupées, en particulier des roses, trônaient dans des vases de cristal sur des tables encombrées de livres, de sacs et d'affaires de filles on ne peut plus banales. Il y avait plusieurs écrans plats et je reconnus le générique d'une émission de MTV. Je notai rapidement ces détails tout en essayant de sourire aux filles qui s'étaient tues dès que j'étais entrée et qui, maintenant, me fixaient avec intérêt. En fait, ce n'était pas moi qu'elles fixaient : c'était ma Marque.

— Mesdemoiselles, je vous présente Zoey Redbird, lança Neferet d'une voix forte. Je vous demande de lui réserver un accueil chaleureux à la Maison de la Nuit.

Pendant une seconde, personne ne dit rien. Je crus mourir de honte. Puis une fille, jusque-là assise devant la télé au milieu d'un petit groupe, se leva. C'était une petite blonde presque parfaite, qui me fit penser à Sarah Jessica Parker, en plus jeune.

— Salut, Zoey. Bienvenue dans ta nouvelle maison.

Le sosie de SJP me fit un grand sourire, en me regardant droit dans les yeux. Je regrettai ma comparaison hâtive.

— Je m'appelle Aphrodite, dit-elle.

Aphrodite ? Finalement, je ne m'étais peut-être pas trompée. Avec un prénom pareil, elle ne devait pas se prendre pour n'importe qui ! Je m'efforçai néanmoins de lui rendre son sourire.

— Salut, Aphrodite !

— Neferet, souhaitez-vous que je montre à Zoey sa chambre ?

Neferet hésita, ce qui me parut étrange. Puis elle répondit :

— Merci, Aphrodite, ce serait très gentil. Même si je suis son mentor, Zoey préfère certainement être accompagnée par quelqu'un de son âge.

Avais-je détecté une lueur de colère dans les yeux de la fille ? Non, je devais avoir rêvé. Pourtant, ma nouvelle intuition me soufflait le contraire : quelque chose ne collait pas. J'en eus aussitôt la confirmation : Aphrodite se mit à rire, et je reconnus ce rire.

C'était comme si on m'avait donné un coup de poing dans le ventre : Aphrodite était la fille que j'avais surprise dans le couloir !

— Je serai ravie de lui faire visiter les lieux, déclara-t-elle. C'est toujours un plaisir de vous aider, Neferet.

Son ton aimable était aussi faux que les seins de Pamela Anderson. Neferet se contenta de hocher la tête, puis se tourna vers moi.

— Eh bien, vas-y, Zoey. Aphrodite va te montrer ta chambre, et celle qui la partage avec toi t'aidera à te préparer pour le dîner. On se retrouve dans le réfectoire.

Lorsqu'elle me toucha l'épaule avec douceur, j'eus envie de me blottir dans ses bras et de la supplier de ne pas me laisser seule avec Aphrodite.

— Tout ira bien, murmura-t-elle, comme si elle avait lu dans mes pensées. Tu verras, Zoey Redbird, tout ira bien.

Je dus lutter pour ne pas fondre en larmes, tant sa gentillesse me faisait penser à ma grand-mère. Elle salua ensuite Aphrodite et les autres filles d'un bref signe de tête, et sortit.

La porte se referma avec un bruit sourd. Oh, bon sang ! Non ! J'étais prisonnière !

— Viens, Zoey. Les chambres sont de ce côté, dit Aphrodite.

Je la suivis dans un large escalier en colimaçon en m'efforçant d'ignorer le brouhaha qui s'éleva immédiatement derrière nous.

J'avais une terrible envie de hurler. M'avait-elle vue dans le couloir ? En tout cas, je n'avais pas l'intention de lui en parler. Jamais.

Je m'éclaircis la gorge.

— Le dortoir a l'air bien. C'est vraiment joli, ici.

— C'est mieux que bien, ou vraiment joli : c'est fabuleux.

— Oh. D'accord. C'est bon à savoir.

Elle s'esclaffa, et son rire, particulièrement désagréable, me glaça.

— Et si c'est fabuleux, c'est surtout grâce à moi, précisa-t-elle.

Je lui lançai un regard, croyant qu'elle plaisantait, et croisai ses yeux bleus et froids.

— Oui, tu m'as bien entendue. Cet endroit est cool parce que je suis cool.

Oh, eh bien, ça alors ! Que pouvais-je lui répondre ? Mais ce n'était pas le moment de me prendre la tête avec Mlle Je-Me-La-Raconte. J'avais déjà assez à faire avec mon changement de vie. Sans parler du fait que j'ignorais toujours si elle m'avait vue dans le couloir...

Je voulais juste m'intégrer. Je voulais que cet endroit devienne mon foyer. J'optai donc pour la stratégie de l'effacement et gardai le silence.

L'escalier débouchait sur un grand couloir. Je retins mon souffle lorsque Aphrodite s'arrêta devant une porte peinte en violet. Mais, au lieu de frapper, elle se tourna vers moi. Son visage angélique devint soudain haineux.

— OK, Zoey, je t'explique. Tu te pointes avec cette Marque étrange, et d'un seul coup tout le monde ne parle que de toi.

Elle prit une voix d'idiote et poursuivit :

— « Oh ! La nouvelle a une Marque entièrement colorée ! Qu'est-ce que ça veut dire ? Elle est spéciale ? Elle a des pouvoirs fabuleux ? »

Elle changea de ton :

— Alors, que ce soit clair : ici, c'est moi qui commande. C'est moi qui décide. Si tu veux te la couler douce, je te conseille de ne pas l'oublier. Sinon, tu vas le regretter.

Houlà ! Elle commençait à me taper drôlement sur les nerfs, celle-là ! Je me retins d'éclater et dis :

— Écoute, je viens d'arriver. Je ne cherche pas d'ennuis, et je ne suis pas responsable de ce que les gens disent de moi.

Elle plissa les yeux, l'air menaçant. Ho-ho ! Allais-je devoir en venir aux mains, moi qui ne m'étais jamais battue ? Le ventre noué, je me préparai à parer les coups.

Soudain, aussi rapidement qu'elle s'était énervée, elle retrouva son minois de jolie petite blonde. (Mais désormais je savais à qui j'avais affaire !)

— Bien. Je vois que tu as compris, fit-elle en souriant.

Hein ? Tout ce que j'avais compris, c'était qu'elle était complètement givrée ! Sans me laisser le temps de répondre, elle frappa à la porte.

— Entrez ! s'écria une voix joyeuse avec un fort accent campagnard.

Aphrodite ouvrit.

— Salut ! Je vous en prie, entrez !

Avec un immense sourire, une jolie fille, blonde elle aussi, se précipita sur nous comme une tornade. Au moment où elle vit Aphrodite, son visage se ferma, et elle se figea.

— Je t'amène ta nouvelle camarade de chambre, dit Aphrodite d'une voix haineuse en imitant son accent. Lucie Johnson, voici Zoey Redbird. Zoey Redbird, je te présente Lucie Johnson. Je suis sûre que vous allez bien vous entendre.

Je jetai un coup d'œil à Lucie. Elle avait l'air d'un petit lapin terrorisé.

— Merci de m'avoir montré le chemin, Aphrodite, dis-je fermement en faisant un pas en avant, ce qui la fit reculer dans le couloir. On se voit plus tard.

Au moment où son expression passait de la surprise à la colère, je lui fermai la porte au nez. Puis je me tournai vers ma camarade de chambre :

— C'est quoi, son problème ?
— C'est... c'est..., fit Lucie.

Manifestement, elle se demandait si elle pouvait me faire confiance. Je décidai de l'aider. Après tout, nous allions habiter ensemble.

— C'est une garce ! m'exclamai-je.

Elle écarquilla les yeux, puis pouffa :

— Elle n'est pas très sympa, ça, c'est sûr !
— Ce qui est sûr, c'est qu'elle est complètement givrée.
— Mais elle avait raison : nous allons bien nous entendre, Zoey Redbird ! dit-elle en éclatant de rire. Bienvenue chez toi !

Elle s'écarta et désigna notre petite chambre d'un geste solennel comme si elle me faisait entrer dans un palais.

La première chose qui me sauta aux yeux fut le poster du chanteur de country Johnny Cash en taille réelle, accroché au-dessus de l'un des lits. Puis je remarquai le chapeau de cow-boy et une lampe en forme de botte de cow-boy sur la table de nuit. Oh, là là ! Lucie était une vraie fille de la campagne !

Soudain, elle me serra dans ses bras. Elle me faisait penser à un adorable chiot, avec ses cheveux courts bouclés et son visage rond et souriant.

— Zoey, je suis tellement contente que tu sois rétablie ! Je me suis fait un sang d'encre quand j'ai appris que tu t'étais blessée.

— Merci, dis-je, sans cesser d'observer ma nouvelle chambre.

De nouveau, je me sentais complètement perdue.

— C'est effrayant, hein ? dit Lucie d'un ton compatissant.

Ses grands yeux bleus se remplirent de larmes. Je hochai la tête, incapable de parler.

— Je sais, fit-elle. J'ai passé ma première nuit ici à pleurer.

— Tu es là depuis combien de temps ?

— Trois mois. Crois-moi, j'ai sauté au plafond quand ils m'ont annoncé que j'allais enfin avoir une camarade de chambre ! Neferet m'a dit avant-hier que le Traqueur t'avait repérée. Je t'attendais plus tôt, et puis j'ai appris que tu avais eu un accident et qu'on t'avait amenée à la clinique. Que s'est-il passé ?

— Je suis tombée alors que je cherchais ma grand-mère, répondis-je nonchalamment. Je me suis cogné la tête.

Même si mon intuition ne m'intimait pas l'ordre de me taire, j'ignorais encore si je pouvais me fier à elle.

Je fus donc soulagée qu'elle ne me pose plus de questions. Elle ne mentionna même pas ma Marque.

— Tes parents ont pété les plombs quand tu as été marquée ? demanda-t-elle.

— Grave. Et les tiens ?

— En fait, ma mère, ça ne lui a pas posé de problème. Pour elle, tout ce qui pouvait m'éloigner de notre trou perdu était une bénédiction.

Elle se laissa tomber sur son lit, au pied de Johnny Cash, et me fit signe de m'installer en face d'elle. Je m'exécutai et, interloquée, je m'aperçus que j'étais assise sur ma couverture vert et rose Ralph Lauren. Sur ma table de nuit en chêne, je vis mon affreux réveil, les lunettes d'intello que je mettais quand je ne supportais plus mes lentilles, et une photo de Grand-mère et moi, prise l'été précédent. Je découvris aussi, sur les étagères derrière mon bureau, mes livres (dont l'un de mes préférés, *Dracula*, de Bram Stoker, ce que je trouvai franchement drôle), mes CD, mon ordinateur portable, et – oh, génial ! – mes figurines de *Monstres et Compagnie* adorées. Mon sac à dos était posé par terre, à côté du lit.

— Ta grand-mère a apporté tes affaires hier soir, expliqua Lucie. Elle est très gentille.

— Elle est plus que gentille. Il lui a fallu un sacré cran pour aller chercher tout ça chez ma mère et son imbécile de mari ! J'imagine la scène qu'ils ont dû lui faire !

— Eh bien, moi j'ai de la chance ! lança Lucie. Au moins, ma mère a été sympa. Par contre, mon père a complètement flippé. Il faut dire que je suis sa seule « petite chérie ». Mes trois frères ont trouvé ça super.

Ils voulaient que je les aide à se transformer en vampires. Qu'est-ce que c'est bête, les garçons !

— Oh, oui ! lançai-je en riant.

Si elle trouvait les garçons stupides, nous allions en effet bien nous entendre.

— Dans l'ensemble, je me sens bien, maintenant, reprit-elle. Les cours sont bizarres, mais ils me plaisent, surtout celui de taekwondo. J'aime ça, botter des fesses !

Elle me fit un sourire malicieux. On aurait dit un petit elfe.

— Je me suis habituée aux uniformes, que je détestais au début, comme tout le monde, je suppose. Ici, on peut les customiser, alors c'est beaucoup plus marrant que dans les écoles pour bourgeois coincés. Et puis, il y a des mecs vraiment canon, même s'ils sont aussi bêtes que les autres ! Au final, je suis surtout contente d'avoir quitté ma petite ville. Mais celle-ci m'effraie un peu. C'est tellement grand !

— Tulsa n'a rien d'effrayant ! lui assurai-je.

Contrairement à la plupart des jeunes de la banlieue résidentielle de Broken Arrow qu se perdaient dès qu'ils quittaient leur quartier chic, je savais retrouver mon chemin dans Tulsa, grâce à ce que ma grand-mère appelait nos « sorties éducatives ».

— Il suffit de la connaître. Dans Brady Street, il y a un super magasin de perles, où on peut fabriquer ses propres bijoux. À côté, il y a un resto qui fait les meilleurs desserts de la ville. Cherry Street est sympa aussi ; d'ailleurs, nous n'en sommes pas très loin. En fait, nous sommes à côté du magnifique Philbrook Museum et de la place Utica. Il y a de super boutiques dans le coin et...

Je pris soudain conscience de ce que je disais. Les vampires pouvaient-ils se mêler aux adolescents normaux ? Non. Je n'avais jamais vu de jeunes, un croissant de lune sur le front, faire les magasins ou aller au cinéma. Mince ! Est-ce qu'on allait nous garder enfermés ici pendant quatre ans ? Brusquement en proie à une crise de claustrophobie, je demandai :

— Est-ce qu'on nous laisse parfois sortir d'ici ?
— Oui, mais il y a plusieurs règles à suivre.
— Des règles ? Comme quoi ?
— Eh bien, on ne peut pas porter notre uniforme. Oups ! Ça me fait penser que nous devons nous dépêcher. Le dîner sera servi dans quelques minutes, et tu dois te changer.

Elle se releva et se mit à fouiller dans le placard qui se trouvait à côté de mon lit.

— Neferet a fait porter des vêtements pour toi, hier soir. Figure-toi qu'ils connaissent notre taille avant même de nous avoir vus ! C'est effrayant, tout ce que savent les vampires adultes... Ne t'inquiète pas, je ne plaisantais pas en disant que les uniformes ont du bon. Tu peux y ajouter de petits détails, comme moi.

Je la regardai attentivement. Elle portait un jean slim – je n'arrive pas à comprendre comment les gens peuvent trouver ça beau ! Lucie était très fine, et son jean lui faisait quand même de grosses fesses. Avant même de baisser les yeux, je sus ce qu'elle avait aux pieds : des santiags. Gagné ! En cuir brun, plates. Elle avait rentré dans son jean une chemise noire en coton à manches longues, apparemment de marque. Je me dis que ce look mi-cow-boy, mi-paysan chic lui allait bien.

Elle me tendit une chemise noire identique et un pull.

— Et voilà ! Tu n'as qu'à enfiler ça au-dessus de ton jean, et tu seras prête.

La lumière de la lampe de chevet se refléta sur la broderie argentée du pull, une spirale scintillante et délicate à la hauteur du cœur.

— C'est notre signe, expliqua-t-elle en me voyant l'examiner.

— Notre signe ?

— Oui, chaque classe possède son propre symbole. Le nôtre, celui des premières années, représente le labyrinthe argenté de la déesse Nyx.

— Qu'est-ce que ça signifie ? demandai-je en suivant du doigt les cercles brillants.

— Il symbolise notre nouveau départ, le moment où nous empruntons le Chemin de la Nuit et apprenons à connaître la déesse et les possibilités qui s'offrent à nous.

Je la fixai, surprise par son ton, subitement sérieux. Elle me fit un petit sourire timide et haussa les épaules.

— C'est l'une des premières choses que l'on apprend en cours de sociologie des vampires, la matière enseignée par Neferet. Je t'assure que ça n'a rien à voir avec les cours barbants qu'on a pu avoir avant ! Dis, il paraît que Neferet est ton mentor ? Tu as de la chance, elle ne prend presque aucun nouveau ! Même si elle est grande prêtresse, c'est de loin la prof la plus cool de l'école.

Ce qu'elle garda pour elle, c'était que je n'étais pas seulement chanceuse : j'étais « spéciale », à cause de ma Marque. Je lui demandai :

— Lucie, pourquoi tu ne m'as pas parlé de ma Marque ? J'apprécie que tu ne me bombardes pas de questions, mais je suis étonnée : jusqu'ici personne ne s'est gêné pour me dévisager. Aphrodite l'a mentionnée dès que nous nous sommes retrouvées seules. Toi, tu l'as à peine regardée. Pourquoi ?

Elle observa enfin mon front, puis haussa les épaules.

— Tu es ma camarade de chambre. J'ai pensé que tu aborderais le sujet quand tu serais prête. J'ai appris une chose en grandissant dans une petite ville de province : si on veut garder ses amis, mieux vaut s'occuper de ses affaires. On va partager la chambre pendant quatre ans...

Elle se tut. Nous savions toutes les deux que ce serait le cas à condition que nous survivions à la Transformation... Elle avala sa salive et se pressa d'ajouter :

— Ce que je veux dire, c'est que j'aimerais que nous soyons amies.

Je lui souris. Elle avait l'air si gentille – à mille lieues de mes idées préconçues sur les vampires – que cela me rassura. Peut-être arriverais-je finalement à m'intégrer ici ?

— Moi aussi, j'aimerais que nous soyons amies.

— Super ! s'exclama-t-elle joyeusement. Maintenant, dépêchons-nous, sinon nous allons être en retard.

Elle me poussa vers la porte située entre les deux placards, puis se mit devant le miroir posé sur son bureau et commença à se brosser les cheveux.

Je pénétrai dans une minuscule salle de bains, ôtai mon vieux tee-shirt et le remplaçai par la chemise et le pull en soie d'un beau violet profond. Avant de retourner prendre mon mascara dans la chambre, je jetai un coup d'œil dans la glace au-dessus du lavabo. J'étais encore pâle, mais j'avais perdu mon aspect maladif. Mes cheveux étaient tout décoiffés, et une fine ligne de points de suture noirs courait sur ma tempe gauche. Mais ce fut la Marque saphir qui attira mon regard. Alors que je l'admirais, fascinée par sa beauté exotique, la lumière de la salle de bains se refléta sur le labyrinthe argenté brodé sur mon cœur. Je trouvais que ces deux symboles allaient bien ensemble, malgré leur forme et leur couleur différentes...

Et moi, est-ce que j'allais bien avec eux ? M'habituerais-je à ce monde étrange et nouveau ?

Je fermai les yeux et priai pour que, quoi qu'on nous serve au dîner ce soir-là, cela ne perturbe pas mon estomac. « Oh, s'il vous plaît ! Faites qu'il n'y ait pas de sang ! »

CHAPITRE NEUF

La cafétéria — oups ! le « réfectoire », comme le proclamait la plaque en argent à l'entrée — était géniale. Elle ne ressemblait en rien à celle, glaciale, de mon ancien lycée, dont l'acoustique était si mauvaise que, même assise à côté de Kayla, je n'entendais pas la moitié de ce qu'elle me racontait. Dans cette salle chaude et accueillante au plafond bas, aux murs de briques apparentes et de pierres noires, étaient disposées des tables de pique-nique en bois avec des bancs assortis, aux sièges et aux dossiers rembourrés, pouvant accueillir six élèves. Elles entouraient une grande table placée au centre de la pièce, qui débordait de fruits, de fromages, de viande, et sur laquelle était posée une carafe en cristal remplie d'un liquide ressemblant à du vin rouge. (Quoi ? Du vin à l'école ?) Au fond, une baie vitrée, dont les lourds rideaux de velours bordeaux étaient entrouverts, donnait sur une charmante petite cour agrémentée de bancs en pierre, avec des chemins sinueux, des buissons, des fleurs et même, au milieu, une fontaine en forme d'ananas. C'était très joli au clair de lune et à la lumière des lampes à gaz.

La plupart des tables étaient déjà occupées par des élèves qui mangeaient et discutaient avec animation. Ils me dévisagèrent sans dissimuler leur curiosité lorsque j'entrai. J'inspirai profondément et me redressai : autant leur montrer carrément la Marque qui les obsédait tant. Lucie me conduisit vers les serveurs qui distribuaient la nourriture derrière des présentoirs en verre.

— À quoi sert la table du milieu ? lui demandai-je.

— C'est une offrande symbolique à la déesse Nyx. Une table lui est toujours réservée. Au début, ça paraît bizarre, mais on s'y habitue vite.

En fait, ça ne me semblait pas si étrange que ça, tant la déesse était présente en ces lieux. Elle avait imprimé sa Marque sur tous. Sa statue se dressait fièrement devant son temple. J'avais aussi vu de petits dessins et des figurines à son effigie un peu partout. J'avais sa grande prêtresse pour mentor et, je devais bien l'admettre, je me sentais déjà intimement liée à elle. Je dus faire un effort pour ne pas toucher mon front à cette pensée.

Je saisis un plateau et pris place dans la queue, derrière Lucie.

— Ne t'inquiète pas, me chuchota-t-elle. C'est vraiment bon. Ils ne nous forcent pas à boire du sang ou à manger de la viande crue !

Je desserrai les mâchoires, soulagée, et me mis à saliver. Des spaghettis ! Je me figeai : avec de l'ail !

— Cette histoire selon laquelle les vampires ne supportent pas l'ail, c'est n'importe quoi, me souffla ma camarade de chambre.

— Tant mieux ! Et pour ce qui est de boire du sang ?
— Non.
— Non, quoi ?
— Ce n'est pas n'importe quoi.

Génial. Super. Fantastique. Exactement ce que je ne voulais pas entendre.

M'efforçant de chasser cette idée de ma tête, je pris une tasse de thé et suivis Lucie à une table occupée par deux adolescents. Évidemment, la conversation s'arrêta net à mon arrivée, ce qui ne sembla pas désarçonner Lucie. Elle fit les présentations alors que je m'asseyais en face d'elle.

— Salut ! Je vous présente ma nouvelle camarade de chambre, Zoey Redbird. Zoey, voici Erin Bates, dit-elle en désignant une blonde beaucoup trop jolie à côté de moi.

Combien y avait-il de jolies blondes dans cette école ? Ils auraient dû fixer un quota !

— C'est le top model du groupe, ajouta Lucie. En plus, elle est drôle et intelligente, et je ne connais personne au monde qui possède autant de chaussures qu'elle !

Erin détacha les yeux de ma Marque et me dit bonjour.

— Et voici le seul mec de notre bande, Damien Maslin. Mais il est gay, alors il ne compte pas vraiment.

Loin d'être vexé par ces propos, Damien lança :

— En fait, vu que je suis gay, je pense que je devrais plutôt compter pour deux. Non seulement je vous donne un point de vue masculin, mais en plus vous pouvez être sûres que je ne vais pas vous tripoter !

Il avait une peau parfaite, sans le moindre bouton, des cheveux bruns et des yeux de faon. En fait, il était mignon. Pas de façon exagérément féminine, comme tant d'adolescents qui décident de faire leur coming out et de révéler ce que tout le monde sait déjà. (Enfin, tout le monde, sauf leurs parents.) Damien n'était pas efféminé ; c'était juste un joli garçon avec un sourire craquant. Je notai avec plaisir qu'il s'efforçait lui aussi de ne pas regarder fixement ma Marque.

— Ouais, tu as peut-être raison, dit Lucie en mordant dans son pain à l'ail. Je n'ai jamais vu les choses sous cet angle.

— Ignore-la, Zoey. Nous, nous sommes presque normaux, dit Damien. Et nous sommes contents que tu sois enfin là. Elle nous tapait sur les nerfs à force de se demander comment tu serais et quand tu arriverais...

— ... si tu serais comme ces ados qui sentent mauvais et qui confondent le statut de vampire avec celui de gros loser, enchaîna Erin.

— Ou si tu serais comme l'une d'elles, conclut Damien en jetant un coup d'œil vers une table sur notre gauche.

Je suivis son regard et me tendis.

— Tu veux dire Aphrodite ?

— Ouais, et sa bande d'infâmes sycophantes.

Hein ? Je le regardai en clignant des yeux.

Lucie soupira :

— Tu t'habitueras vite à son obsession du vocabulaire. Et encore, celle-ci, il nous l'a déjà sortie, alors on n'a pas besoin de lui réclamer une traduction. Sycophante signifie « flatteur servile », déclara-t-elle, toute fière, comme si elle venait de donner la bonne réponse en cours.

— Moi, elles me donnent envie de vomir, fit Erin sans lever les yeux de son assiette.

— Elles ?

— Les Filles de la Nuit, dit Lucie en baissant la voix.

— Des sorcières démoniaques, précisa Erin.

— Allez, on arrête ! lança Lucie. Il ne faut pas monter Zoey contre elles. Elles pourraient bien s'entendre.

— T'es dingue, ou quoi ! Avec ces sorcières démoniaques ? s'écria Erin.

— Surveille ton langage, Erin, dit Damien d'un ton guindé.

Je me sentis franchement soulagée qu'aucun de mes camarades n'aime Aphrodite. Je m'apprêtais à leur demander plus d'explications lorsqu'une fille se laissa tomber à côté de Lucie en soufflant bruyamment. Elle avait la peau chocolat, un corps bien fait, des lèvres charnues et des pommettes hautes qui lui donnaient un air de princesse africaine. Elle avait aussi de très beaux cheveux épais qui tombaient en vagues sombres et brillantes sur ses épaules. Ses yeux étaient si noirs qu'ils semblaient dénués de pupilles.

— Merci, les copains ! s'exclama-t-elle en jetant un regard insistant à Erin. Vous auriez pu me réveiller pour le dîner !

— Je pensais être ta camarade de chambre, pas ta maman, répondit nonchalamment Erin.

— Ne me force pas à couper ta sale tignasse blonde en pleine nuit ! siffla la princesse africaine.

— En fait, précisa Damien, l'usage voudrait que l'on dise : « Ne me force pas à couper ta sale tignasse blonde en pleine journée. » Le jour est notre nuit, et donc la nuit est le jour. Le temps est inversé, ici.

La belle métisse plissa les yeux.

— Damien, tu commences vraiment à me fatiguer avec tes raisonnements débiles.

— Shaunee, intervint Lucie, ma camarade de chambre est enfin arrivée. Je te présente Zoey Redbird. Zoey, voici Shaunee Cole.

— Enchantée, dis-je.

— Zoey, pourquoi ta Marque est colorée ? demanda

Shaunee. Tu es encore une novice, non ? Quoi ? lança-t-elle en s'apercevant que sa question avait jeté un froid. Ne me dites pas que vous ne vous posez pas tous la même question !

— Peut-être, mais nous sommes suffisamment polis pour la laisser tranquille, répondit Lucie en la fusillant du regard.

— Oh, c'est bon ! Tout le monde crève d'envie de savoir ce qui se cache derrière tout ça. Inutile de tourner autour du pot pendant cent sept ans ! Allez, raconte !

« Autant affronter ça maintenant », pensai-je. Je savais bien qu'il me faudrait m'expliquer à un moment ou à un autre. Je n'étais pas stupide – décontenancée, peut-être, mais pas stupide –, et mon instinct me soufflait de ne pas évoquer ma rencontre avec Nyx. J'avalai une gorgée de thé pour m'éclaircir la gorge. Ils étaient tous suspendus à mes lèvres.

— Je suis toujours novice. Je ne pense pas être différente de vous. Je ne sais pas pourquoi ma Marque est remplie. Ce n'était pas le cas quand le Traqueur m'a marquée. Mais, quelques heures plus tard, j'ai eu un accident. Je suis tombée et je me suis cogné la tête. À mon réveil, elle était comme ça. C'est sans doute dû à ma chute, je ne vois pas d'autre explication. J'étais inconsciente, j'ai perdu beaucoup de sang. Peut-être que ça a accéléré le processus.

— Hum…, fit Shaunee, l'air déçu. Je m'attendais à quelque chose de plus croustillant.

— Désolée.

— Méfie-toi, Jumelle, lui lança Erin en désignant les Filles de la Nuit. À t'entendre, on pourrait croire que tu t'es trompée de table.

Shaunee fit la grimace.

— Plutôt mourir que traîner avec ces garces.

— Arrêtez, dit Lucie, vous allez lui embrouiller les idées.

Damien poussa un soupir.

— Et si on changeait de sujet ? proposa-t-il en se penchant vers moi. D'abord, il faut que tu saches qu'on surnomme Erin et Shaunee les Jumelles. Comme tu peux le voir, elles ne sont pas de la même famille. Erin est de Tulsa, et Shaunee, qui doit sa jolie couleur chocolat à ses origines jamaïcaines, nous vient du Connecticut...

— Merci d'apprécier ma couleur à sa juste valeur, dit Shaunee.

— Je t'en prie. Pourtant, elles se ressemblent énormément.

— Comme si on les avait séparées à la naissance, précisa Lucie.

Au même moment, Erin et Shaunee se sourirent en haussant les épaules. Je remarquai alors qu'elles portaient la même tenue : une veste en jean noire avec de superbes ailes brodées en fil doré sur la poitrine, un tee-shirt noir et un pantalon noir taille basse. Elles avaient de grands anneaux dorés aux oreilles.

— Nous faisons la même pointure, dit Erin en tendant les pieds pour me montrer ses bottes en cuir noir, à talons aiguilles et bout pointu.

— Et qu'est-ce que pèse la mélanine face à l'amour des chaussures ? renchérit Shaunee en exhibant les siennes en cuir noir et lisse, avec de grosses boucles argentées sur les chevilles.

— Passons aux Filles de la Nuit ! reprit Damien en levant les yeux au ciel. Pour faire bref, c'est un groupe formé en majorité de dernières années qui se croient responsables de l'esprit de l'école.

— Non, dit Shaunee, pour faire bref, ce sont des sorcières démoniaques.

— Exactement ce que je disais, Jumelle ! s'exclama Erin en riant.

— Vous ne m'êtes pas d'une grande aide, toutes les deux, soupira Damien. Où en étais-je ?

— L'esprit de l'école, lui rappelai-je.

— Ah oui, c'est ça. Selon les Filles de la Nuit, le but de leur organisation est de défendre l'école et les vampires. Leur chef suit une formation pour devenir grande prêtresse. Elle est donc censée représenter le cœur et l'âme de la Maison de la Nuit, se destiner à occuper une position dominante dans la société des vampires, etc. En gros, imagine-toi une déléguée de classe entourée de pom-pom girls et de membres de la fanfare.

— Et de joueurs de foot, compléta Lucie. N'oublie pas qu'il y a aussi des Fils de la Nuit.

— Ça, oui ! s'exclama Shaunee. C'est vraiment criminel que de jeunes garçons aussi sexy en soient réduits à faire de la lèche à ces sorcières démoniaques.

— Laissez-moi finir ! s'écria Damien. Comme si je risquais de les oublier... Vous n'arrêtez pas de m'interrompre.

Les trois filles lui sourirent d'un air contrit. Lucie fit mine de se coudre les lèvres. Erin et Shaunee grimacèrent, mais se turent pour laisser la parole au garçon. Je devinai à leur attitude que cette discussion revenait régulièrement sur le tapis.

— En réalité, reprit Damien, les Filles de la Nuit ne sont qu'un club de garces et de crâneuses qui prennent plaisir à mépriser tout le monde. Elles veulent qu'on leur obéisse au doigt et à l'œil, et qu'on se conforme à leur conception bizarroïde des vampires. Et, surtout, elles détestent les humains : si tu ne partages pas leur point de vue, tu peux aller te faire voir.

— Et tu risques de passer un sale moment, ajouta Lucie.

À en juger par son expression, elle devait en avoir fait l'expérience. Je me rappelai son air paniqué quand Aphrodite m'avait accompagnée dans notre chambre. Qu'avait-il bien pu se passer ?

— Ne te laisse pas intimider pour autant, me conseilla Damien. Surveille tes arrières et...

— Salut, Zoey, contente de te revoir, fit une voix mielleuse dans mon dos, nous faisant tous sursauter.

Je n'eus aucun mal à la reconnaître. Quand on parle du loup...

Aphrodite portait le même pull que moi, mais le symbole brodé sur son cœur représentait trois femmes aux allures de déesse, dont l'une tenait une paire de ciseaux. Elle avait complété sa tenue par une jupe plissée très courte, des collants noirs parsemés de paillettes argentées et des bottes, noires également, qui lui arrivaient aux genoux. Elle était flanquée de deux filles habillées à peu près de la même façon : une Noire, avec des cheveux incroyablement longs, et une blonde (cette fois, c'en était une fausse !).

— Salut, Aphrodite, réussis-je à articuler.

— J'espère que je ne vous dérange pas, glissa-t-elle, sournoise.

— Pas du tout. Nous parlions justement des ordures qu'il faut descendre ce soir, rétorqua Erin avec un grand sourire innocent.

— Oh, ça ne m'étonne pas de vous ! répondit Aphrodite en lui tournant le dos.

Erin, les poings serrés, semblait à deux doigts de lui sauter à la gorge.

— Zoey, reprit Aphrodite, j'ai oublié de te dire quelque chose tout à l'heure. J'aimerais que tu assistes au rituel de pleine lune des Filles de la Nuit, demain soir. Nous n'avons pas l'habitude d'inviter quelqu'un qui vient d'arriver, mais ta Marque indique que tu es... disons, différente des autres. J'en ai déjà touché un mot à Neferet, et elle trouve que c'est une bonne idée. Je te donnerai les détails plus tard, quand tu ne seras pas aussi accaparée par les... euh... les *ordures*.

Elle adressa un sourire sarcastique au reste de la tablée, secoua ses longs cheveux et s'éloigna, escortée par ses acolytes.

— Sales sorcières démoniaques ! sifflèrent en chœur Erin et Shaunee.

CHAPITRE DIX

— Je continue de penser que l'*hybris* conduira Aphrodite à sa perte, dit Damien.

— *Hybris*, expliqua Lucie, signifie « démesure », en grec ancien.

— En fait, je le savais, fis-je. On vient juste d'étudier *Médée*, au lycée. C'est ce qui a perdu Jason.

— J'adorerais lui faire passer son *hybris* à coups de pied aux fesses, maugréa Erin.

— Je pourrais la tenir pendant ce temps-là, Jumelle, proposa Shaunee.

— Non ! s'écria Lucie. On en a déjà parlé. La punition pour bagarre est beaucoup trop sévère.

Erin et Shaunee se calmèrent aussitôt. Je m'apprêtais à demander en quoi cette punition consistait, mais Lucie ne m'en laissa pas le temps :

— Fais attention, Zoey. Parfois, les Filles de la Nuit paraissent presque normales, et c'est là qu'elles sont le plus dangereuses.

— Oh, de toute façon, je n'irai pas à leur truc de pleine lune !

— Je ne pense pas que tu aies le choix, dit Damien avec douceur.

— Neferet a donné son accord, poursuivit Lucie

alors qu'Erin et Shaunee hochaient la tête. Ça signifie qu'elle tient à ce que tu y ailles. Tu ne peux pas t'opposer à ton mentor.

— Surtout s'il s'agit de Neferet, grande prêtresse de Nyx, enchaîna Damien.

— Et si je lui expliquais que je ne me sens pas prête pour... pour... ce rituel ? Et si je demandais à en être... dispensée ?

— Non, car Neferet le répéterait aux Filles de la Nuit, et elles s'imagineraient que tu as peur d'elles, déclara Lucie.

— Euh... je te signale que c'est le cas, lâchai-je.

— Alors, ne le montre pas ! me conseilla-t-elle, visiblement gênée. C'est encore pire que leur tenir tête.

— Arrête de culpabiliser, dit Damien en lui caressant la main.

Lucie lui sourit d'un air reconnaissant, puis s'adressa de nouveau à moi :

— Vas-y. Vas-y et sois forte. Elles ne vont rien tenter de bien terrible dans l'école. Elles n'oseraient pas.

— Ouais, intervint Shaunee. Pour faire leurs sales trucs, elles vont dans des endroits où les vampires adultes ne peuvent pas les surprendre. Ici, elles jouent les filles super sympas pour tromper tout le monde.

— Tout le monde sauf nous, déclara Erin avec un geste qui désignait non seulement notre groupe, mais la salle entière.

— Qui sait ? reprit Lucie sans la moindre pointe de sarcasme ou de jalousie. Peut-être que Zoey s'entendra bien avec elles.

Je secouai la tête.

— Oh non ! Aucune chance. Je n'aime pas les gens

qui essaient d'humilier les autres pour renforcer leur ego. Et je n'ai aucune envie d'aller à leur rituel !

Je pensai à mon beau-père et à ses amis. Comme c'était ironique ! Ils avaient tant en commun avec des adolescentes qui se prenaient pour les filles d'une déesse...

— Je t'accompagnerais bien, me dit Lucie d'un air triste, mais, à moins d'appartenir au groupe, on ne peut pas y entrer sans invitation.

— Ne t'en fais pas. Je... je me débrouillerai.

Cette conversation m'avait coupé l'appétit. Je me sentais soudain très fatiguée et je n'avais qu'une envie : changer de sujet.

— Bon, parlez-moi de vos différents symboles. Lucie m'a déjà expliqué le nôtre, la spirale de Nyx. Damien a le même que nous : il est donc en première année. Mais Erin et Shaunee ont des ailes, et Aphrodite encore autre chose.

— Il s'agit des trois Parques, le signe distinctif des quatrièmes années, répondit Damien. Ce sont les filles de Nyx. Les ciseaux d'Atropos symbolisent la fin des études.

— Et, pour certains d'entre nous, la fin de la vie, dit Erin d'un air sombre.

Un silence de plomb s'abattit sur nous. J'attendis un instant ; puis je me raclai la gorge et demandai :

— Et les ailes de Shaunee et Erin ?

— Ce sont celles d'Eros, le fils de Nyx..., expliqua Damien

— Le dieu de l'Amour ! s'écrièrent en chœur les Jumelles, en remuant les hanches, ce qui leur valut un regard courroucé de Damien.

— Ces ailes dorées sont le symbole des deuxièmes

années, continua-t-il. En fait, Eros évoque la capacité d'aimer de Nyx, et les ailes symbolisent notre mouvement continuel vers le haut.

— Et les troisièmes années ? voulus-je savoir.

— Ils ont le chariot doré de Nyx et sa traîne d'étoiles, répondit Damien.

— C'est le plus beau des quatre, dit Lucie, l'air rêveur.

— Le chariot, c'est la continuation de notre voyage vers Nyx. Les étoiles, elles, représentent la magie des deux années déjà écoulées.

— Damien, le parfait petit élève ! se moqua Erin.

— Je t'avais bien dit qu'on aurait dû lui demander de nous aider à faire notre devoir de mythologie humaine, lança Shaunee en se tournant vers elle.

— Quoi ? C'est moi qui trouvais qu'on avait besoin de son aide, et…, rétorqua Erin.

— Bon, les coupa Damien, voilà ce que signifient les quatre symboles. Fastoche. Du moins, quand on suit les cours, au lieu de s'écrire des mots et de mater les mecs, ajouta-t-il à l'intention des Jumelles, qui poussèrent des cris scandalisés.

Lucie se leva subitement et me tira par le coude.

— Bon, les amis, nous, on y va. Zoey est crevée, comme nous tous le jour de notre arrivée ; moi, je dois réviser pour mon contrôle de socio des vampires. Alors, à demain !

— OK, à demain, répondit Damien. Content d'avoir fait ta connaissance, Zoey.

— Ouais, bienvenue au lycée de l'Enfer, lancèrent en chœur les Jumelles.

— Merci, dis-je à ma camarade quand nous nous

retrouvâmes dans le couloir. C'est vrai que je suis épuisée.

Nous fûmes soudain obligées de nous arrêter : un chat gris argenté au poil brillant nous coupa la route, poursuivant un petit matou tigré qui se sauvait à toutes jambes, terrifié.

— Belzébuth ! s'écria Lucie. Laisse Cammy tranquille, ou Damien va t'écorcher vif !

Elle essaya d'attraper le voyou ; en vain. Il abandonna néanmoins sa course-poursuite et s'éloigna, l'air vexé. Lucie le regarda en fronçant les sourcils.

— Shaunee et Erin devraient lui apprendre la politesse ! Toujours en train de manigancer quelque chose, celui-là !

Nous sortîmes dans la douce obscurité qui précède l'aube.

— Le petit Cammy appartient à Damien. Belzébuth, lui, a choisi Shaunee et Erin. Eh oui ! Tu verras, dans quelque temps tu penseras toi aussi qu'elles sont vraiment jumelles.

— Elles ont l'air sympas, en tout cas.

— Oh, elles sont super ! Elles se chamaillent tout le temps, mais elles sont très loyales et ne laisseront jamais personne dire du mal de toi. En revanche, elles ne se gêneront pas pour te critiquer, mais pas méchamment, et jamais dans ton dos.

— Et j'aime bien Damien.

— C'est une crème, et, en plus, il est intelligent ! Mais, parfois, il me fait de la peine.

— Pourquoi ?

— Il est arrivé ici il y a environ six mois. Dès que son camarade de chambre a découvert que Damien était gay – ce qu'il n'essaie pas de cacher ! –, il est allé voir

Neferet pour lui dire qu'il ne voulait pas partager sa chambre avec une tapette.

Je fis la grimace : je ne supporte pas les homophobes.

— Et Neferet ne l'a pas envoyé balader ?

— Si, elle a dit à ce mec – il s'appelle Thor – ce qu'elle en pensait. Quant à Damien, elle lui a proposé une chambre individuelle s'il ne voulait pas rester avec Thor. Il a accepté. Normal, non ?

— Oui, j'aurais fait pareil.

— Nous aussi. Depuis, il est très solitaire.

— Il n'y a pas d'autres homosexuels, ici ?

— Il y en a quelques-uns, mais Damien ne les fréquente pas ; ils sont trop bizarres et efféminés pour lui. Du coup, il se sent seul. D'autant que ses parents ne lui écrivent jamais.

— C'est cette histoire de vampires qui les fait flipper ?

— Non, ça leur est égal. N'en parle pas à Damien, pour ne pas le blesser, mais je crois qu'ils ont été soulagés lorsqu'il a été marqué. Ils ne savaient pas quoi faire d'un fils homosexuel.

— Pourquoi auraient-ils eu quelque chose à faire de lui ? Il reste leur fils ! Il préfère les garçons, voilà tout.

— Ils vivent à Dallas, et son père fait partie du Peuple de la Foi. Je crois qu'il est pasteur, ou un truc comme ça...

— Stop, l'interrompis-je. Inutile d'en dire plus. Je vois le genre.

Lucie poussa la porte du dortoir. Quelques filles y regardaient une série télé. Elle les salua avant de demander :

— Zoey, tu veux un soda ou autre chose à emporter dans la chambre ?

Je hochai la tête et la suivis dans une petite pièce contenant quatre réfrigérateurs, un grand évier, deux fours micro-ondes, plusieurs placards et une table en bois. Sans ce nombre étonnant de réfrigérateurs, on aurait pu se croire dans une cuisine normale, propre et bien rangée. Lucie en ouvrit un. Il était rempli de toutes sortes de boissons : sodas, jus de fruits et eau gazeuse…

— Qu'est-ce que tu veux ?

— N'importe quel soda, genre Coca.

— Les provisions sont pour tout le monde.

Elle me tendit deux Coca Light et en prit deux pour elle.

— Il y a des fruits et des légumes dans ces deux frigos, et des sandwichs à la viande maigre dans l'autre. Par contre, les vampires étant obsédés par la nutrition, tu ne trouveras ni chips ni confiseries.

— Même pas de chocolat ?

— Si, dans le placard. Ils achètent du chocolat très cher. Apparemment, si on le consomme avec modération, c'est bon pour nous.

« N'importe quoi ! pensai-je alors que nous montions à l'étage. Chocolat et modération, c'est incompatible ! »

— Alors, comme ça, les vampires pensent qu'il est important de manger sainement ?

— Oui, surtout pour nous, les novices. En ce qui concerne les adultes, on ne voit pas de vampires obèses, mais ils ne passent pas non plus leur temps à grignoter des bâtonnets de carottes ou des feuilles de salade. En général, ils prennent leurs repas tous ensemble dans leur propre réfectoire, et il paraît qu'ils ont un bon coup de fourchette. J'ai entendu dire qu'ils avaient un faible pour la viande rouge saignante.

— Berk, fis-je en imaginant Neferet en train de dévorer un steak bleu.

— Parfois, nos mentors s'assoient avec nous pour le dîner, mais ils se contentent alors d'un ou deux verres de vin.

De retour dans notre chambre, je m'assis sur mon lit, poussai un gros soupir et enlevai mes chaussures. J'étais vannée ! Tout en me massant les pieds, je me demandai pourquoi les vampires adultes ne mangeaient pas avec nous. Je chassai cette question : je ne voulais pas penser à ça. Cela risquait d'en entraîner beaucoup d'autres... Par exemple, de quoi se nourrissaient-ils ? Et que me faudrait-il avaler quand j'arriverais à l'âge adulte (si j'y arrivais) ? Pouah !

Je songeai alors à la réaction que j'avais eue en voyant le sang de Heath, l'avant-veille (cela me paraissait si loin...), et celui du garçon dans le couloir. Non, je n'avais pas envie d'aborder ce sujet. Je me concentrai donc sur le régime alimentaire des élèves.

— Mais, s'ils ne se soucient pas de manger sainement, pourquoi veulent-ils que nous fassions attention ?

Ma camarade me lança un regard terrifié.

— Pour la même raison qu'ils nous font faire du sport tous les jours : pour que notre corps soit aussi fort que possible. Car si on s'affaiblit, si on grossit ou si on tombe malade, cela indique que notre organisme rejette la Transformation.

— Et alors, on meurt, dis-je doucement.

— Oui, c'est ça.

CHAPITRE ONZE

Je pensais que je ne réussirais pas à dormir : j'allais rester allongée là à me morfondre et à regretter l'étrange tournure qu'avait prise ma vie. Les yeux du garçon que j'avais vu dans le couloir me revenaient en mémoire, mais j'étais trop fatiguée pour me concentrer sur quoi que ce soit. Même Aphrodite la psychopathe me paraissait loin. À vrai dire, je n'avais qu'une inquiétude, et elle concernait mon front. Il me faisait mal. Me lançait-il de nouveau à cause de ma Marque ou de ma coupure, ou bien un énorme bouton était-il en train d'y pousser ? Je réfléchis à la façon dont j'allais me coiffer le lendemain pour cacher cette misère. Je me recroquevillai sous mon duvet et, alors que je retrouvais l'odeur familière des plumes et de ma maison, je me sentis bien, au chaud, en sécurité... et je sombrai dans le sommeil.

Je ne fis pas de cauchemars. Je rêvai de chats. Allez comprendre ! Pas de garçons sexy, pas de mes nouveaux pouvoirs, seulement de chats. Un chat en particulier, un petit minou orange avec des pattes minuscules et un bourrelet sur le ventre qui me faisait penser à une poche de kangourou. Il n'arrêtait pas de me sermonner d'une voix de vieille dame en me demandant pourquoi j'avais mis si longtemps à arriver. Puis sa voix se transformait en un vrombissement désagréable, et je...

— Zoey ! Éteins-moi cette maudite sonnerie !
— Quoi ? Hein ?

Oh, zut ! Je détestais être arrachée au sommeil. Je tâtonnai à la recherche de mon réveil infernal. Sans mes lentilles de contact, j'étais en effet complètement aveugle. J'attrapai mes lunettes d'intello, et je regardai l'heure. Dix-huit heures. Et je me réveillais tout juste ! Ça alors !...

— Tu veux prendre ta douche la première, ou tu préfères que j'y aille ? me demanda Lucie d'une voix ensommeillée.
— Je veux bien y aller, si ça ne te dérange pas.
— Non, non..., dit-elle en bâillant.
— Cool.
— On n'a pas beaucoup de temps. Je ne sais pas, toi, mais moi, je dois avaler un solide petit déjeuner. Sinon, je vais mourir de faim avant minuit.
— Il y a des céréales ? demandai-je, soudain réveillée.

J'adorais les céréales, comme le prouvait mon tee-shirt *J'♥ les céréales*. J'avais une prédilection pour les « *Count Chocula* », dont la mascotte n'était autre que le comte Dracula, ce qui ne manquait pas de piquant...

— Oui, il y en a de toutes sortes, mais aussi des petits pains, des fruits, des œufs durs...
— Je me dépêche ! lançai-je, me sentant affamée. Au fait, je dois porter quelque chose de spécial ?
— Non, dit Lucie en bâillant de plus belle. Choisis un pull ou une veste avec notre symbole, et ça fera l'affaire.

Je fis aussi vite que possible, malgré ma nervosité grandissante. Puis je m'attaquai à ma coiffure et à mon maquillage, utilisant le miroir portable de Lucie pendant qu'elle était sous la douche. La Marque semblait transformer mon visage. J'avais toujours eu de beaux yeux, grands et noirs, avec des cils épais, que Kayla m'enviait. Les siens étaient très rares, courts et blonds. (À ce propos, Kayla me manquait, surtout ce soir-là où je m'apprêtais à faire ma rentrée dans une nouvelle école, sans elle.) Pour en revenir à ma Marque, elle agrandissait et assombrissait encore plus mes yeux. Il valait donc mieux en faire moins que trop. Je les soulignai d'une ombre noire fumée, que je parsemai de petites paillettes argentées. Mais je gardai la main légère, pas comme ces filles qui se barbouillent de crayon noir pour avoir l'air cool et se retrouvent avec une tête de raton laveur. J'estompai le trait, je mis du mascara, du fard à joues et enfin un peu de gloss sur mes lèvres, que je n'avais cessé de mordiller nerveusement.

Puis j'observai le résultat.

Par chance, mes cheveux étaient disciplinés : même mes mèches rebelles ne partaient pas en tous sens, comme d'habitude. J'étais différente, et pourtant toujours la même. La Marque soulignait la profondeur de mes yeux, mes pommettes hautes, mon nez droit et fin, et la couleur mate de ma peau, héritée de ma grand-mère. La Marque couleur saphir de la déesse agissait comme un révélateur du sang cherokee en moi.

— Tes cheveux sont super, dit Lucie en me rejoignant. J'aimerais bien que les miens se tiennent comme ça quand ils sont longs, mais non : ils frisent, et je ressemble à un mouton !

— Cette coupe courte te va très bien, je trouve, dis-je en attrapant mes ballerines noires.

— Sauf qu'ici, je fais tache ! soupira-t-elle. Tout le monde a les cheveux longs.

— Oui, j'ai remarqué. Pourquoi ?

— C'est l'un des effets de la Transformation. Nos cheveux poussent anormalement vite, tout comme nos ongles.

Je revis les ongles d'Aphrodite déchirant le jean et la peau de l'inconnu du couloir, et je frissonnai. Heureusement, Lucie ne s'en aperçut pas.

— Tu verras, au bout d'un moment, tu n'auras plus besoin de regarder le symbole des élèves pour savoir en quelle année ils sont. Tu apprendras tout ça en cours de sociologie. Oh ! En parlant de ça !

Elle fouilla dans une pile de papiers sur son bureau et me tendit une feuille.

— Tiens, c'est ton emploi du temps. Nous avons le troisième et le cinquième cours de la journée en commun. Regarde bien les options pour la deuxième heure : tu peux choisir celle que tu veux.

Mon nom était inscrit en gras en haut de la feuille – ZOEY REDBIRD, PREMIÈRE ANNÉE –, suivi de la date, qui précédait de cinq jours l'apparition du Traqueur au lycée !

1re heure : sociologie des vampires, salle 215, Mme Neferet.
2e heure : théâtre, centre des arts de la performance, Mme Nolan.
Ou
dessin, salle 312, Mme Doner.
Ou
introduction à la musique, salle 314, Mme Vento.
3e heure : littérature, salle 214, Mme Penthésilée.
4e heure : escrime, gymnase, M. Lankford.

PAUSE DÉJEUNER
5e heure : espagnol, salle 216, Mme Garmy.
6e heure : introduction à l'équitation, Mme Lenobia.

— Pas de géométrie ? m'étonnai-je.

J'étais surprise par cet emploi du temps trop bizarre, mais je m'efforçai de conserver une attitude positive.

— Non, heureusement ! Par contre, au prochain semestre, on aura économie.

— De l'escrime ? poursuivis-je. Une introduction aux études équestres ? C'est quoi, ces trucs ?

— Je t'ai dit qu'ils veulent qu'on soit en forme. Moi, j'aime bien l'escrime, même si c'est dur. Je ne suis pas très douée, mais on nous met souvent avec des élèves plus âgés, qui font office d'instructeurs. Et certains sont carrément canon ! Je ne fais pas d'équitation ce semestre, ils m'ont mise dans le cours de taekwondo. Et j'adore ça ! Quelle option tu choisis ?

Je regardai la liste.

— Toi, tu as pris quoi ?

— L'introduction à la musique, dit-elle en rougissant. Mme Vento est cool et... j'aimerais devenir une star de la musique country. Comme Johnny Cash, Neil Young ou Shania Twain. Ce sont tous des vampires, tu sais. Garth Brooks, qui est le plus grand de tous, a grandi en Oklahoma ! Je ne vois pas pourquoi je ne réussirais pas.

— Tu as raison.

Pourquoi pas, après tout ?

— Tu veux t'inscrire, toi aussi ?

— Ce serait marrant si je savais chanter ou jouer d'un instrument, mais ce n'est pas le cas, hélas !

— Ah... Alors, peut-être pas.

— En revanche, je pensais au cours de théâtre. J'en ai fait au lycée, et j'aimais bien ça. Tu connais Mme Nolan ?

— Oui, elle vient du Texas. Elle a un sacré accent, mais elle est excellente ! Elle a étudié le théâtre à New York, et tout le monde l'aime bien.

Je faillis éclater de rire. Lucie avait un accent de la campagne tellement prononcé qu'elle aurait pu jouer dans une pub pour un produit laitier ! Mais le lui faire remarquer l'aurait blessée, et je n'en avais pas l'intention.

— Bien, j'achète !

— Attrape ton emploi du temps, et allons-y ! lança Lucie. Hé, tu seras peut-être la prochaine Nicole Kidman !

Il aurait pu y avoir pire comme perspective... Plus sérieusement, je me rendis compte que je n'avais pas vraiment réfléchi à mon avenir professionnel, depuis que le Traqueur avait semé le chaos dans ma vie. Je pris conscience que je voulais toujours devenir vétérinaire.

Avec tous les chats qu'il y avait ici, un vampire vétérinaire trouverait toujours du travail ! (Hé ! Je pourrais appeler ma clinique « Vamp Véto », et mon slogan serait : « Donnez votre sang pour vos amis les animaux ! »)

La cuisine et la salle de séjour étaient remplies de filles que je ne connaissais pas. Lucie me présenta à un nombre invraisemblable de blondes et je m'efforçai de répondre à leurs saluts tout en cherchant une boîte de *Count Chocula* que je finis par trouver. Ouf ! Puis on dénicha une place à la table de la cuisine et on se mit à manger.

— Salut, Zoey !

Encore cette voix insupportable ! Lucie plongea les yeux au fond de son bol.

— Salut, Aphrodite, répondis-je d'un ton que j'espérais neutre.

— Au cas où on ne se reverrait pas plus tard, je voulais m'assurer que tu savais où tu dois aller. Le rituel de pleine lune des Filles de la Nuit commencera juste après celui de l'école, à quatre heures. Tu manqueras le dîner, mais ne t'inquiète pas, on te nourrira. Il aura lieu dans la salle d'initiation, près du mur est. Rendez-vous devant le temple de Nyx avant le rituel officiel, comme ça, on y assistera ensemble, et ensuite je te montrerai où c'est.

— En fait, j'ai déjà promis à Lucie que nous irions au rituel ensemble, dis-je, un peu agacée.

Je déteste qu'on prenne des décisions à ma place.

— Oui, désolée, dit Lucie, qui osa enfin relever la tête.

— Tu sais où se trouve la salle d'initiation, non ? lui demandai-je de ma voix la plus innocente.

— Oui, oui.

— Super ! Tu m'indiqueras le chemin et Aphrodite n'aura pas à m'attendre !

— Si ça peut te rendre service..., répondit malicieusement ma copine.

— Problème réglé, dis-je en faisant un grand sourire à Aphrodite.

— Très bien. On se voit à quatre heures. Ne sois pas en retard.

Elle fit volte-face et s'éloigna.

— Si elle n'arrête pas de tortiller les fesses comme ça, elle va finir par renverser quelque chose, pouffai-je.

Lucie faillit en recracher son lait par le nez.

— Ne dis pas des trucs pareils quand je mange !
Elle s'essuya la bouche, puis ajouta :
— Tu ne t'es pas laissé faire, bravo !
— Toi non plus, observai-je en engloutissant ma dernière cuillerée de céréales. Prête ?
— Prête. Bon, écoute-moi, c'est facile. Ta première heure se déroule dans la salle à côté de la mienne. Toutes les matières principales de notre année sont regroupées dans le même couloir. Viens, je vais te montrer.

Nous rinçâmes nos bols avant de les ranger dans l'un des cinq lave-vaisselle, puis nous nous précipitâmes dehors, dans la fraîcheur de la soirée d'automne. C'était vraiment trop bizarre d'aller à l'école la nuit ! En même temps, tout paraissait normal. Nous suivîmes le flot des élèves qui s'engouffraient dans le bâtiment principal par une lourde porte en bois.

— Le couloir des premières années se trouve là, dit Lucie en me précédant dans l'escalier.
— Ce sont les toilettes ? demandai-je alors que nous passions devant deux portes, entre lesquelles des fontaines à eau étaient installées.
— Oui. Voici ma classe ; la tienne est juste là. Allez, file, on se voit après le cours. Et bonne chance !
— Merci ! À plus !

CHAPITRE DOUZE

— Zoey ! Par ici !

Quel soulagement ! Je vis Damien, qui me désignait une table libre à côté de la sienne.

— Salut ! lançai-je en m'asseyant et en le gratifiant d'un sourire reconnaissant.

— Prête pour ta première journée ?

« Non », pensai-je.

— Oui, dis-je en hochant la tête.

À cet instant, une cloche sonna cinq coups, et Neferet entra dans la classe. Elle portait une longue jupe noire dont la fente sur le côté révélait de superbes bottes à talons aiguilles, et un pull en soie violet foncé. Une déesse brodée sur sa poitrine, les bras levés, tenait entre ses mains un croissant de lune. Neferet avait coiffé ses cheveux sombres en une tresse épaisse. Les tatouages délicats qui encadraient son visage lui donnaient l'allure d'une prêtresse ou d'une guerrière antiques. Elle nous sourit, et je m'aperçus que toute la classe était aussi subjuguée que moi par la puissance qui émanait d'elle.

— Bonsoir ! Je suis impatiente de commencer cette leçon et de me plonger avec vous dans la riche sociologie des Amazones, l'une de mes préférées. Cela tombe très bien que Zoey Redbird nous ait rejoints aujourd'hui. Je suis son mentor, et je tiens à ce que vous l'accueilliez comme il se doit. Damien, pourrais-tu aller lui chercher un livre ? Son placard se trouve à côté du tien. Pendant que tu lui expliques notre système de casiers, je veux que vous autres écriviez ce que vous savez sur les anciennes combattantes vampires connues sous le nom d'Amazones.

Des froissements de papier et des murmures se firent entendre. Damien me conduisit au fond de la classe, où se trouvait une rangée de placards, et en ouvrit un, sur lequel était collé le numéro 12 en argent. Il contenait de larges étagères bien rangées, remplies de livres et de fournitures.

— À la Maison de la Nuit, il n'y a pas de casiers comme dans les autres lycées, dit mon camarade. Ici, la classe où se déroule notre premier cours de la journée est notre foyer, et chacun y a son propre placard. Cette salle est toujours ouverte, tu peux venir y chercher tes affaires à tout moment. Tiens, voilà le manuel de sociologie.

Il me tendit un gros ouvrage relié en cuir. Sur la couverture, je vis la silhouette d'une déesse et le titre : *Sociologie des vampires*. J'attrapai un cahier et quelques stylos. Après avoir refermé la porte, j'hésitai un instant.

— Il n'y a pas de verrou ?

— Non, répondit Damien en baissant la voix, c'est inutile. Les vampires sentent immédiatement si quelqu'un a volé quelque chose. Je n'ose même pas imaginer ce qui arriverait à celui qui serait assez stupide pour essayer.

Nous nous rassîmes, et j'écrivis la seule chose que je savais au sujet des Amazones : que c'étaient des femmes soldats qui se passaient très bien des hommes.

— Pour commencer, quelle tradition amazone respectons-nous toujours à la Maison de la Nuit ? demanda Neferet.

Damien leva la main.

— Notre salut respectueux, le poing sur le cœur, nous vient des Amazones, tout comme la poignée de main particulière, qui consiste à serrer l'avant-bras de son interlocuteur.

— Très bien, Damien.

Voilà qui expliquait certaines choses !

— Bon, maintenant, que savez-vous sur ces guerrières ?

— La société des Amazones fonctionnait selon un système matriarcal, comme toutes celles de vampires, répondit une petite blonde à l'air intelligent.

— C'est exact, Elizabeth. Et sais-tu ce que l'on a coutume de dire à leur sujet ?

— Eh bien, la majorité des gens, surtout les humains, pensent que les Amazones détestaient les hommes.

— Absolument. Pourtant, une société matriarcale ne les rejette pas systématiquement. Même Nyx a un époux, le dieu Erebus, à qui elle est entièrement dévouée. La particularité des Amazones, cependant, résidait dans le fait qu'elles avaient choisi de se défendre et de se battre elles-mêmes. Comme la plupart d'entre vous le savent déjà, dans notre société actuelle, toujours matriarcale, nous respectons et apprécions les Fils de la Nuit, que nous considérons comme nos époux et nos protecteurs. Bien. Ouvrez votre livre au chapitre trois. Nous allons étudier la vie de la plus grande combattante amazone, Penthésilée. Mais gardez toujours en tête qu'il faut bien séparer l'histoire de la légende.

Neferet se lança alors dans l'un des cours les plus passionnants que j'avais jamais entendus. La sonnerie me prit complètement par surprise : je ne m'étais pas rendu compte qu'une heure déjà s'était écoulée. Je venais de ranger mon livre dans mon placard lorsque Neferet m'appela. J'attrapai un carnet et un stylo et me précipitai vers son bureau.

— Comment vas-tu ? me demanda-t-elle avec un sourire chaleureux.

— Bien, très bien, répondis-je.

Elle haussa un sourcil.

— Enfin... je suis un peu nerveuse et déboussolée.

— C'est normal. Il y a beaucoup de choses à assimiler, et c'est toujours difficile de changer d'école – surtout quand, en plus, on change de vie !

Elle regarda derrière moi.

— Damien, peux-tu accompagner Zoey à son cours de théâtre ?

— Volontiers !

— Zoey, on se voit ce soir au rituel. Oh ! Aphrodite t'a-t-elle invitée à la cérémonie privée des Filles de la Nuit ?

— Oui.

— Je voulais m'assurer que tu étais d'accord. Je comprendrais ta réticence, mais je t'encourage à y assister. C'est un honneur que les Filles de la Nuit te considèrent déjà comme un membre potentiel.

— Je vais y aller, dis-je en m'efforçant de paraître détendue.

Elle s'attendait de toute évidence à une réponse positive, et je n'avais pas l'intention de la décevoir, pas plus que de laisser croire à Aphrodite que j'avais peur d'elle.

— Excellente décision ! me félicita Neferet en me

pressant le bras. Si tu as besoin de moi, mon bureau se trouve dans la même aile que l'infirmerie. Je vois que tes points de suture sont presque entièrement dissous. C'est très bon signe. As-tu toujours mal à la tête ?

Je portai machinalement la main à ma tempe. Je n'avais senti qu'un ou deux points de suture me grattouiller aujourd'hui, contre une dizaine la veille. Étrange. Et, plus étrange encore, je n'y avais pas pensé une seule fois depuis que je m'étais réveillée.

Je m'aperçus alors que je n'avais pas pensé non plus à ma mère, à Heath, ni même à Grand-mère Redbird...

— Non, fis-je, me rendant compte que Neferet et Damien attendaient ma réponse. Non, plus du tout.

— Tant mieux ! Bon, sauvez-vous pour ne pas être en retard. Je suis sûre que le cours de théâtre va te plaire, Zoey. Mme Nolan commence tout juste à travailler sur les monologues.

J'étais en train de suivre Damien dans le couloir, lorsqu'une pensée me frappa.

— Comment sait-elle que j'ai choisi l'option théâtre ? Je ne me suis décidée que ce soir !

— Parfois, les vampires adultes en savent beaucoup trop, chuchota Damien. Ou plutôt, ils en savent *toujours* beaucoup trop, surtout lorsqu'il s'agit d'une grande prêtresse.

Je préférai ne pas penser à ce que j'avais caché à Neferet...

— Salut ! s'écria Lucie en nous rattrapant. Comment était le cours de socio ? Vous avez commencé la leçon sur les Amazones ?

— C'était génial ! répondis-je, heureuse de changer de sujet. Tu savais, toi, qu'elles se coupaient vraiment le sein droit pour qu'il ne les gêne pas quand elles tiraient à l'arc ?

— Moi, je n'aurais pas eu ce problème ! pouffa mon amie. Regarde comme je suis plate !

— Pareil pour moi, dit Damien en poussant un soupir comique.

Je riais toujours quand j'entrai dans la salle de théâtre. Mme Nolan ne dégageait pas une impression de puissance, comme Neferet, mais beaucoup d'énergie. Elle avait un corps athlétique malgré ses hanches larges, de longs cheveux châtains et raides, et – Lucie ne m'avait pas menti – un accent texan très fort.

— Bienvenue, Zoey ! fit-elle. Assieds-toi où tu veux.

Je la saluai et m'installai à côté d'Elizabeth, la blonde du cours de sociologie. Elle paraissait assez sympa et je savais déjà qu'elle n'était pas bête.

— Aujourd'hui, nous allons choisir les textes que vous nous présenterez la semaine prochaine. Mais, d'abord, je voudrais vous montrer comment on devrait réciter un monologue. J'ai donc demandé à l'un de nos troisièmes années particulièrement talentueux de venir déclamer le célèbre monologue d'*Othello*, écrit par Shakespeare, le grand dramaturge vampire.

Elle fit une pause et regarda par la vitre de la porte.

— Le voilà.

La porte s'ouvrit et... Wouah ! Mon cœur manqua un coup, et ma bouche s'ouvrit en grand. C'était le plus beau garçon que j'avais jamais vu : grand, cheveux bruns, une petite mèche sur le front. Il avait des yeux bleu saphir et...

Mais... Oh ! non ! C'était l'inconnu du couloir !

— Entre, Erik. Tu es à l'heure, comme toujours. Nous sommes prêts pour écouter ta tirade, dit la prof en se tournant vers la classe. Je suppose que vous connaissez Erik Night et que vous savez déjà qu'il a remporté le concours international de monologues des Maisons de la Nuit, l'année dernière, lors de la finale organisée à Londres. Son interprétation de Tony, dans notre représentation de *West Side Story*, le semestre dernier, a également fait parler de lui à Hollywood et à Broadway. Tu peux commencer, Erik.

Comme si mon corps s'était mis en pilotage automatique, j'applaudis avec les autres élèves. Souriant et sûr de lui, Erik s'avança sur l'estrade.

— Salut ! Comment ça va ?

Il s'adressait à moi, aucun doute là-dessus ! Je sentis mon visage s'empourprer.

— Les monologues, ce n'est pas sorcier, déclara-t-il. Il suffit de connaître son texte sur le bout des doigts, puis d'imaginer toute une troupe autour de soi. Voilà.

Et il se lança. Je ne savais pas grand-chose de cette pièce, à part que c'était une tragédie, mais le jeu d'Erik me bluffa. Il faisait au moins un mètre quatre-vingt-cinq, et quand il entra dans la peau de son personnage, il me parut encore plus grand, plus âgé et plus puissant. Sa voix se fit plus profonde, il adopta un accent que je ne parvins pas à définir ; ses yeux incroyables s'assombrirent. Il *était* Othello ! Lorsqu'il prononça le nom de Desdémone, son épouse, on aurait dit qu'il priait. Son amour pour elle était flagrant :

Elle m'aimait pour les dangers que j'avais surmontés,
Et je l'aimais parce qu'elle les prenait en pitié.

En prononçant cette dernière réplique, il me regarda droit dans les yeux. Comme la veille dans le couloir, nous nous retrouvâmes seuls dans la classe, seuls au monde. J'éprouvai le même frisson qui m'avait traversée les deux fois où j'avais vu du sang depuis que j'avais été marquée. Sauf qu'il n'y avait pas de sang dans la pièce. Il n'y avait qu'Erik. Puis il sourit, porta les doigts à ses lèvres, comme pour m'envoyer un baiser, et s'inclina. Toute la classe se mit à l'acclamer frénétiquement. Je ne pouvais pas m'empêcher d'imiter les autres.

— Merci, Erik ! Voilà comment il faut faire, dit Mme Nolan. Vous trouverez des exemplaires de monologues sur les étagères rouges, au fond de la classe. Prenez plusieurs livres et feuilletez-les. Vous devez choisir une scène qui signifie quelque chose pour vous, qui vous touche particulièrement. Je vais circuler parmi vous et je répondrai à vos questions. Lorsque vous aurez votre extrait, je vous aiderai à préparer votre interprétation.

Toujours troublée, le souffle court, je me levai et jetai malgré moi un coup d'œil à Erik, qui allait quitter la classe. Il se retourna au dernier moment et me surprit à le dévisager. Je rougis (de nouveau). Il croisa mon regard et me sourit (de nouveau). Puis il sortit.

— Il est sacrément sexy, hein ? me murmura-t-on à l'oreille.

Je sursautai et me retrouvai face à Mlle Elizabeth l'Étudiante-Parfaite. Elle fixait du regard Erik en s'éventant.

— Il... il n'a pas de petite amie ? lâchai-je bêtement.
— Alors là... mystère ! Il paraît qu'il sort avec Aphrodite. Sauf que, depuis mon arrivée, il y a plusieurs mois, je ne les ai jamais vus ensemble. Tiens ! ajouta-t-elle en me fourrant plusieurs livres dans les bras. Je m'appelle Elizabeth, sans nom de famille.

Devant mon air interloqué, elle soupira :

— Bon, d'accord, je m'appelais Grossin ! Tu imagines ? Mon mentor m'a proposé de choisir un autre nom. J'aurais bien aimé me débarrasser de Grossin, mais m'en inventer un nouveau me faisait bizarre. Alors j'ai décidé de ne pas me casser la tête et de garder juste mon prénom.

Elizabeth Sans-Nom-de-Famille haussa les épaules. Décidément, il y avait des élèves étranges, ici.

— Eh bien, ravie de te rencontrer, dis-je.

— Hé ! fit-elle quand nous retournâmes à nos places. Ce type, Erik, il te regardait.

— Il regardait tout le monde, prétendis-je, gênée.

— Oui, mais toi, il te regardait vraiment, insista-t-elle en souriant. Au fait, je trouve que ta Marque est cool.

Ouais, elle devait se détacher drôlement sur mon visage couleur betterave !

— Oh, merci.

— Tu as des questions sur ton monologue, Zoey ?

Je sursautai.

— Non, madame Nolan. Je ne l'ai pas encore choisi, mais j'en ai déjà étudié en cours de théâtre, dans mon ancien lycée.

— Très bien. N'hésite pas à faire appel à moi si tu as besoin d'éclaircissements sur l'intrigue ou sur les personnages.

Elle me tapota l'épaule et se remit à circuler dans la classe. J'ouvris le premier livre qui me tomba sous la main, et tentai en vain d'oublier Erik et de me concentrer sur les textes.

Il m'avait regardée. La question était : pourquoi ? Il devait m'avoir reconnue. Mais voulais-je vraiment plaire à un garçon qui était sorti avec Aphrodite ? Ce n'était sans doute pas une bonne idée. Peut-être s'intéressait-il simplement à ma Marque, comme tout le monde.

Pourtant, j'avais bien eu l'impression qu'il me dévisageait, moi, Zoey. Et ça m'avait plu.

Je reportai mon attention sur mon livre, ouvert au chapitre « Monologues dramatiques pour femmes ». Le premier extrait était tiré des *Précieuses ridicules* de Molière.

Comme par hasard...

CHAPITRE TREIZE

Je réussis toute seule à trouver mon cours de littérature. Ce n'était pas un exploit, vu qu'il avait lieu juste en face de la salle de Neferet, mais cela me redonna confiance : au moins, je n'avais plus à me faire guider comme une pitoyable « nouvelle ».

— Viens, Zoey ! s'écria Lucie quand j'entrai. On t'a réservé une place.

J'étais vraiment contente de la voir. Elle était assise à côté de Damien et trépignait comme une petite fille.

— Alors, alors, alors ! Raconte-moi tout ! Comment était le cours de théâtre ? C'est génial, hein ? Tu aimes la prof ? Son tatouage est chouette, non ? Il me fait penser à un masque, ou alors à...

Damien lui attrapa le bras.

— Respire et laisse-la parler.

— Désolée, dit-elle d'un air penaud.

— Oui, son tatouage est chouette, enfin je crois, répondis-je.

— Tu crois ?

— Eh bien, je n'ai pas trop regardé, je n'avais pas la tête à ça...

— Pourquoi ? Quelqu'un t'a encore embêtée avec ta Marque ?

— Non, pas du tout. Elizabeth Sans-Nom-de-Famille m'a même dit qu'elle la trouvait cool. J'étais distraite parce que, euh…

Je piquai un fard. J'avais eu l'intention de les interroger sur Erik, mais je me demandais maintenant si c'était une bonne idée : je ne tenais pas à leur raconter la scène du couloir…

Damien dressa l'oreille.

— Ça sent le potin croustillant. Allez, Zoey, tu étais distraite parce que… ?

— D'accord, d'accord. Je ne dirai que deux mots : Erik Night.

Lucie en resta bouche bée. Damien fit mine de défaillir, mais il se redressa immédiatement, car la sonnerie retentit. Le professeur Penthésilée entra dans la classe.

— La suite au prochain épisode ! chuchota Lucie.

— Y a intérêt ! ajouta Damien.

Je ne pus m'empêcher de sourire. Vu leurs têtes, ils allaient être au supplice pendant toute la durée du cours !

Ce dernier fut une expérience incroyable. D'abord, la salle n'avait rien à voir avec ce que j'avais connu jusque-là. Des affiches et des tableaux étonnants – des originaux, selon toute vraisemblance – recouvraient chaque centimètre carré de mur. D'innombrables cloches et cristaux pendaient au plafond. Mme Penthésilée (le nom, comme je l'avais appris en cours de socio, de la plus révérée des Amazones), que tout le monde surnommait Prof P., semblait tout droit sortie d'un film de science-fiction. Elle avait des cheveux très longs, blond vénitien, de grands yeux noisette et un corps tout en courbes qui devait faire saliver les garçons. Les délicats tatouages celtiques qui ornaient son visage soulignaient ses pommettes hautes de façon spectaculaire. Elle portait un pantalon noir très élégant et un cardigan en soie vert mousse avec la même broderie que celle de Neferet. Et, maintenant que j'y réfléchissais (au lieu de fantasmer sur Erik), je me rappelai que Mme Nolan avait la même. Étrange...

— Je suis née en avril 1902, commença-t-elle.

Je n'en revenais pas ! Je lui aurais donné à peine trente ans !

— J'avais donc dix ans en avril 1912, et je me souviens très bien de la tragédie. Quelqu'un peut-il me dire de quoi il s'agit ? Des idées ?

Je savais exactement à quoi elle faisait allusion, et pourtant j'étais loin d'être une bête en histoire ! Seulement, quelques années plus tôt, j'avais eu un léger béguin pour Leonardo DiCaprio. Ma mère m'avait offert la collection entière de ses DVD pour mon douzième anniversaire et j'avais tellement regardé le film en question que je pouvais réciter par cœur toutes les répliques. (Le nombre de fois où je m'étais effondrée en larmes au moment où il tombait de la planche et dérivait au milieu de débris, beau comme un dieu !...)

Apparemment, personne ne connaissait la réponse. Je pris mon courage à deux mains et levai le doigt.

— Oui, mademoiselle Redbird, dit Prof P. en souriant.

— En avril 1912 a eu lieu le naufrage du *Titanic*. Il a sombré le lundi 15. Entré en collision avec un iceberg dans la nuit du dimanche, il a coulé quelques heures plus tard.

Damien poussa un petit sifflement ; Lucie laissa échapper un « Waouh ! » admiratif. J'avais vraiment dû passer pour une idiote jusque-là pour qu'ils soient si surpris de m'entendre donner une bonne réponse !

— Je vois que notre nouvelle élève est cultivée, dit Mme Penthésilée. C'est absolument exact, mademoiselle Redbird. Je vivais à Chicago à l'époque de la tragédie, et je n'oublierai jamais les cris des vendeurs de journaux postés au coin des rues. Ce fut une horrible catastrophe, d'autant plus qu'elle aurait pu être évitée. Elle marqua la fin d'une époque, le début d'une nouvelle, et entraîna de nombreux changements dans les lois de la navigation. Nous allons étudier tout cela, ainsi que les événements tragiques de cette nuit-là, grâce à l'ouvrage remarquablement documenté de Walter Lord, *La Nuit du Titanic*. Même si Lord n'était pas un vampire – ce qui est vraiment dommage –, j'ai toujours trouvé son point de vue captivant. Eh bien, allons-y ! Que les élèves en bout de rangée aillent chercher des exemplaires du livre pour leurs camarades.

Super ! C'était franchement plus intéressant que de lire des classiques. J'ouvris mon livre et un cahier pour prendre des notes. Prof P. commença à nous lire le premier chapitre à haute voix. Elle lisait très bien. Ça alors ! J'en étais à mon troisième cours, et je les avais tous appréciés. Était-il possible que cette école de vampires soit aussi différente de mon lycée, cet endroit ennuyeux où je devais me rendre tous les jours par obligation ? Ce n'est pas là-bas qu'on aurait étudié des sujets comme les Amazones, ou le naufrage du *Titanic*, raconté par un témoin !

Je regardai autour de moi : comme aux deux premiers cours, nous étions une quinzaine, et tout le monde écoutait attentivement.

Soudain, mon regard fut attiré par une épaisse

tignasse rousse à l'arrière de la classe. Non, tous les élèves n'étaient pas concentrés ! Celui-là dormait profondément, la tête posée sur les bras. Son visage blanc et potelé, parsemé de taches de rousseur, était tourné dans ma direction. Il avait la bouche ouverte, et il me sembla qu'il bavait un peu. Comment Prof P. allait-elle réagir ? Elle n'avait pas l'air du genre à tolérer une limace endormie au fond de sa classe ! Elle continua pourtant sa lecture, s'arrêtant de temps à autre pour nous fournir des informations de première main sur le début du vingtième siècle, à mon grand plaisir. (J'adorais l'entendre parler des garçonnes des années vingt – j'aurais été l'une d'elles, sans doute, si j'avais vécu à cette période !) Juste avant la sonnerie, après nous avoir donné le chapitre suivant à lire pour le lendemain, elle parut enfin remarquer le dormeur. Celui-ci finit par se réveiller. J'aperçus des cercles rouge vif sur sa joue, laissés par les mailles de son pull, qui juraient avec sa Marque.

— Elliott, il faut que je te parle, dit-elle.

Il se leva sans se presser et se dirigea d'un pas traînant vers le bureau, les lacets défaits.

— Ouais ?

— Tu as bien sûr zéro pour la participation. Mais, le plus grave, c'est que ta conduite est irresponsable. Les vampires mâles sont forts, honorables et uniques. Ils sont nos guerriers et nos protecteurs depuis d'innombrables générations. Comment espères-tu te transformer en combattant si tu n'es même pas capable de rester éveillé en classe ?

Il haussa ses épaules frêles.

L'expression de Prof P. se durcit.

— Je vais te donner une seconde chance. Tu peux

rattraper ton zéro en écrivant une dissertation sur n'importe quel événement marquant du début du vingtième siècle dans le monde. Tu devras me la rendre demain.

Sans rien dire, il commença à se détourner.

— Elliott !

Prof P. avait baissé la voix ; son ton était désormais menaçant. Je ressentis le pouvoir qui émanait d'elle et me demandai en quoi elle pourrait bien avoir besoin d'un protecteur mâle...

— Je ne t'ai pas encore autorisé à partir. Quelle est ta décision au sujet de ce devoir ?

Il resta planté là sans rien dire.

— J'attends ta réponse, Elliott. Tout de suite !

L'atmosphère était électrique ; j'en eus la chair de poule. Elliott haussa de nouveau les épaules, complètement indifférent :

— Eh bien, je ne le ferai pas.

— Cela en dit long sur ton caractère, Elliott, et ce n'est vraiment pas brillant. Non seulement tu te laisses aller, mais tu ne fais pas honneur à ton mentor.

Il se cura le nez d'un air absent.

— Dragon sait déjà comment je suis.

La sonnerie retentit, et Prof P., avec une expression de dégoût, fit signe à Elliott de quitter la salle. Damien, Lucie et moi nous étions levés et nous dirigions vers la porte lorsque le rouquin nous dépassa, plus rapidement que je ne l'aurais cru possible pour quelqu'un d'aussi paresseux. Il percuta Damien, qui poussa un petit cri et trébucha.

— Dégage de mon chemin, pédé, siffla-t-il en lui donnant un coup d'épaule.

— Je vais lui en mettre une ! s'exclama Lucie.

— Laisse tomber, dit Damien en secouant la tête. Ce mec a de graves problèmes.

— Oui, il devrait se faire greffer un cerveau, dis-je en regardant disparaître dans le couloir son horrible tignasse.

— Se faire greffer un cerveau ? répéta Damien avant de nous prendre toutes les deux par le bras. C'est ça que j'aime chez notre Zoey : elle est d'une franchise !

Je ris. J'avais vraiment, vraiment aimé la façon dont Damien avait dit « notre » Zoey... C'était comme si j'avais ma place ici... Comme si j'étais enfin chez moi.

CHAPITRE QUATORZE

À ma grande surprise, le cours d'escrime me plut énormément. Il se déroulait dans une immense salle accolée au gymnase qui, avec ses murs couverts de miroirs, ressemblait à un studio de danse. Des mannequins de taille humaine étaient accrochés au plafond : on aurait dit des cibles de tir en trois dimensions. Tout le monde appelait le professeur Dragon Lankford, ou simplement Dragon. Je ne tardai pas à comprendre pourquoi : son tatouage représentait deux dragons, dont les corps, tels des serpents, s'enroulaient sur l'arête de sa mâchoire. Leurs têtes reposaient au-dessus de ses sourcils, et leurs gueules ouvertes crachaient du feu sur son croissant de lune. C'était tellement impressionnant que j'eus du mal à détourner les yeux. En plus, Dragon était le premier homme vampire que je voyais de près. Au début, il me déconcerta. Pour moi, un vampire devait être grand, beau, inquiétant. Dragon, lui, était petit, il avait de longs cheveux blonds attachés en une queue-de-cheval basse et un joli visage au sourire chaleureux.

Je ne pris conscience de sa puissance qu'au moment où il commença à diriger l'échauffement. Dès qu'il eut l'épée en main, il sembla devenir quelqu'un d'autre, un être qui se mouvait avec une rapidité et une grâce incroyables. Il feintait, attaquait et, sans le moindre effort, faisait passer les élèves – même ceux qui étaient plutôt doués, comme Damien – pour de pitoyables pantins. Après l'échauffement, il nous fit travailler par groupes de deux ce qu'il appelait les « bases ». Je fus soulagée lorsqu'il m'attribua Damien comme partenaire.

— Zoey, nous sommes heureux de t'accueillir à la Maison de la Nuit, dit-il en me serrant la main à la manière des Amazones. Damien va te montrer les différentes parties de l'équipement, et je te donnerai un manuel à potasser ces prochains jours. As-tu déjà pratiqué ce sport ?

— Non, jamais. Mais j'aimerais apprendre, ajoutai-je avec nervosité. Manier une épée, ça m'a l'air vraiment génial !

— Un fleuret, me corrigea-t-il en souriant. Tu apprendras à t'en servir. C'est la plus légère des trois armes que nous utilisons, particulièrement adaptée aux femmes. Sais-tu que l'escrime est l'une des rares disciplines qu'hommes et femmes peuvent pratiquer sur un pied d'égalité ?

— Non, répondis-je, intriguée.

J'aurais adoré battre un mec en sport !

— Un escrimeur intelligent et concentré peut facilement compenser ses faiblesses – au niveau de la force ou de la portée – et les transformer en atouts. En d'autres termes, même si tu es moins puissante et rapide que ton adversaire, tu peux avoir une stratégie plus efficace, ou de meilleures capacités de concentration, ce qui fera pencher la balance en ta faveur. Pas vrai, Damien ?

— Tout à fait, répondit-il avec un grand sourire.

— Damien est l'un des escrimeurs les plus concentrés

que j'aie entraînés depuis plusieurs décennies. Cela fait de lui un adversaire redoutable.

Je jetai un coup d'œil à notre copain, qui avait rougi de plaisir.

— Cette semaine, reprit Dragon, il t'apprendra les manœuvres d'ouverture. Sache qu'en escrime il faut maîtriser des compétences séquentielles dans le bon ordre. Il suffit que l'une d'elles ne soit pas assimilée pour que les suivantes soient très difficiles à acquérir. Dans ce cas-là, l'escrimeur souffrira d'un désavantage sérieux et permanent.

— Très bien, je m'en souviendrai.

Dragon me sourit chaleureusement, puis se mit à circuler parmi les groupes.

— Ce qui veut dire, me glissa Damien, que tu ne dois pas te décourager ni te lasser si je te fais répéter sans cesse le même exercice.

— En bref, tu vas être pénible, mais pour de bonnes raisons, c'est ça ?

— Ouaip. Et l'une d'elles sera de muscler ces jolies petites fesses, dit-il en me donnant un petit coup de fleuret sur le postérieur.

Je soupirai en levant les yeux au ciel. Cependant, après vingt minutes de fentes, de replacement en position initiale, et encore de fentes, je compris qu'il avait raison. J'allais avoir de terribles courbatures le lendemain.

Après le cours, nous prîmes une douche rapide. (Heureusement, il y avait des cabines individuelles avec rideau dans les vestiaires des filles : nous n'étions pas obligées de nous doucher dans un immense espace ouvert, comme des détenues de prison.) Puis nous nous précipitâmes au réfectoire ! J'étais affamée.

Le déjeuner – servi en pleine nuit – consistait en un immense buffet de salades variées et appétissantes. Je remplis mon assiette à ras bord, pris plusieurs morceaux de pain frais et me glissai à côté de Lucie, Damien sur les talons. Erin et Shaunee se disputaient déjà pour savoir laquelle de leurs dissertations était la meilleure, alors qu'elles avaient toutes les deux obtenu un 19.

— Alors, Zoey, raconte ! Que se passe-t-il avec Erik Night ? me demanda Lucie dès que j'eus enfourné une grande bouchée de salade.

Le silence se fit immédiatement à la table ; tous les yeux se braquèrent sur moi.

J'avais bien réfléchi à ce que j'allais leur dire sur Erik, et la conclusion, c'était que je n'étais pas prête à parler à quiconque de cette malheureuse scène à laquelle j'avais assisté malgré moi dans le couloir.

— Il n'arrêtait pas de me regarder, annonçai-je simplement.

En voyant leurs sourcils froncés, je compris que, la bouche pleine, j'avais en réalité prononcé : « Il altait pas dme gader. »

J'avalai avant de répéter :

— Il n'arrêtait pas de me regarder. En cours de théâtre. C'était... je ne sais pas... perturbant.

— Définis le mot « regarder », demanda Damien.

— Eh bien, ça a commencé à l'instant même où il est entré dans la classe, et ça a continué lorsqu'il nous a joué son monologue. Il a récité un extrait d'*Othello* et, quand il est arrivé au passage qui parle d'amour, il m'a fixée droit dans les yeux. Ce n'était pas une coïncidence, car il m'avait aussi lancé une œillade au début du monologue, et il m'en a lancé une autre avant de partir.

Je me tortillais sur mon siège : leurs regards perçants me mettaient mal à l'aise.

— Peu importe, repris-je. Ça faisait sans doute partie de son numéro d'acteur.

— Erik Night est le mec le plus sexy de cette école, dit Shaunee.

— Tu plaisantes ? Il est le mec le plus sexy de la planète, déclara Erin.

— Oh ! s'écria Shaunee avant de se tourner vers moi. Ne laisse pas passer cette chance, Zoey !

— Oui, appuya Erin, surtout pas.

— La laisser passer ? Il faut que je fasse quoi ? Il ne m'a pas adressé la parole !

— Ah, Zoey chérie, soupira Damien. Est-ce que tu lui as souri, au moins ?

Je plissai les yeux. Lui avais-je souri ? Ah, zut ! Je ne savais plus. À tous les coups, j'étais restée plantée là comme une idiote, avec des yeux de merlan frit.

— Aucune idée, dis-je sans oser leur avouer la triste vérité.

Damien ne fut pas dupe :

— La prochaine fois, tu lui souriras.

— Et tu lui diras bonjour, enchaîna Lucie.

— Je croyais qu'Erik n'était qu'un beau mec... jusqu'au jour où il a largué Aphrodite, fit Shaunee. Ce jour-là, j'ai pensé qu'il avait peut-être quelque chose dans le cerveau.

— Et pas seulement dans le pantalon ! s'exclama Erin d'un air malicieux.

— Tu es d'une vulgarité ! s'indigna Damien.

— Oh, ça va ! Je voulais seulement dire qu'il avait le plus joli petit cul de la ville, monsieur Gnangnan, répliqua Erin.

— Comme si tu ne l'avais pas remarqué, ajouta Shaunee.

— Si tu t'approchais d'Erik, Aphrodite péterait un plomb ! déclara Lucie.

Tout le monde la dévisagea comme si elle venait de dire une monstruosité.

— C'est vrai, quoi ! la défendit Damien.

— Très vrai, approuva Shaunee alors qu'Erin acquiesçait de la tête.

— Alors, il sortait vraiment avec Aphrodite ? demandai-je.

— Ouaip, fit Erin.

— C'est dingue, mais véridique, confirma Shaunee. Alors, tant mieux si maintenant il a flashé sur toi !

— Vous savez, il fixait sans doute ma Marque.

— Peut-être pas. Tu es très jolie, Zoey, observa Lucie avec un gentil sourire.

— Ou alors, suggéra Damien, ta Marque a attiré son attention, et après il t'a trouvée tellement mignonne qu'il a craqué pour toi.

— Quoi qu'il en soit, Aphrodite va être furieuse, conclut Shaunee.

— Et ça, c'est une bonne chose ! s'exclama Erin.

Lucie les fit taire d'un geste de la main.

— Oublie Aphrodite et ta Marque. La prochaine fois qu'il te sourit, dis-lui bonjour, et c'est tout.

— Trop facile, fit Shaunee.

— Un jeu d'enfant, renchérit Erin.

— D'accord, marmonnai-je en retournant à ma salade.

Je souhaitais de tout cœur que cette histoire se révèle aussi facile qu'elles le prétendaient.

La pause déjeuner à la Maison de la Nuit avait un point commun avec celle de mon ancien lycée : elle se terminait trop vite. Le cours d'espagnol qui la suivit se déroula dans une sorte de brouillard. Mme Garmy était une petite tornade hispanique. Elle me plut immédiatement. Avec ses tatouages en forme de plumes, elle me faisait penser à un petit oiseau. Comme elle ne s'adressait à nous qu'en espagnol, j'eus un peu de mal à la comprendre... Mais je notai consciencieusement les devoirs à la fin du cours et me promis d'apprendre mon vocabulaire. Je détestais être à la traîne.

L'introduction aux études équestres avait lieu dans le complexe sportif, un bâtiment de briques tout en longueur attenant à un immense manège. Il s'en dégageait une odeur de sciure de bois, de cheval et de cuir, un mélange plutôt agréable, malgré les relents de crottin.

Je me tenais dans le manège, nerveuse, avec un petit groupe d'élèves. Un garçon plus âgé, grand, le visage sévère, nous avait demandé d'attendre là. Nous n'étions qu'une dizaine, tous en première année, dont (génial !) Elliott, le rouquin désagréable, qui, affalé contre le mur, donnait des coups de pied dans le sol. Il soulevait tellement de poussière qu'il réussit à faire éternuer une des filles. Elle recula en lui jetant un regard mauvais. Décidément, il agaçait tout le monde ! Et pourquoi ne passait-il pas un peu de gel – ou ne serait-ce qu'un peigne – dans sa fichue tignasse ?

Un bruit de sabots attira mon attention. Une magnifique jument noire entra au galop dans le manège et s'arrêta à quelques pas de nous. Sous nos regards ébahis, sa cavalière en descendit avec grâce. Ses cheveux épais, blond très clair, lui arrivaient à la taille. Ses yeux étaient d'une étrange teinte gris ardoise. Minuscule, elle se tenait aussi droite que ces filles qui prennent des cours intensifs de danse classique. Sur son tatouage, je distinguai des chevaux au galop couleur saphir.

— Bonsoir, je m'appelle Lenobia et ceci, dit-elle en désignant la jument et en nous jetant un regard méprisant, est un cheval.

La jument souffla comme pour ponctuer ses propos.

— Vous êtes mon nouveau groupe de premières années. Vous avez été admis dans mon cours car nous avons estimé que vous étiez capables de monter. En réalité, moins de la moitié de vous tiendront le semestre, et moins de la moitié de ceux qui resteront deviendront des cavaliers corrects. Des questions ? lança-t-elle sans nous laisser le temps de répondre. Bien. Dans ce cas, suivez-moi, nous allons commencer.

Elle fit demi-tour et se dirigea vers l'écurie.

Nous lui emboîtâmes le pas, un peu déconcertés.

J'aurais voulu lui demander qui avait estimé que j'avais une aptitude pour l'équitation, mais elle m'impressionnait trop. Elle s'arrêta devant une rangée de stalles vides, près d'un tas de fourches et de brouettes, puis se tourna vers nous.

— Les chevaux ne sont pas de gros chiens. Ils ne correspondent pas non plus à l'image romantique que se fait une gamine du meilleur ami qui la comprendra toujours.

Deux filles à côté de moi s'agitèrent, l'air inquiet. Lenobia les foudroya du regard.

— Les chevaux, c'est du boulot. Ils exigent du dévouement, de l'intelligence et du temps. Nous allons commencer par la partie ingrate. Dans la sellerie, au bout de ce couloir, vous trouverez des bottes en caoutchouc. Choisissez-en vite une paire, ainsi que des gants.

Puis chacun de vous ira se mettre au travail dans sa stalle.

— Madame Lenobia ? fit une fille potelée aux jolis traits en levant nerveusement la main.

— Lenobia. Le nom que j'ai choisi en l'honneur de l'ancienne reine vampire se suffit à lui-même.

J'ignorais complètement qui était cette fameuse Lenobia, et je me promis de faire des recherches. La fille avala bruyamment sa salive.

— Je t'écoute, Amanda. Tu as une question ?

— Ouais, enfin, oui.

Lenobia haussa un sourcil.

— Qu'allons-nous faire exactement, mad... je veux dire, Lenobia ?

— Nettoyer les box, bien sûr. Chargez le fumier dans la brouette, puis videz-la dans l'aire de compost, près du mur. Il y a de la sciure fraîche dans la pièce de stockage à côté de la sellerie. Vous disposez de cinquante minutes. Je reviendrai dans trois quarts d'heure pour inspecter votre travail.

Nous restâmes tous bouche bée.

— Allez-y, maintenant.

Nous nous précipitâmes vers la sellerie.

Aussi bizarre que cela puisse paraître, nettoyer mon box ne me dérangeait pas. Après tout, ce n'était pas si dégoûtant que ça, le crottin de cheval. Surtout qu'on voyait bien que ces stalles étaient entretenues quotidiennement. J'attrapai une paire de gants et des bottes en caoutchouc (absolument affreuses, mais qui couvraient mon jean jusqu'aux genoux), et je me mis au travail. Des haut-parleurs diffusaient de la musique de très bonne qualité que j'écoutai tout en m'affairant. Puis j'allai vider ma brouette pour la remplir de sciure de bois propre. Alors que je l'étalais sur le sol, j'eus la désagréable impression d'être observée.

— Bon travail, Zoey.

Je sursautai et me retournai : Lenobia se tenait à la porte. Dans une main, elle avait une étrille ; dans l'autre, la bride d'une jument rouanne aux yeux de biche.

— Ce n'est pas la première fois que tu fais ça, poursuivit-elle.

— Ma grand-mère avait un hongre gris, très gentil. Je l'avais surnommé Lapinou, lâchai-je avant de réaliser à quel point c'était ridicule et de piquer un fard. Enfin, je n'avais que dix ans à l'époque, et sa couleur me faisait penser à Bugs Bunny... Ce nom lui est resté.

Lenobia esquissa un petit sourire.

— Tu t'occupais du box de Lapinou ?

— Oui. J'aimais bien le monter, et ma grand-mère disait que nul n'avait le droit de monter un cheval sans nettoyer son box.

— Ta grand-mère est une femme très sage.

Je hochai la tête.

— Et cette tâche t'ennuyait ?

— Non, pas vraiment.

— Bien. Je te présente Perséphone. Tu viens d'entretenir sa stalle.

La jument entra et se dirigea droit vers moi. Elle frotta ses naseaux contre mon visage et souffla doucement, ce qui me chatouilla et me fit rire. Je lui grattai la tête et embrassai spontanément son doux poil tiède.

— Bonjour, Perséphone, ma jolie !

Lenobia hocha la tête d'un air approbateur.

— Il ne reste que cinq minutes avant la sonnerie, alors tu n'es pas obligée de rester. Néanmoins, si tu veux, je t'autorise à brosser Perséphone.

Surprise, je relevai les yeux.

— Avec plaisir, m'empressai-je de répondre.

— Parfait. Tu rangeras la brosse dans la sellerie quand tu auras terminé. À demain, Zoey.

Elle me tendit l'étrille, caressa la jument et nous laissa seules.

Perséphone passa la tête dans le râtelier et se mit à mâcher son foin pendant que je la pansais. J'avais oublié à quel point cette tâche était relaxante. Lapinou était mort d'une crise cardiaque deux ans auparavant, et Grand-mère avait été trop bouleversée pour reprendre un autre cheval. Selon elle, le « Lapin », comme elle l'appelait, ne pouvait pas être remplacé. Cela faisait donc deux ans que je n'avais pas approché un cheval ; les sensations et les souvenirs me revinrent pourtant immédiatement : les odeurs, la chaleur, le bruit apaisant des mâchoires qui s'activent, et le doux frottement de la brosse sur la robe lisse.

J'entendis au loin la voix de Lenobia, cassante, qui réprimandait un élève, sans doute l'exaspérant rouquin. Je jetai un œil par-dessus l'encolure de Perséphone : en effet, il était avachi devant la stalle. En face de lui, les mains sur les hanches, se tenait Lenobia, l'air furieux. Ce garçon avait manifestement décidé de rendre tous les profs dingues. Alors qu'il avait Dragon pour mentor ! Ce type avait l'air cool, mais, lorsqu'il brandissait une épée – pardon, un fleuret –, il se métamorphosait en un combattant extrêmement dangereux.

— Ce mec doit avoir des tendances suicidaires, dis-je à Perséphone en retournant à mes occupations.

La jument ramena une oreille en arrière et souffla par les naseaux comme si elle approuvait.

— Zoey ! Te voilà !

— Oh, Lucie ! m'écriai-je. Tu m'as fait peur !

Je rassurai Perséphone, que j'avais effrayée en hurlant.

— Mais... qu'est-ce que tu fais ? demanda ma camarade.

J'agitai la brosse dans sa direction.

— À ton avis ? Je me fais une pédicure ?

— Arrête de faire l'andouille, le rituel de pleine lune commence dans deux minutes !

— Zut !

Je caressai une dernière fois la jument avant de me précipiter dans la sellerie.

— Tu avais complètement oublié, pas vrai ? fit ma copine en me donnant la main pour m'aider à garder l'équilibre alors que j'enlevais mes bottes et que je remettais mes ballerines.

— Non, mentis-je.

Je réalisai alors que j'avais aussi oublié le rituel des Filles de la Nuit.

Et ça, ça aurait pu être bien plus grave.

CHAPITRE QUINZE

À mi-chemin du temple de Nyx, je me rendis compte que Lucie était étrangement calme. Je lui jetai un regard : n'était-elle pas plus pâle que d'ordinaire ? Un affreux pressentiment m'envahit.

— Lucie, quelque chose ne va pas ?
— Oui. C'est triste, et plutôt effrayant.
— Quoi ? Le rituel de pleine lune ?

Je commençais à avoir mal au ventre.

— Non, la cérémonie va te plaire – du moins, celle de l'école.

Je savais que pour le rituel des Filles de la Nuit, ce serait une autre paire de manches, mais je ne voulais pas en parler. Au bout de quelques secondes, elle rompit le silence :

— Il y a une heure, une fille est morte.
— Quoi ? Comment ?
— Comme tous les autres. Elle n'a pas supporté la Transformation, son corps a simplement...

Elle se tut, secouée par un frisson.

— C'est arrivé vers la fin du cours de taekwondo. Pendant l'échauffement, elle s'est mise à tousser, comme si elle n'arrivait pas à respirer. Ça ne m'a pas trop inquiétée. En fait, si, mais j'ai préféré ne pas y penser.

Elle me sourit tristement, l'air honteux.

— Y a-t-il un moyen de sauver ceux qui s'étouffent ? Tu sais, quand ils....

Je fis un geste vague de la main, mal à l'aise.

— Non, si ton corps rejette la Transformation, on est impuissant.

— Alors, tu ne dois pas te sentir coupable. Tu n'aurais rien pu faire.

— Je sais. C'est juste que... c'était horrible. Et Elizabeth était tellement gentille !

Quelque chose se brisa au fond de moi.

— Elizabeth Sans-Nom-De-Famille ? C'est elle qui est morte ?

Lucie hocha la tête en se retenant de pleurer.

— C'est affreux, murmurai-je.

Je me rappelai le tact dont Elizabeth avait fait preuve au sujet de ma Marque, sa perspicacité à propos d'Erik et de moi...

— Mais je l'ai vue ce matin en cours de théâtre ! m'écriai-je. Elle avait l'air en pleine forme !

— Ça se passe toujours comme ça. Tu es assise à côté d'une personne qui va très bien, et la seconde d'après...

Elle frissonna de nouveau.

— Et tout va continuer comme si de rien n'était, alors qu'une élève vient de mourir ? soufflai-je, estomaquée.

L'année précédente, un groupe de premières de mon lycée avait eu un accident de voiture, un week-end, et deux avaient été tuées. Des psychologues étaient venus dès le lundi, et tous les événements sportifs de la semaine avaient été annulés.

— Oui, répondit Lucie. Nous sommes censés nous habituer à l'idée que cela peut arriver à n'importe qui.

Tu verras, tout le monde va se conduire comme s'il ne s'était rien passé, surtout les élèves les plus âgés. Nous devons surmonter ça avec dignité. Seuls les amis proches d'Elizabeth, sa camarade de chambre par exemple, laisseront peut-être transparaître quelque chose. Ils resteront sans doute entre eux dans les jours à venir, mais ensuite il faudra qu'ils se reprennent. Tu sais, j'ai parfois l'impression que les vampires ne nous voient pas comme des êtres réels avant notre Transformation définitive.

Je réfléchis à ses propos. Neferet ne me traitait pas comme quelqu'un en sursis. Elle avait même dit que ma Marque colorée était un excellent signe, et semblait bien plus confiante que moi-même quant à mon avenir... Je ne dis rien : je ne voulais pas que Lucie croie que je profitais d'un traitement de faveur. Je souhaitais tant devenir son amie et m'intégrer à son groupe.

— C'est vraiment affreux, lâchai-je, gardant mes doutes pour moi.

— Oui. Mais au moins, quand ça arrive, c'est rapide.

J'aurais voulu connaître les détails, et en même temps j'en avais peur. Heureusement, Shaunee nous interrompit avant que j'ose interroger Lucie.

— Non mais, qu'est-ce que vous attendez ! cria-t-elle depuis les marches du temple. Erin et Damien nous réservent une place dans le cercle ! Je vous rappelle qu'ils ne laissent plus entrer personne après le début du rituel. Dépêchez-vous un peu !

Nous gravîmes les marches à toute vitesse et entrâmes dans le temple de Nyx, où flottait une odeur douceâtre d'encens. J'hésitai un instant sur le seuil. Mes camarades se tournèrent vers moi.

— Tout va bien se passer. Inutile de te faire du souci, dit Lucie. Du moins, pas tout de suite.

— Ce rituel est super, confirma Shaunee. Tu vas adorer. Oh ! Quand la femme vampire te tracera un pentagramme sur le front en disant : « Sois bénie », tu devras simplement lui répondre la même chose. Ensuite, tu viendras nous rejoindre dans le cercle.

Elle me sourit d'un air rassurant.

— Attends, dis-je à Lucie en la retenant par la manche. Au risque de passer pour une idiote, le pentagramme n'est pas le symbole du mal, ou quelque chose comme ça ?

— C'est ce que je pensais, moi aussi, avant d'arriver ici. Mais ce sont les histoires qu'essaie de nous faire avaler le Peuple de la Foi pour que... Flûte ! Je ne sais même pas pourquoi ! La vérité, c'est que, pendant des milliards d'années, cette étoile à cinq branches a représenté la sagesse, la protection, la perfection. Uniquement des valeurs positives. Quatre branches symbolisent les éléments ; la cinquième, celle du haut, figure l'esprit. Rien de plus. Le diable n'a rien à voir là-dedans.

— Le contrôle, marmonnai-je, heureuse que nous ayons trouvé un autre sujet de conversation qu'Elizabeth.

— Hein ?

— Le Peuple de la Foi veut tout contrôler et, pour cela, ses membres ont besoin que tout le monde pense exactement la même chose. C'est pour ça qu'ils nous présentent le pentagramme comme un attribut maléfique. Mais peu importe, allons-y.

Nous avançâmes dans le hall faiblement éclairé. Nous dépassâmes une superbe fontaine, avant de nous diriger vers la gauche. Dans l'embrasure en pierre d'une porte en arc de cercle se tenait une femme que je ne connaissais pas, habillée de noir. Elle portait une jupe longue et une blouse de soie en forme de cloche, avec pour tout ornement l'effigie de la déesse brodée sur sa poitrine avec du fil argenté. Elle avait de longs cheveux couleur de blé. Des spirales bleu saphir rayonnaient de sa Marque sur son visage parfait.

— Voici Anastasia, me souffla Lucie. Elle enseigne les charmes et rituels. C'est aussi la femme de Dragon.

Ma camarade se présenta devant elle et posa respectueusement son poing sur le cœur. Anastasia sourit et plongea un doigt dans le récipient de pierre qu'elle tenait à la main. Puis elle traça l'étoile à cinq branches sur le front de Lucie.

— Sois bénie, Lucie.

— Soyez bénie, répondit celle-ci.

Elle me lança un regard encourageant avant de disparaître dans une salle enfumée. J'inspirai profondément et pris la décision de chasser de mon esprit Elizabeth, la mort et tous les « Et si » – au moins le temps du rituel. Je m'avançai d'un pas déterminé vers Anastasia et imitai les gestes de Lucie.

Elle trempa de nouveau les doigts dans ce qui, comme je le constatais à présent, était de l'huile.

— Je suis heureuse de faire ta connaissance, Zoey Redbird. Bienvenue à la Maison de la Nuit et dans ta nouvelle vie, dit-elle en traçant le pentagramme sur ma Marque. Sois bénie.

— Soyez bénie, murmurai-je, hébétée.

Une décharge électrique m'avait traversée lorsque l'étoile humide avait pris forme sur mon front.

— Va rejoindre tes amis, me dit-elle gentiment. Tu n'as aucune raison d'être nerveuse, la déesse veille déjà sur toi.

— Mer... merci, bafouillai-je avant de me précipiter à l'intérieur.

Ici, il n'y avait pas de lanternes à huile, comme dans le reste de l'école, mais des bougies, partout. Certaines, immenses, étaient fixées dans des chandeliers de fer qui pendaient au plafond. De grands bougeoirs en forme d'arbre étaient disposés le long des murs. Ce temple avait été autrefois un couvent dédié à saint Augustin. Pourtant, il ne ressemblait à rien de ce que j'avais vu auparavant. Non seulement il n'était éclairé que par des bougies, mais il n'y avait pas de bancs. (Au passage : je déteste les bancs d'église : on ne fait pas plus inconfortable.) Le seul meuble de la vaste pièce était une table en bois ancienne, qui rappelait celle du réfectoire – sauf que, sur celle-là, il y avait juste une statue de la déesse, les bras levés, telle qu'on la voyait brodée sur les vêtements des vampires. J'aperçus aussi un énorme candélabre, dont les grosses chandelles blanches étaient allumées, ainsi que plusieurs bâtons d'encens qui se consumaient lentement.

Mon regard fut attiré par le feu magnifique qui brûlait dans une cavité creusée à même le sol de pierre. Les flammes jaunes, qui s'élevaient presque à hauteur de ma taille, dansaient devant mes yeux hypnotisés. Elles semblaient m'appeler. Heureusement, Lucie me fit signe de la main, ce qui me fit reprendre mes esprits et ne pas céder à l'envie de m'y jeter. Je regardai autour de moi : les élèves et les vampires adultes formaient un immense cercle. Je me forçai à bouger et à rejoindre mes amis.

— Enfin ! souffla Damien.

— Désolée pour le retard.

— Laisse-la tranquille, dit Lucie. Elle est assez flippée comme ça.

— Chut ! siffla Shaunee. Ça commence !

Soudain, les silhouettes de quatre femmes apparurent

aux quatre coins de la pièce, plongés dans l'obscurité. Elles se frayèrent un chemin jusqu'à l'intérieur du cercle et s'y postèrent tels les points cardinaux sur une boussole. Deux autres personnes entrèrent par la porte que je venais de franchir, dont un homme grand et… terriblement séduisant ! Il était le stéréotype même du superbe mâle vampire. Il faisait plus d'un mètre quatre-vingts et semblait sorti tout droit d'un grand écran de cinéma.

— Et voici l'unique raison pour laquelle j'ai pris l'option poésie, chuchota Shaunee.
— Idem, Jumelle, souffla Erin d'un air rêveur.
— Qui est-ce ? demandai-je à Lucie.
— Loren Blake, poète lauréat des vampires. Il est le premier homme à avoir remporté ce titre en deux cents ans. Et il n'a qu'une vingtaine d'années, en véritables années, pas seulement en apparence !

Loren se mit à parler, et je fus aussitôt complètement subjuguée.

Elle marche pareille en beauté à la nuit d'un horizon sans nuage et d'un ciel étoilé.

Il s'approchait pas à pas de nous. Suivant les intonations de sa voix mélodieuse, la femme qui l'accompagnait se mit à danser gracieusement autour du cercle.

Tout ce que l'ombre et la lumière ont de plus ravissant se trouve dans sa personne et dans ses yeux.

Je m'aperçus soudain que la danseuse, qui avait capté l'attention de tous, n'était autre que Neferet. Elle portait une longue robe en soie brodée de minuscules perles de cristal qui, à la lueur des bougies, la faisaient scintiller comme un ciel noir étoilé. Ses mouvements donnaient vie aux vers du poème. (Poème que mon cerveau, tout compte fait encore en état de marche, avait reconnu : Il s'agissait de *Elle marche pareille en beauté*, de Byron[1].)

Tendre et moelleuse splendeur que le ciel refuse aux feux orgueilleux du jour !

Neferet et Loren se retrouvèrent au centre du cercle juste à la fin de la dernière strophe. Neferet prit un verre à pied sur la table et le brandit comme pour porter un toast.

— Enfants de Nyx, soyez bienvenus à la célébration divine de la pleine lune ! déclara-t-elle.

— Joyeuses retrouvailles ! s'écrièrent en chœur les vampires.

Avec un sourire, elle reposa le verre sur la table, attrapa un bougeoir contenant un long cierge blanc allumé et se dirigea vers une fille que je ne connaissais pas. Celle-ci la salua, le poing sur le cœur, avant de lui tourner le dos.

— Psst ! fit Lucie. Maintenant, on doit se tourner dans la direction des éléments qu'elle invoque pour dessiner le cercle de Nyx. L'est et l'air viendront en premier.

Je pivotai moi aussi, avec un peu de retard. Du coin de l'œil, j'aperçus Neferet qui levait les bras au ciel. Sa voix se répercutait contre les murs de pierre.

— De l'est, j'appelle l'air, et je lui demande de souf-

---

1. Traduction M. Paulin.

fler en ce cercle le don du savoir. Que son enseignement enrichisse ce rituel !

Tout à coup, je sentis l'air s'animer. Il bougeait autour de moi, faisait voler mes cheveux, emplissait mes oreilles du bruissement des feuilles agitées par le vent. Je regardai les autres, m'attendant à voir chacun pris dans une mini-tornade. Non, j'étais la seule. Bizarre...

La femme qui se tenait sur la pointe désignant l'est plaça à ses pieds une grosse bougie jaune sortie des replis de sa robe.

— Encore un quart de tour vers la droite, murmura Lucie.

— Du sud, continua Neferet, j'appelle le feu, et je lui demande d'allumer en ce cercle force et volonté. Que sa puissance irradie notre rituel !

La douce brise céda la place à une vague de chaleur, plutôt agréable, qui évoquait l'été, ou un bain chaud. Je m'aperçus cependant que des gouttes de sueur perlaient sur mon front. Je lançai un regard à Lucie : elle avait la tête rejetée en arrière et les yeux fermés. Aucune trace de transpiration sur son visage. La chaleur monta soudain d'un cran. Je me tournai vers Neferet : elle avait allumé la grosse bougie rouge que lui présentait Penthésilée. Puis, comme sa consœur figurant l'air, Penthésilée la souleva en un geste d'offrande avant de la poser à ses pieds.

Cette fois, je n'eus pas besoin de l'indication de Lucie pour me tourner vers l'ouest. Je savais que le prochain élément serait l'eau.

— De l'ouest, j'appelle l'eau, et je lui demande de submerger ce cercle de compassion. Que la lumière de la pleine lune accorde à notre groupe sérénité et compréhension !

Neferet alluma la bougie bleue de la femme représentant l'eau, qui la souleva avant de la poser à ses pieds. Aussitôt, le bruit de la houle s'engouffra dans mes oreilles, et l'odeur salée de la mer envahit mes narines. Je me tournai vers le nord, la terre.

— Du nord, j'appelle la terre, et je lui demande de matérialiser nos souhaits en ce cercle. Que les vœux et les prières de cette nuit portent leurs fruits !

Soudain, je sentis l'herbe moelleuse sous mes pieds, l'odeur du foin, et j'entendis le chant des oiseaux. Une bougie verte fut allumée et placée devant « la terre ».

Les étranges sensations qui m'avaient envahie auraient dû me faire peur ; or, elles m'avaient emplie d'une incroyable légèreté – je me sentais bien ! Si bien que, lorsque Neferet fit face à la flamme qui brûlait au milieu de la pièce et que nous pivotâmes tous vers l'intérieur du cercle, je dus serrer les lèvres pour ne pas éclater de rire. Le superbe poète se tenait de l'autre côté du feu, une grosse bougie violette à la main.

— Et enfin, j'appelle l'esprit et je lui demande de parfaire notre cercle, de nous lier les uns aux autres, afin que nous, vos enfants, prospérions ensemble.

Aussi étonnant que cela puisse paraître, je sentis comme si des ailes de centaines d'oiseaux battaient dans ma poitrine quand le poète approcha sa bougie des flammes pour l'allumer et la posa sur la table. Ensuite, Neferet se déplaça au milieu du cercle. Elle nous parlait en nous regardant dans les yeux.

— Voilà venu le temps de la pleine lune. Toutes les choses croissent et déclinent, même les enfants de Nyx, ses vampires. Mais, cette nuit, les pouvoirs de la vie, de la magie et de la création brillent de mille feux, comme la lune de notre déesse. Le moment est venu de construire... d'agir.

Le cœur battant la chamade, je réalisai avec surprise qu'elle faisait un sermon. Ses paroles me touchaient infiniment. Cela venait peut-être du décor. La fumée de l'encens flottait dans la pièce ; la lumière vacillante des bougies créait une atmosphère magique. Neferet incarnait la grande prêtresse idéale, par sa beauté flamboyante et sa voix envoûtante. Ici, personne ne dormait, affalé sur son banc, ni ne cachait un sudoku sur ses genoux.

— Voilà venue la période où le voile entre le monde ordinaire et les superbes royaumes de la déesse s'affine. Cette nuit, nous franchirons avec aisance cette frontière afin de connaître la beauté enchanteresse de Nyx.

Ses mots s'abattirent sur moi, me serrèrent la gorge. Je frissonnai. Puis ma Marque se mit à chauffer et à me démanger. Le poète prit alors la parole de sa voix grave et puissante :

— Voilà venu le moment de donner forme au sublime, de tisser ensemble les fils du temps et de l'espace pour aboutir à la Création. Car la vie est un cercle tout autant qu'un mystère. Notre déesse le comprend, ainsi que son compagnon, Erebus.

Soudain, je considérai la mort d'Elizabeth avec plus de sérénité. Elle me parut moins effrayante, moins tragique. Elle s'inscrivait dans l'ordre naturel des choses dans lequel nous avions tous notre place.

— La lumière... l'obscurité... le jour... la nuit... la mort... la vie... tout est lié par l'esprit et le toucher de la déesse, poursuivit le poète. Si nous conservons cet équilibre et si nous révérons la déesse, nous pourrons capter le charme de clair de lune et confectionner avec lui un tissu magique que nous garderons précieusement tout au long de notre vie.

— Fermez les yeux, Enfants de Nyx, dit Neferet, et communiquez votre désir secret à votre déesse. Ce soir, lorsque le voile entre les mondes sera le plus fin, elle exaucera peut-être vos souhaits et soufflera sur vous la poussière légère des rêves devenus réalité.

De la magie ! Ils priaient pour que la magie s'accomplisse ! Cela allait-il marcher ? Cela pouvait-il marcher ? Une telle chose existait-elle vraiment sur terre ? Qui sait ? Après tout, mon esprit avait réussi à visualiser les mots de la déesse, lorsqu'elle m'avait appelée dans la crevasse. Elle m'avait embrassé le front, changeant ma vie à tout jamais. Et là, dans ce temple, je venais de ressentir la force des éléments appelés par Neferet. Je n'avais pas imaginé tout ça : je l'avais bien vécu !

Je fermai les yeux et pensai au merveilleux qui m'entourait, puis j'expédiai mon vœu dans la nuit. « Mon désir secret est de trouver ma place... de trouver enfin un foyer que personne ne pourra m'enlever. »

Malgré la chaleur qui émanait de ma Marque, je me sentais grisée, incroyablement heureuse.

Neferet nous demanda de rouvrir les yeux. D'une voix à la fois douce et énergique – celle d'une combattante –, elle poursuivit :

— Voilà venu le moment de voyager, invisibles, dans le clair de la pleine lune. Voilà venu le moment de chercher à entendre une musique composée ni par les humains ni par les vampires.

Elle pencha légèrement la tête vers l'est.

— Le moment de s'unir aux vents qui nous caressent...

Ensuite vers le sud.

— ... et à l'éclair qui évoque les premières étincelles de la vie.

Puis vers l'ouest.

— Le moment de se délecter de la mer éternelle et des pluies tièdes qui nous apaisent...

Et enfin vers le nord.

— ... ainsi que des terres verdoyantes qui nous entourent et nous soutiennent.

Chaque fois qu'elle nommait un élément, j'avais l'impression de recevoir une décharge électrique.

Les quatre femmes personnifiant les éléments s'approchèrent de la table. Elles prirent chacune un verre, imitées par Neferet.

— Nous te saluons, ô déesse de la Nuit et de la pleine lune ! s'exclama cette dernière. Nous te saluons, Nuit, source de tous nos bienfaits. En ce moment magique, nous te remercions !

Le verre à la main, les quatre femmes reprirent leur place à l'intérieur du cercle.

— Au nom de la puissante Nyx..., dit Neferet.

— ... et d'Erebus..., enchaîna le poète.

— ... nous vous demandons, depuis votre cercle sacré, de nous enseigner le langage sauvage, de nous apprendre à voler avec la liberté de l'oiseau, à nous mouvoir avec la puissance et la grâce du félin, et à trouver l'extase et la joie qui éveilleront notre être le plus profond. Soyez bénie !

Je ne pouvais m'empêcher de sourire béatement. Je n'avais jamais entendu de telles choses nulle part ailleurs, et je ne m'étais jamais sentie aussi débordante d'énergie !

Neferet but une gorgée, puis offrit son verre à Loren, qui y but lui aussi et répéta : « Soyez bénie. » Les quatre femmes trempèrent les lèvres dans leur coupe, puis elles firent le tour du cercle, offrant à ceux qui le composaient, novices comme adultes, une gorgée de vin rouge. Lorsque ce fut à moi, je reconnus avec plaisir le visage familier de Penthésilée. Je ne m'attendais pas à ce que le breuvage soit aussi bon. Doux et épicé, il me grisa plus encore.

Quand les verres furent rapportés sur la table, Neferet reprit la parole :

— Ce soir, je veux que chacun de vous passe un moment seul au clair de lune. Il vous revigorera et vous rappellera à quel point vous êtes – ou devenez – extraordinaires.

Elle sourit à quelques élèves, dont moi.

— Savourez votre singularité. Délectez-vous de votre force. Ce sont nos talents qui nous mettent à l'écart du monde. Ne l'oubliez jamais, car vous pouvez être sûrs que le monde ne l'oubliera pas. Maintenant, rompons le cercle et allons étreindre la nuit.

Ensuite Neferet remercia les éléments, dans l'ordre inverse, et les renvoya en soufflant leur bougie. Je ressentis une petite pointe de tristesse, comme si je quittais des amis. Puis la grande prêtresse acheva la cérémonie par ces mots :

— Joyeuses retrouvailles, joyeuse séparation, et au plaisir de se retrouver de nouveau !

— Joyeuses retrouvailles, joyeuse séparation et au plaisir de se retrouver de nouveau ! répétèrent-ils tous en chœur.

C'était fini. Mon premier rituel de la pleine lune était terminé.

Le cercle se défit rapidement, plus rapidement que je ne l'aurais souhaité. J'aurais voulu rester là pour penser aux incroyables sensations qui m'avaient submergée lors de la cérémonie. Mais c'était impossible. Je fus emportée hors du temple par une vague d'élèves qui bavardaient avec animation. Heureusement, tout le monde était trop occupé à discuter pour remarquer à quel point j'étais troublée. Comment aurais-je pu leur expliquer ce qui venait de m'arriver ? Même moi, je n'y comprenais rien !

— J'ai tellement faim que j'avalerais n'importe quoi, déclara Erin.

— Moi aussi, dit Lucie.

— Pour une fois, nous sommes parfaitement d'accord, conclut Damien en nous prenant par le bras, elle et moi. Allons manger !

Soudain, cela me revint. L'agréable sensation de fourmillement que m'avait procurée le rituel disparut d'un coup.

— Euh... les amis ? Je ne peux pas y aller. Je dois...

— Quelle bande d'idiots ! s'écria Lucie en se frappant le front. On avait complètement oublié !

— Ah, zut ! s'exclama Shaunee.

— Les sorcières démoniaques ! lâcha Erin.

— Tu veux que je te prenne quelque chose à grignoter pour plus tard ? me proposa gentiment Damien.

— Non, Aphrodite a promis qu'il y aurait à manger.

— Sans doute de la viande crue, fit Shaunee.

— Oui, ou de la chair d'un pauvre malheureux pris dans sa toile d'araignée, enchaîna Erin.

— Arrêtez ! s'écria Lucie en me poussant vers la porte. Vous allez lui faire peur ! Je vais lui montrer où est la salle d'initiation et je vous retrouve à table.

Une fois dehors, je me tournai vers elle.

— Je t'en prie, dis-moi qu'elles plaisantaient.

— Elles plaisantaient, affirma-t-elle sans conviction.

— Génial ! Je n'aime même pas les steaks saignants ! Que vais-je faire si elles essaient de me donner de la viande crue ? demandai-je, n'osant imaginer de quel animal elle pourrait provenir.

— Je crois que j'ai des cachets d'antivomitif dans mon sac. Tu les veux ?

— Oui, répondis-je, déjà nauséeuse.

CHAPITRE SEIZE

— Nous y voilà, annonça Lucie d'un air contrit.
Elle s'était arrêtée, visiblement mal à l'aise, au pied des marches qui menaient à un bâtiment circulaire en brique, situé sur une petite colline surplombant la partie est du mur d'enceinte de l'école. D'immenses chênes l'enveloppaient d'obscurité, si bien que je distinguais à peine le vacillement des bougies ou des lampes à gaz qui éclairaient l'entrée. Aucune lumière ne filtrait par les grandes fenêtres cintrées aux vitres colorées.

— Bien, répondis-je en m'efforçant de paraître courageuse. Merci pour les cachets. Et gardez-moi une place à table, ça m'étonnerait que ça dure bien longtemps. Je pourrai sûrement venir vous retrouver.

— Prends ton temps. Vraiment. Tu vas peut-être rencontrer des gens qui te plairont, et tu voudras passer un moment avec eux. Dans ce cas-là, ne t'inquiète pas. Je ne me fâcherai pas, et je dirai à Damien et aux Jumelles que tu es en mission de reconnaissance.

— Lucie, je ne deviendrai pas comme elles !

— Je sais, fit-elle, alors que ses grands yeux apeurés me criaient le contraire.

— Bon, eh bien, à plus tard.

— Oui, à plus tard, dit-elle tristement avant de repartir vers le bâtiment principal.

Je préférai ne pas la regarder s'éloigner. Je gravis donc les marches en me répétant qu'il n'y avait pas de quoi en faire un plat : elles allaient sans doute former un autre cercle, ce que je trouvais en fait très cool, dire des prières étranges, comme Neferet, et ensuite dîner. À ce moment-là, je n'aurais qu'à m'éclipser avec un sourire aimable. Simple, non ?

Les torches fixées des deux côtés de la porte fonctionnaient au gaz ; il n'y avait pas de bougies, comme dans le temple de Nyx. Au moment où je tendais la main vers le lourd heurtoir en fer, le battant s'ouvrit tout seul, avec un léger grincement.

— Joyeuses retrouvailles, Zoey.

Oh non ! C'était Erik, entièrement vêtu de noir. Avec ses cheveux bruns et ses yeux bleus, il m'évoqua Clark Kent (enfin, sans les lunettes d'intello et les cheveux lissés en arrière !). Le comparer à Superman aurait donc sans doute été plus pertinent (bon, mais sans la cape, les collants et le gros S sur la poitrine...).

Ce bavardage intérieur s'arrêta net lorsqu'il dessina sur mon front de son doigt trempé dans l'huile les cinq branches d'un pentagramme.

— Sois bénie, dit-il.

— Sois béni, répondis-je d'une voix qui ne craqua pas, ni ne couina, ni ne croassa, ce dont je lui serai éternellement reconnaissante.

Oh là là ! Qu'est-ce qu'il sentait bon ! Pourtant, je n'arrivais pas à définir son parfum. En tout cas, ce n'était pas l'une de ces eaux de toilette bon marché dont les mecs s'aspergent d'habitude. Il sentait... comme une forêt en pleine nuit, juste après la pluie... Une odeur de propre, de terre et...

— Tu peux entrer.

— Oh... euh... merci, répondis-je brillamment.

J'entrai, et je m'arrêtai aussitôt. Je me trouvais dans une grande pièce dont les murs circulaires étaient drapés de velours noir, dissimulant les fenêtres et le clair de lune argenté. Le tissu enveloppait aussi des formes bizarres, un peu inquiétantes. Je me dis que ce qu'ils appelaient « salle d'initiation » devait être une salle de jeux. Ils avaient sûrement poussé sur le côté et recouvert tout le matériel pour qu'elle paraisse plus effrayante.

Au milieu, il y avait un cercle, composé d'une centaine de bougies fixées dans de grands pots en verre rouge, comme celles que l'on achète dans les supermarchés et qui sentent la rose et les vieilles dames. Elles projetaient une lumière rouge surnaturelle sur les adolescents, vêtus de noir, qui riaient et discutaient nonchalamment. Je notai qu'à la place de l'insigne doré de leur classe ils avaient une chaîne en argent, au bout de laquelle pendait un étrange symbole. On aurait dit deux croissants de lune se tournant le dos sur un fond de pleine lune.

— Te voilà, Zoey !

Je reconnus sur-le-champ le ton faussement chaleureux d'Aphrodite. Elle portait une longue robe noire garnie de perles d'onyx étincelantes, plus sombre que celle de Neferet. Son collier, plus gros que celui des autres, était serti de pierres rouges, peut-être des grenats. Ses cheveux blonds détachés l'enveloppaient comme un voile d'or. Elle était bien trop jolie.

— Erik, je te remercie d'avoir accueilli Zoey. Je vais prendre le relais, poursuivit-elle d'une voix neutre.

Elle posa ses doigts manucurés sur le bras d'Erik, ce qu'un observateur non averti aurait pu prendre pour un geste amical. Mais son visage racontait une tout autre histoire : il était froid, figé, et ses yeux lançaient des éclairs.

Erik lui accorda à peine un regard et retira vivement son bras. Puis il me fit un petit sourire et s'éloigna.

Aphrodite s'éclaircit la gorge, et je tentai en vain de prendre un air dégagé. Mais sa grimace mauvaise ne me laissa aucun doute : elle avait bien remarqué l'intérêt que je portais à Erik (et réciproquement). Je me demandai une fois de plus si elle m'avait vue la veille, dans le couloir...

Elle me fit signe de la suivre et me jeta un regard méprisant.

— Il faut que tu te dépêches, je t'ai apporté de quoi te changer. Tu ne peux pas assister à un rituel des Filles de la Nuit dans une tenue pareille !

Elle me conduisit dans les toilettes, et me tendit une robe noire avant de me pousser dans une cabine.

— Accroche tes vêtements sur le cintre. Tu les rapporteras comme ça au dortoir.

La contredire paraissait hors de question. De toute façon, je me sentais déjà assez perdue. J'avais l'impression d'arriver déguisée en canard à une fête où tout le monde était en jean, personne ne m'ayant prévenue qu'il ne s'agissait pas d'une soirée costumée.

Je me déshabillai rapidement et enfilai la robe. Heureusement, elle m'allait ! Elle me mettait même en valeur, malgré sa simplicité. Taillée dans un tissu doux et moulant, elle avait des manches longues et un col rond qui découvrait une grande partie de mes épaules. De petites perles rouges scintillantes ornaient le col, le bout des manches et l'ourlet, qui m'arrivait aux genoux. Elle était vraiment jolie. Je remis mes chaussures (une belle paire de ballerines s'accorde avec tout) et sortis.

— Merci, Aphrodite, dis-je, c'est bien ma taille.

Mais, au lieu de regarder ma robe, elle fixa ma Marque. Cette histoire commençait sérieusement à m'énerver. Oui, ma Marque était colorée, et alors ? Elle allait peut-être finir par s'y faire, non ? Cependant, je ravalai ma colère. Après tout, c'était sa fête, et j'étais son invitée. Autrement dit, mieux valait que je me tienne à carreau.

— Je vais diriger le rituel, alors je serai trop occupée pour te tenir la main, annonça-t-elle.

Je ne pus m'empêcher de répliquer : elle me tapait trop sur les nerfs.

— Ça tombe bien, je n'ai pas besoin qu'on me tienne la main.

Elle plissa les yeux, et je me préparai à un nouvel assaut. Mais elle se contenta de me lancer un sourire parfaitement hypocrite : elle avait l'air d'un chien hargneux qui montre les dents.

— Je suis sûre que tu t'en sortiras les doigts dans le nez. Après tout, c'est toi la nouvelle petite protégée de Neferet.

Fantastique. Maintenant, elle était jalouse que j'aie Neferet pour mentor.

— Aphrodite, je ne me considère pas comme sa petite protégée, répondis-je. Je suis une nouvelle, un point, c'est tout.

— Peu importe. Bon, tu es prête ?

Je renonçai à polémiquer et hochai la tête, pressée d'en finir.

— Bien. Allons-y.

Nous retournâmes dans la salle. Je reconnus deux filles, les deux « sorcières démoniaques » que j'avais vues avec elle à la cafêt'. Cette fois, elles ne me regardèrent pas d'un air méprisant ; au contraire, elles m'accueillirent avec un grand sourire.

Même si je ne me laissai pas prendre à leur jeu, je me forçai à être aimable. En territoire ennemi, il était préférable de faire profil bas et de prendre un air innocent et/ou stupide.

— Salut, je m'appelle Enyo, dit la plus grande.

Elle était blonde, cela va de soi, avec des boucles longues d'une couleur plus proche du blé que de l'or.

— Salut, répondis-je.

— Moi, c'est Deino, dit l'autre, une très belle métisse à la peau café au lait.

Toutes deux étaient d'une perfection agaçante.

— Salut, répétai-je avant de me glisser dans le cercle, entre elles deux, au bord de la crise de claustrophobie.

— Amusez-vous bien, toutes les trois ! lança Aphrodite.

— Oh, tu peux compter sur nous ! s'exclamèrent en chœur Enyo et Deino.

Elles échangèrent un regard qui me donna la chair de poule. Il fallait que je me concentre sur autre chose ; sinon, mon instinct de survie allait l'emporter sur ma fierté, et je risquais de partir en courant.

Je regardai l'intérieur du cercle. Il ne différait de celui de Neferet que par une chaise posée devant la table, sur laquelle était assise une personne. Plus précisément, elle était avachie, le visage dissimulé par sa capuche.

Hum... Bizarre...

Sur la table, également recouverte de velours noir,

je vis une statue de la déesse, une coupe de fruits, du pain, plusieurs verres à pied, un pichet et un couteau. Je clignai des yeux pour m'assurer que ma vue ne me jouait pas des tours. Non. Il s'agissait bien d'un couteau, avec un manche en os, dont la longue lame incurvée semblait beaucoup trop aiguisée pour couper des fruits ou du pain en toute sécurité. Une fille que j'avais déjà aperçue dans le dortoir allumait plusieurs gros bâtons d'encens fichés dans des supports délicatement sculptés, sans se soucier de l'occupant de la chaise, qui avait l'air de dormir.

Une fumée verdâtre s'éleva en tourbillons fantomatiques dans la pièce. Je m'attendais à ce qu'elle sente bon, comme dans le temple de Nyx, mais, lorsqu'une mince volute arriva à mes narines, je fus surprise par son amertume. Cette odeur m'était familière. Je fronçai les sourcils... Qu'est-ce que c'était ? On aurait dit du laurier, mélangé à du clou de girofle. (Il faudrait un jour que je remercie Grand-mère Redbird de m'avoir enseigné tout ça.) Je reniflai de nouveau, intriguée, et ma tête se mit à tourner un peu. Bizarre. L'odeur semblait se modifier au fur et à mesure que la fumée s'étendait, comme les parfums de luxe qui changent selon la personne qui les porte. Oui, il y avait bien du clou de girofle, du laurier, mais aussi un petit quelque chose en plus qui apportait une note piquante et amère... Sombre, mystique et attirante... Un parfum d'interdit.

D'interdit ? Alors, je compris.

Ils remplissaient la pièce d'un mélange d'épices et de marijuana. Incroyable ! J'avais toujours résisté à la pression et refusé de tirer sur les joints qui circulaient dans les soirées. Et voilà que je me retrouvais immergée malgré moi dans de la fumée de marijuana ! Kayla ne voudrait jamais me croire.

Prise d'un accès de paranoïa, je passai fiévreusement la pièce en revue : je n'aurais pas été étonnée qu'un professeur, jusque-là tapi dans l'ombre, nous saute dessus et nous envoie dans... dans... dans un endroit horrible, un centre de redressement pour adolescents à problèmes, par exemple.

Mais il n'y avait pas d'adultes. Je ne voyais qu'une vingtaine d'adolescents qui papotaient tranquillement, comme si la présence d'une substance illégale en ces lieux était une chose banale. Tout en essayant de ne pas respirer à fond, je me tournai vers ma voisine de droite. En cas de doute (ou de panique), mieux valait engager la conversation.

— Dis-moi, Deino... Ton prénom est inhabituel. A-t-il une signification particulière ?

— « Deino » signifie « terrible », répondit-elle en me souriant gentiment.

— Et « Enyo » signifie « belliqueuse », précisa ma voisine de gauche d'un ton guilleret.

— Ah.

Je faisais de gros efforts pour rester polie.

— Ouais. Celle qui allume l'encens, c'est Pemphredo. Ça veut dire « acerbe », expliqua Enyo. On a choisi nos prénoms dans la mythologie grecque : c'étaient les Grées, ou Sœurs Grises, trois sorcières nées avec un seul œil, dont elles se servaient à tour de rôle.

— Vraiment ?

Ce fut tout ce que je trouvai à dire. Vraiment.

À cet instant, on entendit de la musique, ce qui rendit, à ma grande joie, toute discussion impossible.

Le rythme, à la fois ancien et moderne, était saccadé comme si on avait mixé une chanson de hip hop avec une danse tribale. Soudain, Aphrodite s'avança au milieu du cercle et se mit à danser. Oui, on pouvait sans doute la qualifier de sexy : elle avait un beau corps, et elle bougeait comme Catherine Zeta-Jones dans *Chicago*. Pourtant, ça me laissait de marbre. Pas seulement parce que je n'étais pas attirée par les filles, mais parce que c'était une imitation grossière de la danse de Neferet sur *Elle marche pareille en beauté*. Si on avait transposé cette musique-là en poème, ça aurait plutôt donné *Allez, remue tes fesses, poupée*.

Comme tout le monde était captivé par la danse lascive d'Aphrodite, j'en profitai pour passer les visages en revue, l'air de rien, comme si je ne cherchais pas Erik, qui – oh, mince ! – se trouvait juste en face de moi. C'était le seul dans toute la pièce qui ne fixait pas Aphrodite : il me regardait, moi. Avant que je puisse détourner les yeux, lui sourire ou lui faire un signe (comme me l'avait conseillé Damien, expert autoproclamé en mecs), la musique s'arrêta, et je reportai mon attention sur Aphrodite, qui se tenait devant la table. D'un geste décidé, elle prit une grosse chandelle violette déjà allumée d'une main, le couteau de l'autre. Tenant la chandelle devant elle, elle s'approcha d'une bougie jaune nichée entre les rouges. Je me tournai vers l'est de ma propre initiative. Lorsque je sentis le vent dans mes cheveux, je lui jetai un coup d'œil : elle avait allumé la bougie jaune et, avec son couteau, traçait un pentagramme dans l'air en déclamant :

— Ô vents de la tempête, au nom de Nyx je vous appelle. Bénissez, je vous le demande, la magie qui se manifestera ici !

Je devais bien admettre qu'elle était douée. Elle n'était pas aussi puissante que Neferet, mais on voyait qu'elle s'était entraînée à moduler sa voix. Nous nous tournâmes vers le sud, et elle approcha la chandelle des bougies rouges. Le pouvoir du feu et du cercle magique se déversa sur ma peau.

— Ô feu de l'éclair, au nom de Nyx je t'appelle. Toi, créateur de tempêtes et de magie, je te demande d'encourager le charme que je jette ici !

Nous effectuâmes un autre quart de tour et, fiévreuse, je me sentis attirée par la bougie bleue. Je dus me retenir pour ne pas sortir du cercle et la rejoindre lors de l'invocation de l'eau. Ça me ficha la trouille.

— Ô torrents de pluie, au nom de Nyx je vous appelle. Déversez sur moi votre force débordante. Qu'elle m'aide à réaliser le plus puissant des rituels !

Mais qu'est-ce qui n'allait pas, chez moi ? Je transpirais, et ma Marque, un peu chaude lors du précédent rituel, me brûlait carrément. La mer grondait dans mes oreilles. Hébétée, je me tournai vers la droite.

— Ô terre profonde et humide, au nom de Nyx je t'appelle. Que je te sente te mouvoir dans le rugissement de l'explosion de pouvoir, qui est le fruit de ta participation à ce rite !

Aphrodite fendit de nouveau l'air avec la lame, et la paume de ma main se mit à me picoter, comme si elle voulait se saisir du couteau. Je sentis l'odeur de l'herbe coupée et entendis le cri d'un engoulevent qui semblait voler, invisible, juste à côté de moi. À cet instant, Aphrodite retourna au centre du cercle. Elle reposa la chandelle violette sur la table et termina son invocation.

— Ô esprit sauvage et libre, au nom de Nyx, je t'appelle. Réponds-moi ! Reste avec moi lors de ce formidable rituel et accorde-moi le pouvoir de la déesse !

Je sus alors ce qu'elle allait faire ; j'entendis ses mots

se former dans mon esprit. Lorsqu'elle prit le verre et se mit à marcher autour du cercle, ses paroles m'enflammèrent, même si elle ne possédait ni la grâce ni l'autorité de Neferet. J'avais l'impression que tout mon être se consumait.

— Voici venu le moment où la lune de notre déesse atteint sa plénitude. C'est une nuit de splendeur. Les anciens en connaissaient les mystères et s'en servaient afin de se renforcer... afin de déchirer le voile séparant les mondes et de vivre des aventures auxquelles nous ne pouvons que rêver. Le secret... le mystère... la magie... la beauté et la force véritables des vampires, délivrés des règles et des lois humaines. Nous ne sommes pas humains ! s'écria-t-elle d'une voix aussi puissante que celle de Neferet. Vos Fils et Filles de la Nuit répètent aujourd'hui la prière qu'ils vous ont adressée à chaque pleine lune cette année. Libérez la puissance qui est en nous pour que, tels nos frères animaux, les féroces félins du monde sauvage, nous goûtions à la souplesse et à l'agilité, pour que nous ne soyons entravés par aucune chaîne, ni emprisonnés par la faiblesse et l'ignorance.

Aphrodite s'était arrêtée juste devant moi. Je savais que j'étais rouge et que je respirais lourdement, tout comme elle. Elle me tendit le verre.

— Bois, Zoey Redbird, et avec nous demande à Nyx ce qui nous revient par le droit du sang et de la Marque de la grande Transformation – la Marque qu'elle t'a déjà accordée.

Oui, j'aurais dû refuser. Mais comment ? D'ailleurs, je n'en avais pas envie. Je n'aimais pas Aphrodite, je me méfiais d'elle, mais ne disait-elle pas la vérité ? La réaction de ma mère et de mon beau-père me revint à l'esprit, ainsi que le regard apeuré de Kayla, le dégoût de Drew et de Dustin. Depuis mon départ, personne ne m'avait appelée, ni même envoyé un texto. Les humains m'avaient abandonnée, me laissant me débrouiller seule avec ma nouvelle vie.

Cela me rendait triste, mais aussi furieuse.

Je pris le verre et bus une longue gorgée de vin. Il était sucré, et pourtant il n'avait pas la même saveur que celui du premier rituel : il y avait une épice différente, que je n'avais jamais goûtée. Il provoqua une explosion de sensations dans ma bouche, puis se répandit en une traînée chaude et douce-amère dans ma gorge, me remplissant du désir brûlant d'en boire encore et encore.

— Sois bénie, siffla Aphrodite, qui me prit brutalement le verre des mains, renversant au passage quelques gouttes sur mes doigts.

Elle le tendit ensuite à Enyo, et je ne pus m'empêcher de me lécher la main pour savourer encore ce breuvage, plus que délicieux. Et son odeur... Elle m'était familière ; cependant, les idées complètement embrouillées, j'étais incapable de l'identifier.

Aphrodite ne mit pas longtemps à faire le tour du cercle, offrant à chaque membre une gorgée de vin. Je ne la quittai pas un instant des yeux, espérant en boire encore.

— Grande déesse de la Nuit et de la pleine lune, magnifique et imposante, vous traversez la foudre et la tempête, vous guidez les esprits et les Anciens, qui, même eux, vous doivent obéissance. Aidez-nous dans notre tâche ! Nourrissez-nous de votre pouvoir, de votre magie et de votre force !

Sur ce, elle avala les toutes dernières gouttes de vin.

Je la regardai, dévorée de jalousie. La musique retentit de nouveau et, tout en dansant et en riant, Aphrodite souffla sur les bougies et congédia les éléments. Étrangement, tandis qu'elle évoluait dans le cercle, ma vision se déforma : son corps ondulait, se transformait, et j'eus soudain l'impression d'observer Neferet, la grande prêtresse, en plus jeune, plus brute.

— Joyeuses retrouvailles, joyeuse séparation, et au plaisir de se retrouver de nouveau ! s'exclama-t-elle finalement.

Nous répondîmes en chœur. Je clignai des yeux dans l'espoir de recouvrer une vue normale. La troublante image d'Aphrodite superposée à celle de Neferet s'évanouit, tout comme la brûlure sur mon front. Mais je sentais encore la saveur du vin sur ma langue, ce qui m'étonna. Je n'aimais pas l'alcool. Sérieusement. Sauf que celui-ci était encore plus succulent que... que des truffes au chocolat noir. Incroyable mais vrai ! Et je n'arrivais toujours pas à savoir ce qu'il me rappelait.

Le cercle se rompit, et les bavardages reprirent. Les lampes à gaz se rallumèrent ; leur clarté nous éblouit. Alors que je cherchais Erik des yeux pour vérifier s'il me regardait encore, un mouvement à la table attira mon attention. La personne affalée sur la chaise, qui n'avait pas bougé pendant tout le rituel, venait enfin de remuer. Elle se redressa dans un sursaut. La capuche de son manteau noir glissa, et je reconnus les cheveux roux en bataille, le visage blanc et grassouillet, et les taches de rousseur.

L'insupportable Elliott ! C'était très, très bizarre de le voir là. En quoi les Filles et les Fils de la Nuit avaient-ils besoin de lui ? J'observai avec attention les membres du groupe : comme je m'y attendais, tous étaient attirants. Seul Elliott détonnait.

Il cligna des yeux et bâilla. On aurait dit qu'il avait sniffé trop d'encens. Lorsqu'il leva la main pour se curer le nez, je remarquai d'épais bandages blancs sur son poignet. Qu'est-ce que... ?

Un pressentiment horrible m'envahit alors. Non loin de moi, Enyo et Deino parlaient avec animation à Pemphredo. Je m'approchai d'elles et profitai d'une pause dans la conversation pour leur désigner Elliott de la tête. Je réussis même à leur sourire, malgré mon ventre noué.

— Qu'est-ce qu'il fait là ? demandai-je.

Enyo jeta un coup d'œil dans sa direction et leva les yeux au ciel.

— Ah, lui ! Il nous a servi de frigo.

— Un pauvre loser, commenta Deino avec mépris.

— Il est presque humain, ajouta Pemphredo d'un air dégoûté. Pas étonnant qu'il ne soit bon qu'à servir de frigo.

J'avais l'estomac retourné.

— Attendez, je ne comprends pas. Un frigo ?

Deino la Terrible posa sur moi son regard hautain couleur chocolat.

— C'est comme ça qu'on appelle les humains : des frigos.

— Je ne comprends toujours p...

— Oh, pitié ! m'interrompit Deino. Comme si tu ne savais pas ce qu'il y avait dans le vin ! Comme si tu n'avais pas adoré ça !

— Oui, admets-le, Zoey, intervint Enyo la Belliqueuse en se penchant vers moi sans aucune retenue, les yeux braqués sur ma Marque. Ça crevait les yeux ! Tu aurais pu boire le verre entier – tu le désirais encore plus que nous. On t'a vue te lécher les doigts. Ça fait de toi une sorte de monstre, pas vrai ? À la fois novice et vampire, et déjà complètement obsédée par le sang de ce type...

— Du sang ?

Je ne reconnaissais pas ma propre voix. Le mot « monstre » retentissait dans ma tête.

— Eh oui, du *sang*, confirma Deino la Terrible.

Prise de nausées, je me détournai vivement. Soudain, j'aperçus Aphrodite, qui discutait avec Erik de l'autre côté de la salle. Lorsque nos yeux se croisèrent, elle esquissa un sourire entendu et leva son verre dans ma direction avant de se retourner en riant vers Erik.

M'efforçant de ne rien laisser paraître, je glissai une excuse minable à Enyo la Belliqueuse, Deino la Terrible et Pemphredo l'Acerbe, puis sortis de la pièce aussi calmement que je pus. Dès que la lourde porte en bois se referma derrière moi, je me mis à courir sans savoir où j'allais. Tout ce que je voulais, c'était m'éloigner de cet endroit.

« J'ai bu du sang – le sang de cet horrible Elliott – et j'ai aimé ça ! » me répétais-je, horrifiée.

Comble de l'horreur, je venais de reconnaître l'odeur alléchante : c'était celle que j'avais sentie quand Heath s'était égratigné sur le parking. Ce n'était pas son nouveau parfum qui m'avait attirée ; c'était son sang. Et je l'avais également senti la veille dans le couloir, lorsque Aphrodite avait fait saigner la cuisse d'Erik.

J'étais un monstre.

Finalement, à bout de souffle, je m'effondrai contre les pierres froides du mur d'enceinte de l'école, et je vomis toutes mes tripes.

CHAPITRE DIX-SEPT

Toute tremblante, je m'essuyai la bouche du revers de la main. Je me dirigeai vers un immense chêne qui avait poussé si près du mur que la moitié de son feuillage pendait de l'autre côté, et je m'y appuyai, luttant contre la nausée.

Qu'avais-je fait ? Qu'est-ce qui m'arrivait ?

Soudain, j'entendis un miaulement dans l'arbre. Pas un miaulement normal, non : un grognement grincheux.

Je levai les yeux. Perchée sur une branche qui touchait le mur, une petite chatte orange me regardait avec de grands yeux contrariés.

— Comment tu es montée là-haut, toi ? Allez, viens ici, chaton.

Elle miaula et fit quelques pas vers moi.

— C'est ça, viens, ma belle. Avance un peu.

J'avais conscience que sauver cette chatte était pour moi une façon de dominer ma peur. À dire vrai, j'étais incapable de penser à ce qui venait de se passer. Pas maintenant. C'était trop frais. Elle m'offrait une distraction idéale et, en plus, elle ne me semblait pas inconnue.

— Viens là, viens...

Je posai le pied sur une brique et me hissai pour attraper la branche où elle se tenait. Je m'en servis comme d'une corde et me mis à grimper sur le mur, sans cesser de lui parler.

Finalement, elle fut à portée de ma main. Elle m'observa un long moment, et j'en vins à me demander si elle était au courant de ce que j'avais fait. Avait-elle deviné que j'avais bu du sang et aimé cela ? Mon haleine sentait-elle le vomi ensanglanté ? Avais-je l'air différent ? Des crocs m'avaient-ils poussé ? (Bon, d'accord, cette question était complètement ridicule : les vampires n'avaient jamais eu de crocs.)

Elle miaula de nouveau et s'approcha de moi. Je tendis la main et lui caressai la tête. Elle aplatit les oreilles, ferma les yeux et se mit à ronronner.

— Tu es bien plus mignonne quand tu ne râles pas, tu sais ! fis-je.

Soudain, je compris pourquoi elle m'était si familière.

— Mais... Je t'ai vue dans mon rêve ! Tu es ma chatte !

Elle ouvrit les yeux et bâilla, comme pour me dire que je n'étais pas une rapide... Dans un dernier effort, je me hissai au sommet du mur et m'y assis. Elle poussa un petit soupir, sauta sur mes genoux et ronronna de plus belle.

L'air sentait la pluie, mais la nuit était inhabituellement chaude pour une fin de mois d'octobre. Je renversai la tête en arrière et respirai profondément en me laissant envelopper par le clair de lune argenté qui filtrait entre les branches.

— Neferet a dit que nous devions prendre un bain de lune, murmurai-je. Ce serait mieux si ces nuages s'en allaient, mais...

À peine avais-je prononcé ces mots qu'une rafale de vent souffla et les chassa.

— Euh... merci, dis-je sans savoir à qui je m'adressais. Ce coup de vent est tombé à pic.

La chatte me fit comprendre en miaulant fort que j'avais eu l'audace d'arrêter de la caresser.

— Je vais t'appeler Nala. Si tu savais comme je suis contente de t'avoir trouvée ! Ça me fait vraiment du bien après la nuit que j'ai passée. Tu ne croirais pas...

Une odeur bizarre s'éleva jusqu'à nous, tellement étrange que j'en oubliai ce que je m'apprêtais à dire. Je fronçai le nez : d'où pouvait-elle bien provenir ? Ça sentait le renfermé, le moisi, une maison désertée depuis longtemps, ou un sous-sol mal aéré. Pas de quoi me retourner l'estomac, mais il était étrange de la sentir ici, à l'air libre, en pleine nuit.

Quelque chose attira mon regard, au pied du mur sinueux, et je plissai les yeux, crispée. Une fille s'y tenait à moitié tournée, comme hésitant à partir. La clarté de la lune me permit de la distinguer dans la pénombre... L'une de ces affreuses Filles de la Nuit m'avait-elle suivie ? Je n'avais pas l'intention de supporter davantage leur présence.

Je dus faire un léger bruit sans m'en rendre compte, car elle leva les yeux vers moi.

Mon sang se glaça.

C'était Elizabeth ! Elizabeth Sans-Nom-de-Famille, censée être morte ! Ses yeux d'un rouge flamboyant s'élargirent et elle poussa un hurlement avant de tourner les talons et de disparaître à une vitesse surhumaine dans la nuit.

Au même moment, Nala fit le gros dos et cracha avec une telle violence que tout son petit corps se mit à trembler.

— C'est rien ! C'est rien ! lui répétai-je, essayant de

nous rassurer toutes les deux. Ça ne pouvait pas être un fantôme. C'est impossible. C'était juste... juste... une ado un peu cinglée. Je lui ai fait peur, et elle a...

— Zoey ! Zoey ! C'est toi ?

Je sursautai et faillis tomber du mur. Complètement terrifiée, je m'accrochai à la branche pour garder l'équilibre et scrutai les alentours. C'en était trop pour Nala : avec un autre feulement, elle sauta à terre.

— Qui... qui est là ? lâchai-je, le cœur battant la chamade.

Pour toute réponse, je reçus en pleine figure le faisceau de deux lampes torches venant de l'autre côté de l'enceinte.

— Bien sûr que c'est elle ! Il ne manquerait plus que je ne reconnaisse pas la voix de ma meilleure amie ! Elle n'est quand même pas partie depuis si longtemps que ça !

— Kayla ? soufflai-je en essayant de me protéger les yeux d'une main qui tremblait comme une feuille.

— Tu vois ? Je t'avais dit qu'on la trouverait, dit une voix masculine. Tu baisses toujours les bras trop vite.

— Heath ?

Je devais rêver !

— Oui ! Hou ! Hou ! On t'a trouvée, ma belle ! hurla-t-il avant de se jeter sur le mur, qu'il entreprit d'escalader tel un grand singe.

— Heath ! Fais attention ! lui criai-je, soulagée. Tu vas te faire mal si tu tombes !

« Sauf si tu te cognes la tête, pensai-je. Là, il n'y aura pas beaucoup de dégâts... »

— Ça ne risque pas, déclara-t-il en s'asseyant à califourchon à côté de moi. Hé, Zoey ! Regarde, regarde ! Je suis le roi du monde !

Il écarta les bras avec un sourire idiot, et son haleine alcoolisée flotta jusqu'à moi. J'avais eu raison d'arrêter de sortir avec lui.

Je le foudroyai du regard.

— Oh, ça va ! Si tu crois que tu vas me faire craquer avec ton imitation minable... Leonardo, c'est fini pour moi ! Vous faites tous les deux partie du passé.

— Hé, du calme ! On est venus te sortir de là, déclara-t-il.

— Quoi ? soufflai-je, ahurie. Attendez ! Éteignez ces torches, elles me font mal aux yeux.

— Si on les éteint, on ne verra plus rien, objecta-t-il.

— Bon, alors dirigez-les ailleurs.

Ils s'exécutèrent tous les deux. Je pus enfin baisser la main qui, remarquai-je avec plaisir, ne tremblait plus. Heath écarquilla les yeux en fixant ma Marque, qui devait briller au clair de lune.

— Regarde-moi ça ! Elle est colorée, maintenant ! Waouh ! On se croirait... on se croirait à la télé !

Au moins, certaines choses ne changeaient pas. Heath serait toujours Heath : mignon, mais pas franchement intelligent.

— Hé ! Et moi ? Je suis là aussi, vous savez ! s'écria Kayla. Aidez-moi à monter, mais faites attention. Une seconde, je vais poser mon nouveau sac à main. Oh, il faut que j'enlève mes chaussures. Zoey, t'imagines pas les soldes que tu as manqués, hier ! Toutes les chaussures d'été bradées ! Jusqu'à soixante-dix pour cent de réduction, tu te rends compte ? J'ai eu cinq paires pour...

— Aide-la à monter, Heath. Tout de suite ! C'est le seul moyen de la faire taire.

Oui. Décidément, certaines choses ne changeaient pas.

Heath se mit sur le ventre, puis tendit les mains à Kayla. Elle les attrapa en gloussant, et il la souleva jusqu'à nous. Alors, je sus, aussi sûrement que je savais que je ne serais jamais mathématicienne. Sa manière de rire et de rougir en présence de Heath ne laissait aucun doute : elle l'aimait bien. Non, ce n'était même pas ça : elle l'aimait tout court.

Soudain, le commentaire gêné de Heath à propos de la fête que j'avais manquée devint limpide.

— Comment va Jared ? demandai-je brusquement.

Le rire aguicheur de Kayla cessa aussitôt.

— Bien, je suppose, répondit-elle sans croiser mon regard.

— Tu supposes ?

Elle haussa les épaules. Sous sa très jolie veste en cuir, elle portait le minuscule débardeur en dentelle, au décolleté profond, que nous appelions autrefois le « débord'seins ».

— Ouais... On n'a pas beaucoup parlé, ces derniers jours.

Elle évitait toujours mon regard, mais cela ne l'empêcha pas de jeter un coup d'œil à Heath, qui, pour changer, ne comprenait rien. Alors comme ça, ma meilleure amie draguait mon ex-petit copain ? J'avais les nerfs en pelote. Dommage que la nuit soit si belle. J'aurais préféré qu'il fasse froid pour que les seins surdéveloppés de Kayla se mettent à geler.

À cet instant, un vent froid se leva.

Kayla ferma sa veste avec un petit rire, nerveux cette fois-ci. Son haleine sentait la bière, mais pas seulement. J'y décelai une odeur que j'avais humée peu de temps avant... Comment ne l'avais-je pas remarquée plus tôt ?

— Kayla, tu as bu *et* fumé ?

Elle frissonna, les yeux rouges et vitreux.

— À peine ! Juste quelques bières, je veux dire. Et, oui, j'ai fumé un joint avec Heath, mais tout petit. J'avais trop peur de venir ici, alors j'en ai pris une ou deux minuscules taffes.

— Elle avait besoin d'un fortifiant, dit Heath.

— Depuis quand tu fumes de l'herbe, toi ? demandai-je.

— Inutile d'en faire un plat, Zo ! Je fume un joint de temps en temps. C'est moins dangereux que les cigarettes.

J'avais horreur qu'il m'appelle Zo. Et puis, j'en avais assez de cette discussion stérile. Tout cela ne m'intéressait plus.

— Je pense que vous devriez partir, dis-je.

— Très bien, fit Kay.

— Et, à l'avenir, ce n'est pas la peine de revenir.

Elle haussa une épaule, et sa veste s'ouvrit, révélant la fine bretelle de son débardeur qui avait glissé sur sa peau. De toute évidence, elle ne portait pas de soutien-gorge.

— Comme tu veux.

— Aide-la à descendre, Heath.

En général, on pouvait compter sur lui pour obéir à des ordres simples et directs. Il en donna encore la preuve. Une fois à terre, elle reprit sa lampe torche.

— Dépêche-toi, Heath, il commence à faire très froid.

Puis elle nous tourna le dos et se dirigea vers la route.

— Bon..., fit Heath, mal à l'aise. C'est vrai que ça s'est sacrément refroidi, tout d'un coup.

— Ce n'est plus nécessaire, maintenant, dis-je d'un air absent.

Le vent s'arrêta aussitôt.

— Hé, Zo. Je suis vraiment venu te sortir de là.

— Non.

— Quoi ?

— Regarde mon front, Heath.

— Oui, tu as cette espèce de croissant de lune. Et il est coloré. C'est étrange, d'ailleurs, car il ne l'était pas au début.

— Eh bien, maintenant, oui. Heath, écoute-moi. J'ai été marquée. Cela signifie que je vais subir une Transformation pour devenir un vampire.

Son regard descendit le long de mon corps. Je le vis hésiter au niveau de mes seins, puis de mes jambes, et je réalisai alors qu'elles étaient dénudées presque jusqu'en haut des cuisses, ma jupe s'étant relevée lorsque j'avais escaladé le mur.

— Zo, je t'assure que ce qui t'arrive ne me dérange pas. Tu es vachement sexy ! Tu as toujours été magnifique, mais maintenant on dirait une véritable déesse.

Il sourit et m'effleura la joue. Je me rappelai alors pourquoi j'étais attachée à lui depuis si longtemps. En dépit de ses défauts, il savait se montrer tendre, et il me donnait toujours le sentiment d'être belle.

— Heath, dis-je doucement. Je suis désolée, mais les choses ont changé.

— Pas pour moi.

Sans crier gare, il se pencha vers moi, posa une main sur mon genou et m'embrassa. J'eus un mouvement de recul et je lui saisis le poignet.

— Arrête, Heath ! J'essaie de te parler.

— Que dirais-tu de parler pendant que je t'embrasse ?

J'allais lui dire non quand, tout à coup... je le sentis. Je sentis son pouls sous mes doigts.

Il battait vite et fort. Je l'entendais. Et lorsque Heath refit une tentative, je vis la veine qui courait sur son cou palpiter. Il posa ses lèvres sur les miennes, et je me souvins du goût délicieux du sang, lors du rituel. Pourtant, ce n'avait été que celui d'un pauvre loser, d'un bon à rien. Celui de Heath, lui, serait chaud, riche, sucré...

— Aïe ! Zoey, tu m'as griffé ! s'écria-t-il en retirant son bras. Merde, Zo, tu m'as fait saigner ! Si ça te dérangeait à ce point-là, il suffisait de me le dire !

Il porta son poignet à sa bouche et lécha la goutte de sang luisante. Lorsqu'il leva les yeux vers moi, son visage se figea. Il avait du sang sur les lèvres. Son odeur parvenait jusqu'à moi, comme celle du vin, mais plus appétissante, mille fois plus appétissante. Elle m'enveloppa et me donna la chair de poule.

Je voulais le goûter. Je le désirais plus violemment que tout ce que j'avais jamais désiré dans ma vie.

— Je veux..., chuchotai-je d'une voix que je ne reconnaissais pas.

— Oui..., répondit Heath, comme s'il était en transe. Oui... tout ce que tu veux. Je ferai tout ce que tu voudras.

Cette fois, ce fut moi qui m'inclinai vers lui et posai la langue sur ses lèvres. La goutte de sang déclencha une explosion de sensations dans ma bouche, une décharge de plaisir inouï.

— Encore, réclamai-je d'un ton rauque.

Comme s'il avait perdu la voix, Heath se contenta de hocher la tête et de me tendre son poignet, qui saignait à peine. Lorsque je léchai la minuscule ligne écarlate, il gémit. Ma langue dut raviver la blessure, car elle se remit à saigner... Les mains tremblantes, je portai son poignet à ma bouche et pressai les lèvres contre sa peau tiède. Je frissonnai, poussai un gémissement de plaisir et...

— Oh, mon Dieu ! Qu'est-ce que tu es en train de lui faire ?

Le hurlement de Kayla réussit à atteindre mon cerveau embrumé. Je relâchai la main de Heath comme si elle m'avait brûlée.

— Éloigne-toi de lui ! s'égosilla-t-elle. Laisse-le tranquille !

Heath n'avait pas bougé.

— Va-t'en, lui dis-je. Et ne reviens pas.

— Non, répondit-il.

Il semblait soudain avoir retrouvé sa sobriété.

— Si. Va-t'en.

— Laisse-le partir ! cria Kayla.

— Kayla, crachai-je, si tu ne la fermes pas, je te jure que je vais déployer mes ailes et venir sucer jusqu'à la dernière goutte de ton sang de grosse vache stupide ! Sale traîtresse !

Elle poussa un cri perçant et prit ses jambes à son cou. Je me retournai vers Heath, qui continuait de me fixer.

— Maintenant, tu dois partir.

— Je n'ai pas peur de toi, Zo.

— Ça tombe bien, je suis suffisamment effrayée pour deux.

— Mais je m'en fiche, de ce que tu as fait. Je t'aime, Zoey. Plus que jamais.

— Arrête !

La puissance de ma voix le fit tressaillir. Je déglutis et baissai d'un ton.

— Va-t'en, s'il te plaît. Kayla est sans doute partie appeler la police, ajoutai-je pour le convaincre. Il ne manquerait plus qu'on nous arrête !

— D'accord. Mais je reviendrai.

Il me donna un baiser rapide et passionné. Un éclair de plaisir me foudroya. Puis il se laissa glisser à terre et s'éloigna dans l'obscurité. Je suivis le faisceau de lumière de sa lampe torche jusqu'à ce qu'il disparaisse.

Je refusai de réfléchir. Pas maintenant. Avec des mouvements mécaniques, tel un robot, je descendis à mon tour. Les genoux vacillants, je réussis à marcher jusqu'au tronc et je m'effondrai contre l'écorce millénaire et rassurante. Sortie de nulle part, Nala sauta sur mes genoux, comme si j'étais sa maîtresse depuis des années. Lorsque je fondis en larmes, elle pressa sa tête tiède contre mes joues humides.

Au bout d'un long moment, mes sanglots se transformèrent en hoquets, et je me maudis d'avoir quitté la salle d'initiation sans mon sac. Un Kleenex aurait été le bienvenu.

— Tiens ! Je crois que tu as besoin de ça.

Je sursautai, et Nala grogna. À travers mes larmes, je vis qu'on me tendait un mouchoir.

— Mer-merci, dis-je en l'acceptant et en m'essuyant le nez.

— Je t'en prie, répondit Erik Night.

CHAPITRE DIX-HUIT

— Ça va ?
— Oui, ça va. Très bien.
— Ça n'a pas l'air. Ça t'ennuie si je m'assois ?
— Non, vas-y, dis-je, apathique.

Je savais que j'avais le nez rouge : je venais de pleurer comme une idiote ; de plus, je le soupçonnais d'avoir assisté à une partie de la scène cauchemardesque entre Heath et moi. Je le regardai un instant. « Et puis zut, autant continuer sur ma lancée », pensai-je.

— Au cas où tu ne l'aurais pas compris, c'est moi qui t'ai surpris, hier, dans le couloir avec Aphrodite...
— Je sais, dit-il, et je le regrette. Je ne veux pas que tu te fasses de fausses idées.
— Quel genre d'idées ?
— Par exemple qu'il y a quelque chose entre Aphrodite et moi.
— Ça ne me regarde pas.
— Je tiens à ce que tu saches qu'on ne sort plus ensemble, insista-t-il.

Je faillis rétorquer qu'Aphrodite n'était manifestement pas au courant ; puis je songeai à ce qui s'était passé entre Heath et moi... Peut-être ne devais-je pas juger Erik, tout compte fait.

— OK. Vous ne sortez pas ensemble.

Il resta silencieux un instant. Lorsqu'il reprit la parole, il me parut presque en colère.

— Aphrodite ne t'avait pas prévenue, pour le sang dans le vin.

Ce n'était pas une question, mais je répondis quand même :

— Non.

Il secoua la tête, les mâchoires serrées.

— Elle m'avait dit qu'elle le ferait, pour que tu puisses choisir de boire ou pas.

— Elle a menti.

— Ce n'est pas surprenant.

— Tu sais quoi ? fis-je, soudain furieuse. Tout ça, c'est vraiment nul ! On m'oblige à assister au rituel des Filles de la Nuit, où on me tend un piège pour me faire boire du sang. Ensuite, je tombe sur mon ex-petit ami, humain à cent pour cent, et je craque, car personne n'a été foutu de m'avertir qu'une seule minuscule goutte de sang suffirait à me transformer en... en monstre !

Je me mordis la lèvre et me concentrai sur ma colère pour ne pas me remettre à pleurer. Je décidai de passer sous silence l'histoire du fantôme d'Elizabeth – j'en avais déjà suffisamment dit.

— Personne ne t'a prévenue parce que ça n'aurait pas dû se produire avant que tu sois en quatrième année, expliqua-t-il avec calme.

— Hein ?

Voilà que je recommençais à m'exprimer en monosyllabes !

— En général, la soif de sang ne touche que les élèves

de quatrième année, qui ont presque achevé la Transformation. Il arrive de temps en temps qu'un troisième année soit affecté, mais c'est rare.

— Attends... Comment ça ? soufflai-je, le cerveau en ébullition.

— En troisième année, on commence à suivre des cours sur la soif de sang et les autres problèmes concernant les vampires adultes. En dernière année, les cours se concentrent presque exclusivement là-dessus, et sur la spécialité qu'on a choisie.

— Mais je ne suis qu'en première année ! Et encore, je n'ai été marquée qu'il y a quelques jours.

— Ta Marque est différente ; *tu* es différente.

— Je ne veux pas être différente ! hurlai-je malgré moi, avant de me ressaisir. Je veux seulement trouver un moyen de m'en sortir, comme tout le monde.

— Trop tard, Zoey.

— Alors qu'est-ce que je dois faire ?

— Tu devrais en parler à ton mentor. C'est Neferet, n'est-ce pas ?

— Oui, répondis-je d'un air malheureux.

— Ne t'en fais pas ! Neferet est super. Elle n'accepte jamais de novices ; si elle t'a prise, c'est qu'elle doit vraiment croire en toi.

— Je sais, je sais. C'est juste que je me sens...

Qu'éprouvais-je à la perspective de raconter tout ça à Neferet ? De l'embarras. Comme si j'avais douze ans et que je devais avouer à mon prof de gym, un homme, bien sûr, que j'avais mes règles et qu'il fallait que j'aille changer de short. Je jetai un regard en biais à Erik. Il était superbe, attentif, parfait. Non, je ne pouvais décemment pas lui dire ça.

— Stupide, lâchai-je. Je me sens stupide.

Ce n'était pas vraiment un mensonge, cependant ce que je ressentais surtout, en plus de ma gêne, c'était de la peur. Je ne voulais pas de cette chose qui m'empêcherait de m'intégrer.

— Ne crois pas ça. En fait, tu es en avance sur nous tous.

— Et toi... tu as aimé le goût du sang dans le vin, tout à l'heure ?

— En fait j'ai assisté à mon premier rituel de pleine lune des Filles de la Nuit à la fin de ma première année. Sauf que cette fois-là, à part le « frigo », j'étais le seul première année – comme toi, aujourd'hui. Elles m'ont invité uniquement parce que j'étais parvenu en finale du concours de monologues de Shakespeare et que je devais partir le lendemain pour Londres, dit-il avec un petit rire gêné. Personne ici n'était jamais allé aussi loin. Pour elles, j'étais un phénomène ! À vrai dire, je me prenais moi aussi pour un phénomène. Alors, j'ai accepté leur invitation. J'étais au courant pour le sang, j'aurais pu refuser. Je ne l'ai pas fait.

— Mais est-ce que ça t'a plu ?

Cette fois, il rit de bon cœur.

— J'ai vomi tout ce que je pouvais. Je n'avais jamais rien bu d'aussi dégoûtant !

Je me pris la tête entre les mains.

— Ça ne m'aide pas beaucoup, grommelai-je.

— Pourquoi ? Tu as trouvé ça bon ?

— Plus que bon. Tu n'avais jamais rien bu d'aussi dégoûtant ? Eh bien, moi, je n'avais jamais rien bu d'aussi délicieux, avouai-je, honteuse.

Il me toucha la main, et je relevai enfin la tête. Il me prit délicatement par le menton pour me forcer à le regarder.

— Tu n'as pas à te sentir gênée ou coupable. C'est normal.

— Aimer le goût du sang n'est pas normal ! Pas pour moi.

— Et pourtant, tous les vampires sont un jour ou l'autre confrontés à ce problème.

— Mais je ne suis pas un vampire !

— Non, pas encore. Mais tu n'es pas non plus une novice ordinaire. Tu es spéciale, Zoey, et il y a souvent de la beauté dans ce qui est singulier.

Il retira doucement sa main de mon menton et, une nouvelle fois, dessina la forme du pentagramme sur ma Marque foncée. J'aimais le contact de son doigt – tiède et un peu rugueux. Et puis il ne provoquait pas en moi les mêmes sensations bizarres que Heath. Je n'entendais pas battre son sang, je ne voyais pas se gonfler la veine de son cou. Pour autant, ça ne m'aurait pas dérangée qu'il m'embrasse... qu'il me serre contre lui...

Mais que m'arrivait-il ? Au secours ! Je me transformais en vampire-garce, ou quoi ? Quelle serait la prochaine étape ? Est-ce que désormais j'allais courir après tous les garçons (y compris Damien) ? Je ferais sans doute mieux d'éviter la gent masculine en attendant de découvrir ce qui clochait chez moi et de savoir me contrôler.

— Qu'est-ce que tu fais là, Erik ? demandai-je, me souvenant soudain que j'étais venue ici pour m'isoler.

— Je t'ai suivie, dit-il sans détour.

— Pourquoi ?

— Quand j'ai compris ce qu'Aphrodite avait manigancé, j'ai pensé que tu aurais besoin d'un ami. Tu partages ta chambre avec Lucie, c'est ça ?

Je hochai la tête.

— Je voulais aller la chercher et te l'envoyer, mais je me suis dit que tu ne voudrais peut-être pas qu'elle sache…

Il fit un geste vague en direction de la salle d'initiation.

— Non ! m'écriai-je, paniquée. Elle ne doit surtout pas être au courant !

— C'est bien ce que j'ai pensé. Et donc, tu te retrouves coincée avec moi ! Je ne voulais vraiment pas te surprendre avec ton copain, ajouta-t-il, mal à l'aise. Je suis désolé.

Je fis mine d'être absorbée par Nala. Alors comme ça, il m'avait vue embrasser Heath et sucer son sang. J'aurais volontiers disparu sous terre… Puis une pensée me frappa, et je lui adressai un petit sourire.

— Eh bien, ça nous met à égalité. Je ne voulais pas non plus te surprendre avec Aphrodite.

Il me sourit à son tour, et cela me fit un drôle d'effet dans le ventre.

— Oui, nous sommes à égalité. Ça me plaît.

— Tu sais, je n'avais pas réellement l'intention de déployer mes ailes et d'aller vider Kayla de son sang…

Il éclata de rire. (Il avait un charme fou.)

— Je n'en doute pas ! Les vampires ne savent pas voler.

— Je lui ai fichu la frousse, en attendant.

— D'après ce que j'ai vu, elle l'avait mérité. Je peux te poser une question ? C'est assez personnel.

— Tu m'as vue boire du sang et aimer ça, vomir, embrasser un type, lécher son sang comme un chat lape son lait et brailler comme un bébé. Quant à moi, je t'ai vu dans une position… délicate. Je pense pouvoir gérer une question un peu personnelle.

— Est-ce que Heath était en transe ? C'est l'impression qu'il m'a donnée...

Je m'agitai, mal à l'aise.

— Je n'en sais rien. Ce qui est sûr, c'est que je n'ai absolument pas essayé de le dominer, de le contrôler... et pourtant, oui, à un moment, son comportement a changé. Cela dit, il avait bu et fumé. Il était peut-être simplement défoncé.

La voix de Heath s'éleva dans mon esprit comme un brouillard écœurant : « Oui... tout ce que tu veux... Je ferai tout ce que tu voudras. » Je revis son regard passionné. Qui aurait cru ce footeux capable d'une telle intensité ? Il ne savait même pas épeler ce mot !

— Il était comme ça depuis le début, ou seulement après que... euh... tu as commencé à...

— Seulement après. Pourquoi ?

— Ça élimine deux explications. Un : si son état était venu de l'alcool, il aurait été comme ça depuis le début. Deux : ça aurait pu venir du fait que tu es très belle, et qu'il n'en faut pas forcément plus pour mettre un type en transe.

À ces mots, je sentis une vague de chaleur dans le bas-ventre – ce qui ne m'était encore jamais arrivé. Ni avec Heath, ni avec Jordan, ni avec Jonathan.

— Vraiment ? demandai-je comme une idiote.

— Vraiment, répondit-il en souriant.

Comment pouvais-je plaire à ce mec ? Moi, une imbécile buveuse de sang !

— Mais ce n'est pas ça non plus, car il aurait remarqué à quel point tu étais sexy avant de t'embrasser, et, d'après ce que tu me dis, il n'est tombé en extase qu'après que le sang est venu s'en mêler.

(« Tombé en extase » : hi ! hi ! hi ! En plus, il avait du vocabulaire !)

J'étais bien trop occupée à sourire bêtement pour réfléchir à une réponse intelligente.

— En fait, il s'est transformé quand j'ai commencé à entendre son sang.

— Répète ?

Ah, zut ! Ce n'était pas ce que j'avais voulu dire. Je m'éclaircis la gorge.

— Heath a changé lorsque j'ai entendu le sang battre dans ses veines.

— Seuls les vampires adultes ont cette capacité, dit-il sérieusement, avant de se permettre un petit sourire. Heath... On dirait le nom d'une star gay dans une série télé.

— Au fait, dis-je pour changer de conversation, j'aime bien le nom que tu as choisi : Night. C'est vraiment cool.

Son sourire s'élargit.

— Je ne l'ai pas choisi. Erik Night est mon nom de naissance.

— Oh, d'accord. N'empêche, je le trouve très beau. Pitié, que quelqu'un m'achève !

— Merci.

Il regarda sa montre, et je vis qu'il était presque six heures et demie – du matin, ce qui me paraissait toujours aussi dingue.

— Il va bientôt faire jour, dit-il.

J'en déduisis que le moment de nous séparer était venu. Alors que je repliais mes jambes sous moi et serrais Nala dans mes bras, il m'attrapa le coude pour me stabiliser, puis il m'aida à me relever. Une fois debout, nous étions si près l'un de l'autre que la queue de Nala effleurait son pull noir.

— Je te proposerais bien de manger quelque chose, mais, à cette heure-ci, il n'y a que la salle d'initiation d'ouverte, et ça m'étonnerait que tu veuilles y retourner.

— C'est sûr. De toute façon, je n'ai pas faim.

À peine avais-je prononcé ces mots que je me rendis compte de l'énormité de mon mensonge : j'étais affamée !

— Ça te dérange si je te raccompagne à ton dortoir ? demanda-t-il.

— Non, répondis-je avec une fausse nonchalance.

Lucie, Damien et les Jumelles allaient avoir une crise cardiaque en me voyant avec le plus beau mec de l'école !

Nous marchâmes sans rien dire et notre silence était plutôt agréable. De temps à autre, nos bras se frôlaient, et je me surpris à souhaiter qu'il me prenne la main.

— Oh, dit-il au bout d'un moment. Je n'ai pas fini de répondre à ta question, tout à l'heure. La première fois que j'ai goûté du sang, j'ai détesté ça. Mais ça s'est arrangé avec le temps. Je n'irais pas jusqu'à dire que je me régale, mais je commence à m'y faire. Et j'aime la sensation que ça me procure.

— La tête qui tourne et les genoux qui tremblent ? Comme si tu avais trop bu ?

— Oui. Tiens, tu savais que l'alcool n'enivre pas les vampires ? C'est l'un des effets de la Transformation. Même les novices ont du mal à connaître l'ivresse.

— Alors, les vampires se soûlent en buvant du sang ?

— Je suppose, dit-il avec un haussement d'épaules. Quoi qu'il en soit, les novices n'ont pas le droit de toucher au sang humain.

— Mais alors, pourquoi personne n'a raconté aux profs ce que faisait Aphrodite ?

— Elle ne boit pas de sang humain.

— Euh… Erik, j'étais là ! Il y avait du sang dans ce vin, et c'était celui d'Elliott. Un choix douteux, d'ailleurs.

— Mais il n'est pas humain.

— Attends ! C'est interdit de boire du sang humain, mais pas celui d'un élève vampire ?

— À condition qu'il soit d'accord.

— C'est absurde !

— Au contraire. Notre soif de sang se développe quand nos corps se transforment ; alors, il nous faut un exutoire. Comme les novices guérissent rapidement, ils ne risquent rien. Et, sur eux, ça ne provoque pas d'effets secondaires ; sur les êtres humains vivants, si.

Ses paroles me faisaient le même effet que de la techno à plein volume en période de migraine. Je relevai la seule information que mon cerveau pouvait traiter.

— Un être humain *vivant* ? couinai-je, alors que la nausée pointait de nouveau son nez. Par opposition à un cadavre ?

— Non, dit-il en riant, par opposition au sang recueilli sur des vampires donneurs.

— Je n'ai jamais entendu parler de ça.

— Comme la plupart des humains. Tu apprendras tout ça en troisième année.

Je réalisai enfin la portée de ses paroles.

— Qu'entends-tu par « effets secondaires » ?

— On vient juste d'en parler en cours de socio. Apparemment, quand un vampire boit le sang d'un humain, un lien très fort peut se créer entre eux. Pas tant pour le vampire que pour l'humain. Ça tourne vite à l'obsession, et ça peut se révéler dangereux pour lui. Déjà, perdre du sang n'est pas bon pour la santé. Ajoute à ça le fait que nous vivons plusieurs décennies, parfois même plusieurs siècles de plus qu'eux... Envisage ça du point de vue de l'humain : ce doit être horrible de tomber fou amoureux de quelqu'un qui, sans prendre une ride, te voit vieillir et, finalement, mourir.

— Oui, ce doit être affreux, murmurai-je en repensant à l'expression passionnée qu'avait eue Heath.

Aussi difficile que ce soit, j'allais devoir parler à Neferet.

— Nous y voilà, annonça Erik.

Je m'aperçus avec surprise que nous étions déjà arrivés devant le dortoir des filles.

— Bon... Merci de m'avoir suivie, dis-je avec un sourire entendu.

— Si tu as besoin de quelqu'un pour taper l'incruste, pense à moi.

— Je garderai ça en tête. Merci.

Je remontai Nala sur ma hanche et me dirigeai vers la porte.

— Hé, Zoey.

Je me retournai.

— Ne rends pas la robe à Aphrodite. En t'incluant dans le cercle, ce soir, elle t'a officiellement proposé une place au sein des Filles de la Nuit, et la tradition veut que l'aspirante grande prêtresse fasse un cadeau à tout nouveau membre lors de sa première soirée. Ça m'étonnerait que tu veuilles te joindre à nous, mais tu as quand même le droit de garder la robe. D'autant qu'elle te va beaucoup mieux qu'à elle.

Il s'avança vers moi et me prit la main. La tournant vers le haut, il passa le doigt sur la veine apparente à mon poignet, et mon pouls s'accéléra violemment.

— Par ailleurs, tu dois savoir que je suis celui qu'il te faut, s'il te vient l'envie de tester une autre gorgée de sang. Ça aussi, garde-le à l'esprit.

Il se pencha et, sans détacher son regard du mien, me mordit doucement le poignet avant de l'embrasser délicatement. Je sentis de nouveau une vague de chaleur dans le ventre, accompagnée cette fois-ci d'un fourmillement à l'intérieur des cuisses. Ma respiration devint haletante. Un frisson de désir me parcourut, et je sus qu'il l'avait perçu. Il laissa sa langue se promener sur ma peau, et je frémis encore. Puis il me sourit et s'éloigna dans la pâle lumière qui précède l'aube.

CHAPITRE DIX-NEUF

Le poignet me picotait encore après le baiser inattendu (et la morsure, et le coup de langue) d'Erik, et je n'étais pas sûre d'être capable de parler. Ce fut donc un soulagement de voir qu'il ne restait que quelques filles dans la grande salle. Elles se contentèrent de me jeter un rapide coup d'œil avant de retourner à leur émission de télé-réalité. Je me précipitai dans la cuisine et posai Nala par terre, espérant qu'elle ne s'enfuirait pas pendant que je me préparais un sandwich. Puis j'attrapai un sachet de bretzels (Lucie avait dit vrai : impossible de trouver ici la moindre cochonnerie digne de ce nom) et une canette de soda, et je me glissai avec mon chat dans l'escalier.

— Zoey ! Je me suis fait du souci pour toi ! Alors, comment c'était ? Raconte-moi tout !

Blottie dans son lit avec un livre, Lucie m'avait attendue. Elle portait un pyjama avec des motifs de chapeau de cow-boy ; ses cheveux courts, plaqués d'un côté, indiquaient qu'elle s'était endormie. On lui aurait donné douze ans.

— Je crois qu'on a gagné un animal de compagnie ! m'exclamai-je joyeusement.

Je me tournai pour qu'elle puisse voir Nala, que je tenais contre ma hanche.

— Viens m'aider avant que je laisse tomber quelque chose.

— Elle est adorable ! s'écria Lucie en bondissant de son lit.

Elle essaya de prendre la chatte, mais celle-ci s'accrochait à moi comme si sa vie en dépendait. Lucie se chargea donc de poser mon casse-croûte sur ma table de nuit.

— Wouah ! Cette robe est superbe ! s'écria-t-elle.

— Oui, je me suis changée avant le rituel.

Ce qui me rappela que j'allais devoir la rendre à Aphrodite. Je ne comptais pas garder ce « cadeau », malgré ce qu'avait dit Erik. Cela me donnerait une occasion de remercier cette sale sorcière d'avoir « oublié » de me prévenir au sujet du sang.

— Alors… comment c'était ?

Je m'assis sur mon lit, donnai à Nala un bretzel – qu'elle attaqua immédiatement – et mordis dans mon sandwich. J'avais faim, certes, mais j'essayais surtout de gagner du temps. Je ne savais pas ce que je pouvais raconter à ma camarade ni ce que je devais lui cacher. Toute cette histoire était tellement perturbante – tellement dégoûtante aussi !

Je décidai d'orienter la conversation vers un sujet plus sûr, de peur qu'elle ne me trouve répugnante.

— Erik Night m'a raccompagnée jusqu'au dortoir.

— Vas-y ! s'écria-t-elle en sautant sur son lit comme un petit diable à ressort. Raconte !

— Il m'a embrassée.

— Tu rigoles ? Où ? Comment ? C'était bien ?

— Il m'a embrassé la main, mentis-je, préférant

ne pas m'embarquer dans les détails. Au moment de me souhaiter bonne nuit, juste devant le dortoir. Et, oui, c'était bien.

Je lui fis un grand sourire avant de prendre une autre bouchée.

— Je parie qu'Aphrodite a pété un câble quand elle t'a vue quitter les lieux avec lui.

— En fait, je suis partie d'abord, et il m'a rejointe. J'étais allée me promener le long du mur, et c'est là que j'ai trouvé Nala, empêtrée dans les branches d'un arbre, dis-je en gratouillant la tête du chat, qui se blottit contre moi. À vrai dire, c'est plutôt elle qui m'a trouvée. Enfin bref, j'avais escaladé le mur pour la sauver, et alors – tu ne vas jamais me croire – j'ai vu quelque chose qui ressemblait au fantôme d'Elizabeth. Ensuite mon ex-petit copain du lycée, Heath, et mon ex-meilleure amie sont arrivés.

— Quoi ? Qui ? Ralentis un peu ! Commence par le fantôme d'Elizabeth.

— C'était trop bizarre ! Carrément flippant, même. J'étais perchée au sommet et je caressais Nala quand un mouvement au pied du mur a attiré mon attention. Et là, j'ai vu cette fille, pas très loin de moi. Elle avait des yeux rouges et luisants, et je te jure que c'était Elizabeth.

— C'est pas vrai ! Tu as dû avoir la trouille, non ?

— Et comment ! Au moment où elle m'a aperçue, elle a poussé un hurlement horrible et elle s'est enfuie.

— Oh là là ! J'aurais été tétanisée.

— Je l'étais, mais Heath et Kayla se sont pointés juste à ce moment-là.

— Comment ça ? Comment ont-ils fait pour entrer ?

— Ils étaient de l'autre côté du mur. Ils sont arrivés

en courant. Ils ont dû m'entendre quand j'essayais de calmer Nala. Le fantôme lui avait fichu une peur bleue.

— Attends, même Nala l'a vu ?

Je hochai la tête. Lucie frissonna.

— Alors, Elizabeth devait vraiment être là.

— Tu es sûre qu'elle est morte ? murmurai-je. Et si c'était un malentendu ? Si elle errait toujours dans l'école, vivante ?

Cette idée semblait ridicule, mais guère plus que le fait d'avoir vu un fantôme.

— Elle est morte, dit Lucie, la gorge serrée. Sous mes propres yeux. Devant toute la classe.

On aurait dit qu'elle allait se mettre à pleurer et, comme cette histoire me fichait la trouille, je ne m'attardai pas dessus.

— Cela dit, il faisait sombre, j'ai pu me tromper. C'était peut-être une fille qui lui ressemblait. Ensuite Heath et Kayla sont arrivés.

— Qu'est-ce qu'ils voulaient ?

— D'après Heath, ils étaient venus me sortir de là, dis-je en levant les yeux au ciel. Tu imagines ?

— Ils sont stupides, ou quoi ?

— Il faut croire. Oh, et Kayla, mon ex-meilleure amie, m'a bien fait comprendre qu'elle draguait Heath !

Lucie en resta bouche bée.

— La garce !

— Tu m'étonnes. Bref, je leur ai dit de partir et de ne pas revenir. Puis je me suis mise à pleurer, et c'est à ce moment-là qu'Erik est venu.

— Waouh ! Il était comment ? Doux et romantique ?

— Oui, plutôt.

— Et ensuite il t'a raccompagnée jusqu'au dortoir ?

— Oui. Il m'a proposé de manger quelque chose, mais il n'y avait plus que la salle d'initiation d'ouverte, et je ne voulais pas y retourner.

Ah, mince. Je sus immédiatement que j'en avais trop dit.

— Les Filles de la Nuit ont été horribles ? souffla Lucie.

En regardant ses grands yeux de biche, je sentis que je ne pouvais pas lui parler du sang. Pas encore.

— Tu vois comment était Neferet, ce soir : à la fois belle, sexy et classe ?

Elle hocha la tête.

— Eh bien, Aphrodite a essayé de l'imiter, sauf qu'elle avait juste l'air d'une grosse allumeuse.

— Je l'ai toujours trouvée ignoble, dit-elle d'un air dégoûté.

— Entièrement d'accord ! Hier, juste avant que Neferet me conduise au dortoir, je l'ai vue qui draguait à mort Erik. D'ailleurs, il l'a repoussée. Il a dit qu'il ne voulait plus d'elle.

— Elle devait être verte ! gloussa ma camarade.

Je me souvins de la façon dont Aphrodite avait insisté pour continuer le jeu érotique, alors qu'il avait clairement refusé.

— En fait, elle me ferait presque de la peine si elle n'était pas... Si elle n'était pas...

— Une sorcière prétentieuse ?

— Exactement. Elle se conduit comme si tout lui était dû, comme si nous devions accepter sa méchanceté et nous incliner devant elle.

— Oui, et ses amies sont comme elle.

— Je sais, j'ai rencontré les horribles triplettes.

— Tu veux dire Belliqueuse, Terrible et Acerbe ?

— Oui. Quelle idée de choisir des noms aussi hideux !

— C'est parce qu'elles pensent toutes qu'elles sont mieux que les autres et qu'on ne peut rien contre elles : cette affreuse nymphomane sera la prochaine grande prêtresse.

— À mon avis, Nyx ne le permettra pas.

— Comment ça ? Aphrodite dirige les Filles de la Nuit depuis que son pouvoir s'est affirmé, quand elle était en troisième année.

— Et quel est ce pouvoir ?

— Elle a des visions. Elle voit les tragédies à venir, par exemple, précisa Lucie.

— Tu crois qu'elle fait semblant ?

— Oh, ça non ! Ses visions sont d'une netteté étonnante. Mais ce qu'on pense, avec Damien et les Jumelles, c'est qu'elle ne prévient que ceux qui appartiennent à son clan.

— Attends, tu veux dire qu'elle pourrait empêcher certains événements de se produire, et qu'elle ne le fait pas ?

— Oui. La semaine dernière, elle a eu une vision pendant le déjeuner. Les sorcières l'ont aussitôt entourée et ont essayé de la faire sortir du réfectoire. À ce moment-là, Damien est arrivé en courant parce qu'il était en retard ; il leur est rentré dedans sans le faire exprès et les a dispersées. Sans ça, personne n'aurait su qu'elle avait une vision, et un avion plein de passagers se serait écrasé.

Je m'étouffai avec mon bretzel.

— Un avion ? crachai-je entre deux quintes de toux. Punaise !

— Oui. Damien, qui a tout de suite compris ce qui

se passait, est allé chercher Neferet. Aphrodite a été obligée de lui avouer ce qu'elle avait vu, en l'occurrence le crash d'un avion juste après le décollage. Pour te dire la précision de ses visions, elle a même pu décrire l'aéroport, celui de Denver, et le logo de la compagnie d'aviation sur le fuselage. Neferet a communiqué ces informations aux autorités, qui ont alors examiné l'avion et découvert un grave dysfonctionnement. Mais moi, je sais très bien qu'Aphrodite n'aurait rien dit si elle ne s'était pas fait surprendre. Elle a raconté un gros bobard, comme quoi ses amies s'apprêtaient à la conduire dans le bureau de Neferet. Tu parles !

Je n'arrivais pas à le croire. Soudain, je me souvins des propos haineux que les sorcières avaient tenus ce soir-là : « Les humains, ça craint... Ils devraient tous mourir... » Ce n'étaient pas des mots en l'air : elles étaient sérieuses.

— Dans ce cas, pourquoi Aphrodite n'a-t-elle pas menti à Neferet ? Elle aurait pu lui indiquer un autre aéroport ou un autre nom de compagnie aérienne.

— Il est presque impossible de mentir aux vampires, surtout s'ils te posent une question directe. Et n'oublie pas qu'Aphrodite veut devenir grande prêtresse plus que tout. Si Neferet savait à quel point elle est givrée, elle pourrait dire adieu à son rêve.

— Aphrodite n'a rien d'une grande prêtresse. C'est une fille odieuse et égoïste, tout comme ses copines.

— Neferet voit les choses autrement, et pourtant elle a été son mentor.

— Tu plaisantes ! Elle ne voit pas clair dans son petit jeu ?

C'était impossible : Neferet était bien trop intelligente pour se laisser berner.

— Aphrodite se conduit différemment en sa présence, dit Lucie en haussant les épaules.

— Mais quand même...

— Sans compter qu'elle possède une affinité puissante avec les éléments, ce qui signifie que Nyx a de grands projets pour elle.

— Ou qu'elle œuvre pour le côté sombre ! Hé, ho ! Je suis la seule à avoir vu *La Guerre des étoiles* ou quoi ? Personne n'aurait cru qu'Anakin Skywalker tournerait mal, et regarde ce qui s'est passé !

— Euh... Zoey, c'est de la fiction.

— N'empêche que c'est un bon exemple.

— Va dire ça à Neferet.

Ce n'était pas une mauvaise idée, pensai-je en mâchonnant. Neferet se doutait forcément que quelque chose ne tournait pas rond chez ces sorcières. Peut-être fallait-il seulement que quelqu'un trouve le courage de le lui confirmer ?

— Personne n'a jamais essayé d'aborder le sujet avec Neferet ? demandai-je.

— Pas que je sache.

— Pourquoi ?

Lucie parut mal à l'aise.

— Parce qu'on passerait un peu pour des fayots. Et puis, qu'est-ce qu'on lui dirait ? Qu'on pense qu'Aphrodite cache ses visions, sans pouvoir apporter une preuve ? Non, ça ne passerait pas. Et si par miracle Neferet nous croyait, que ferait-elle ? Elle ne va pas renvoyer Aphrodite de l'école et la laisser mourir sur un trottoir ! Elle resterait là, avec toute sa clique qui lui obéit au doigt et à l'œil. Je pense que ça n'en vaut pas la peine.

Lucie n'avait pas tort, mais ça ne me plaisait pas pour autant. Ça ne me plaisait vraiment, vraiment pas du tout.

« Les choses seraient différentes si une novice plus puissante prenait sa place en tant que dirigeante des Filles de la Nuit », me dis-je.

Je sursautai d'un air coupable et dissimulai ma gêne en buvant une grande gorgée de soda. Qu'est-ce qui me prenait ? Je n'étais pas assoiffée de pouvoir. Je ne voulais pas devenir grande prêtresse ni me retrouver au centre d'une pénible bataille contre Aphrodite et la moitié de l'école (la moitié la plus séduisante, soit dit en passant).

Je me souvins alors des chocs électriques que j'avais ressentis lors des deux rituels, de la façon dont les éléments avaient paru me pénétrer et de mon envie irrésistible de quitter le cercle pour rejoindre Aphrodite dans son incantation.

— Lucie, est-ce que tu ressens quelque chose quand on évoque les éléments ?

— Comment ça ?

— Par exemple, quand on appelle le feu, est-ce que tu as chaud ?

— Non. Enfin, j'aime beaucoup ce moment-là et parfois, lorsque Neferet prie, je sens l'énergie qui circule dans le cercle, mais c'est tout.

— Alors, tu n'as jamais senti une brise lors de l'invocation de l'air, ni la pluie lors de l'invocation de l'eau, ni l'herbe sous tes pieds lors de l'invocation de la terre ?

— Ça non ! Seule une grande prêtresse dotée d'une affinité exceptionnelle avec les éléments pourrait...

Elle s'interrompit soudain, les yeux écarquillés.

— Tu veux dire que tu as ressenti tout ça, toi ?

— Peut-être, répondis-je, mal à l'aise.

— Peut-être ! Zoey ! As-tu la moindre idée de ce que ça pourrait signifier ?

Je secouai la tête.

— La semaine dernière, en sociologie, on a étudié la grande prêtresse la plus célèbre de l'histoire des vampires. En plusieurs centaines d'années, elle a été la seule à jouir d'une affinité avec les quatre éléments.

— Avec les cinq, précisai-je avec une moue malheureuse.

— Tous les cinq ! L'esprit aussi ?

— Oui.

— Zoey ! C'est formidable ! Je crois qu'il n'y a jamais eu de grande prêtresse sensible aux cinq éléments. Je comprends mieux, dit-elle en désignant ma Marque. Cela signifie que tu es vraiment différente.

— Pourrais-tu garder ça pour toi un petit moment ? Ne dis rien, même à Damien et aux Jumelles ! J'aimerais avoir un peu de temps pour réfléchir. Tout va tellement vite...

— Mais, Zoey, je...

— Et puis, je peux me tromper, l'interrompis-je. Ce n'était peut-être que l'excitation de mon premier rituel. Imagine la honte si j'annonçais à tout le monde : « Hé, je suis la seule novice de l'histoire à posséder une affinité avec tous les éléments », pour m'apercevoir que ce n'était finalement dû qu'à ma nervosité.

Lucie se mordilla l'intérieur de la joue.

— Je crois quand même que tu devrais en parler à quelqu'un.

— Bien sûr ! Comme ça, Aphrodite et ses sbires pourront me ridiculiser si jamais je me suis trompée !

— Oui, tu as raison, dit mon amie en pâlissant. Ce serait affreux ! Je ne dirai rien tant que tu ne seras pas prête. Promis.

— Dis-moi, qu'est-ce qu'Aphrodite t'a fait ?

Elle baissa les yeux et rentra la tête dans les épaules, comme si elle avait froid.

— Elle m'a invitée à un rituel. Je n'étais pas là depuis très longtemps, seulement un mois ou deux, et j'étais contente que le groupe « branché » veuille bien de moi. C'était stupide de ma part, mais je ne les connaissais pas bien, je pensais qu'ils pourraient devenir mes amis. Alors, j'y suis allée. Seulement, ils ne voulaient pas que je rejoigne leur groupe. Ils voulaient que je donne... que je donne du sang pour leur rituel. Ils m'ont même traitée de « frigo », comme si je n'étais bonne qu'à conserver du sang pour eux. Ils m'ont fait pleurer et, quand j'ai refusé, ils se sont moqués de moi et m'ont mise à la porte. C'est comme ça que j'ai rencontré Damien, Erin et Shaunee. Ils m'ont vue sortir de la salle d'initiation en courant, alors ils m'ont suivie pour me réconforter, et nous sommes devenus amis, dit-elle en osant enfin me regarder. Je suis désolée, j'aurais dû t'en parler avant, mais je savais qu'ils ne tenteraient pas ça avec toi. Tu es trop forte, et ta Marque intrigue trop Aphrodite. En plus, tu es suffisamment belle pour appartenir à leur bande.

— Hé, toi aussi !

Imaginer Lucie à la place d'Elliott, imaginer que je pourrais boire son sang m'était insupportable.

— Non, je suis juste mignonne. Je ne suis pas comme eux.

— Moi non plus ! m'écriai-je, réveillant Nala, qui se mit aussitôt à miauler nerveusement.

— Je sais. Ce n'est pas ce que je voulais dire. C'est juste que je savais qu'ils voudraient de toi dans leur groupe, et qu'ils n'essaieraient pas de t'utiliser comme ça.

Non, ils avaient simplement réussi à me piéger. Mais dans quel but ? Ah ! Je comprenais enfin. Erik m'avait dit que le sang l'avait rendu malade, la première fois qu'il en avait bu. Ils avaient essayé de me dégoûter afin que je ne veuille plus jamais retourner à leur rituel.

Ils ne voulaient pas que je fasse partie des Filles de la Nuit, mais ils n'osaient pas le dire à Neferet. Ils espéraient que je refuserais leur invitation. Pour une raison que j'ignorais, Aphrodite, cette espèce de tyran, ne voulait pas de moi. Or, je ne supportais pas les tyrans. Il ne me restait qu'une seule chose à faire...

Mais pour cela, j'allais devoir devenir une Fille de la Nuit !

— Zoey, tu ne m'en veux pas, hein ? demanda Lucie d'une petite voix.

Perdue dans mes pensées, je clignai des yeux avant de me tourner vers elle.

— Bien sûr que non ! De toute façon, tu avais raison : mon sang n'intéressait pas Aphrodite, la rassurai-je en terminant mon sandwich. Bon, je suis vraiment crevée ! Il faut que je trouve une litière pour Nala ; sinon, elle ne me laissera pas dormir.

Lucie se ragaillardit aussitôt et fila dans un coin de la pièce, où se trouvait un grand sac en plastique sur lequel était écrit en gros caractères blancs : L'ANIMALERIE DE FELICIA, TULSA.

— Regarde un peu ! s'exclama-t-elle en en sortant une caisse à litière, deux gamelles, pour l'eau et la nourriture, et une boîte de croquettes.

— Tu avais prévu le coup ou quoi ?

— Je n'en savais rien. J'ai trouvé ça devant notre porte en rentrant du dîner.

Elle sortit également du sac une enveloppe et un collier rose en cuir, avec de petites pointes en argent.

— Tiens, c'est pour toi.

Elle me tendit l'enveloppe, qui portait mon nom, puis essaya d'amadouer Nala pour pouvoir lui mettre le collier. Je lus le mot, écrit, d'une belle écriture fluide, sur un papier à lettres de luxe couleur ivoire.

Skylar m'a prévenue de son arrivée.

Avec, pour toute signature, la lettre N.

CHAPITRE VINGT

« Je dois parler à Neferet », pensai-je alors que Lucie et moi avalions notre petit déjeuner en quatrième vitesse. Je n'avais pas l'intention d'évoquer ma réaction aux éléments – j'avais peut-être tout inventé, qui sait ? Et si Neferet, en me faisant passer un test d'affinité (dans cette école, ça devait bien exister !), découvrait que je ne possédais qu'une imagination débordante ? Pour rien au monde je n'endurerais ça. En attendant d'en savoir plus, je préférais me taire. Je ne voulais pas non plus aborder le sujet du fantôme d'Elizabeth, de peur que mon mentor ne me prenne pour une folle. Elle avait beau être compréhensive, elle n'en demeurait pas moins une adulte sensée. En revanche, il fallait que je lui parle de ma soif de sang. (Berk ! Si j'aimais tellement ça, pourquoi le simple fait d'y penser me dégoûtait à ce point ?)

— Tu crois qu'elle va te suivre en classe ? me demanda Lucie en désignant Nala.

Je regardai ma chatte qui, roulée en boule à mes pieds, ronronnait avec satisfaction.

— Elle a le droit ?

— Oui, les chats sont libres d'aller où ils veulent.

— Alors, je suis sûre qu'elle va me coller toute la journée !

— Je suis bien contente qu'elle soit à toi, et pas à moi. Quand le réveil a sonné, j'ai vu que c'était une sacrée voleuse d'oreiller !

— Tu as raison, concédai-je en riant. Je me demande comment une petite minette comme elle réussit à arriver à ses fins ! Allez, viens, on va être en retard !

Je me levai, mon bol à la main, et faillis percuter Aphrodite. Comme d'habitude, elle était flanquée de Terrible et Belliqueuse. En revanche, pas d'Acerbe en vue. (Elle s'était peut-être dissoute au contact de l'eau en prenant sa douche ! Hi, hi, hi !) Avec son sourire mauvais, Aphrodite me rappela un piranha que j'avais vu à l'aquarium, lors d'un voyage scolaire l'année précédente.

— Salut, Zoey. Dis donc, tu es partie tellement vite, ce matin, que je n'ai pas eu le temps de te dire au revoir. Manifestement, tout le monde n'a pas l'étoffe d'une Fille de la Nuit...

Elle regarda Lucie d'un air méprisant.

— En fait, j'ai passé un très bon moment ! La robe que tu m'as donnée est fantastique ! m'exclamai-je, en en faisant des tonnes. Elle me va comme un gant ! Et merci de m'avoir invitée à rejoindre les Filles de la Nuit. J'accepte avec plaisir !

Son rictus fielleux disparut sur-le-champ.

— Vraiment ?

Je lui adressai mon sourire le plus niais.

— Vraiment ! C'est quand, la prochaine réunion ou le prochain rituel ? Il faut peut-être que je le demande à Neferet ? Je dois la voir ce soir. Je suis sûre qu'elle sera ravie d'apprendre l'accueil chaleureux que vous m'avez réservé et mon entrée au sein du groupe.

Aphrodite n'hésita qu'une seconde avant d'imiter à la perfection mon ton faussement innocent.

— Oui, je parie qu'elle sera aux anges. Mais, comme c'est moi qui dirige les Filles de la Nuit, je connais par cœur notre emploi du temps ; inutile de l'ennuyer avec des questions idiotes. Demain, nous célébrerons le Samain. Rendez-vous à la salle d'initiation juste après le dîner, à quatre heures et demie précises. Mets ta robe, dit-elle en insistant sur le « ta ».

Mon sourire s'élargit. J'avais marqué un point. Elle était dupe de mon stratagème !

— Super. Compte sur moi.

— Parfait, c'est génial ! conclut-elle.

Sur ce, suivie de Terrible et de Belliqueuse, qui avaient l'air vaguement abasourdies, elle quitta la cuisine.

— Sorcières démoniaques, marmonnai-je.

— Tu vas vraiment les rejoindre ? chuchota Lucie, qui avait blêmi.

— Ce n'est pas ce que tu crois. Viens, je t'expliquerai en marchant.

Je mis nos bols et nos couverts dans le lave-vaisselle, et nous sortîmes. Nala trottinait derrière nous, crachant sur tous les chats qui osaient m'approcher.

— Il s'agit d'une mission de reconnaissance, commençai-je.

— Ça ne me plaît pas, lança-t-elle en secouant la tête avec une telle violence que ses cheveux courts volèrent en tous sens.

— Tu ne connais pas ce vieux dicton : « Sois proche de tes amis, et plus encore de tes ennemis » ?

— Si, mais...

— C'est exactement ce que je fais. Aphrodite s'en tire trop bien ! Elle est méchante et égoïste. Ce n'est pas ce que Nyx attend d'une grande prêtresse.

Lucie écarquilla les yeux.

— Tu vas l'empêcher de devenir prêtresse ?

— En tout cas, je vais essayer.

Alors que je prononçais ces mots, mon croissant de lune saphir se mit à me picoter.

— Merci pour les accessoires de Nala.

Neferet leva les yeux du devoir qu'elle corrigeait et sourit.

— Nala... ça lui va très bien. Mais c'est Skylar qu'il faut remercier, pas moi. C'est lui qui m'a prévenue de son arrivée. Elle s'est vraiment attachée à toi, observat-elle en regardant la chatte se frotter contre mes jambes. Dis-moi, Zoey, t'arrive-t-il d'entendre sa voix dans ta tête, ou de savoir où elle se trouve quand elle est loin de toi ?

Ma parole, Neferet pensait que j'avais une affinité avec les chats !

— Non... Par contre, je l'entends tout le temps se plaindre. Et j'ignore si je pourrais savoir où elle se trouve, vu qu'elle est toujours avec moi.

— Elle est adorable, dit Neferet en tendant la main vers elle. Viens me voir, ma jolie.

Immédiatement, Nala s'approcha et sauta sur son bureau, éparpillant tous ses papiers.

— Oh, mince ! Je suis désolée, Neferet.

Je voulus attraper Nala, mais elle me retint d'un geste. Elle lui grattouilla la tête ; la chatte ferma les yeux et se mit à ronronner.

— Les chats sont toujours les bienvenus ici, et ce n'est pas compliqué de reclasser des papiers. Bon, de quoi voulais-tu me parler, Petit Oiseau ?

Entendre le surnom que me donnait ma grand-mère me serra le cœur. J'éprouvai un tel besoin de me blottir contre elle que les larmes me montèrent aux yeux.

— Est-ce que ton ancienne maison te manque ? demanda doucement Neferet.

— Non... à part Grand-mère. J'ai été tellement occupée jusque-là, dis-je, en proie à un sentiment de culpabilité.

— Ton père et ta mère ne te manquent pas.

Ce n'était pas une question, mais je ressentis le besoin de lui répondre.

— Non. Enfin, je n'ai pas vraiment de père. Il est parti quand j'étais petite. Ma mère s'est remariée, il y a trois ans, et...

— Tu peux me le dire, je comprendrai, tu sais !

— Je le déteste ! m'écriai-je avec une colère dont j'ignorais la violence. Depuis qu'il a rejoint notre famille, tout va mal. Ma mère a complètement changé. Je ne me sens plus chez moi.

— Ma mère est morte quand j'avais dix ans, et mon père ne s'est jamais remarié, dit Neferet. Il a préféré se servir de moi... Cela a duré depuis mes dix ans jusqu'au jour où Nyx m'a délivrée en me marquant, à l'âge de quinze ans.

Elle se tut un instant, puis ajouta :

— Alors, tu vois, je sais ce qu'on ressent quand la maison se transforme en enfer.

— C'est horrible...

Ce fut tout ce que je trouvai à dire.

— À l'époque, oui. Maintenant, ce n'est plus

qu'un mauvais souvenir. Tu sais, Zoey, les humains que tu as côtoyés par le passé – et même ceux qui t'entourent aujourd'hui et ceux que tu rencontreras à l'avenir – auront de moins en moins de place dans ta vie. À la fin, tu ne ressentiras presque plus rien à leur égard. Tu comprendras ça au fil de ta Transformation, dit-elle d'une voix neutre, dont la froideur me mit mal à l'aise.

— Je ne veux pas ne plus rien ressentir pour ma grand-mère, ne pus-je m'empêcher de répondre.

— Bien sûr que non ! dit-elle en retrouvant sa bienveillance habituelle. Tiens, il n'est que neuf heures du soir. Pourquoi ne pas l'appeler ? Tu peux arriver en retard en cours de théâtre ; je préviendrai Mme Nolan.

— Merci, c'est une très bonne idée. Mais... ce n'est pas ce dont je voulais vous parler, ajoutai-je.

J'inspirai profondément avant de poursuivre :

— J'ai bu du sang, ce matin.

— Oui, les Filles de la Nuit mélangent souvent du sang de novice avec leur vin de rituel. C'est une lubie courante chez les jeunes. Et c'est ça qui t'a perturbée ?

— En fait, seulement quand je l'ai su..., murmurai-je.

— Ce n'était pas correct de la part d'Aphrodite de ne pas te prévenir, déclara Neferet en fronçant les sourcils. Elle aurait dû te laisser le choix. Je lui en toucherai deux mots.

— Non ! m'écriai-je, affolée.

Je me ressaisis :

— Non, c'est inutile. Je m'en occuperai. J'ai décidé de rejoindre les Filles de la Nuit, alors je préférerais éviter les ennuis.

— Tu as sans doute raison. Aphrodite est imprévisible, mais je suis sûre que tu sauras te débrouiller seule.

Nous encourageons les novices à régler leurs problèmes entre eux quand c'est possible. Les premières gouttes de sang ne sont jamais très appétissantes, c'est tout à fait normal. Tu le saurais si tu avais passé plus de temps avec nous.

— Ce n'est pas ça. En réalité, j'ai trouvé ça bon. Erik m'a expliqué que ma réaction sortait de l'ordinaire.

Neferet haussa les sourcils.

— En effet. T'es-tu également sentie grisée, euphorique ?

— Oui.

— Tu es unique, Zoey Redbird, affirma-t-elle en regardant ma Marque. Il vaudrait mieux que tu changes de niveau en cours de sociologie en sautant une année ou deux.

— Non, je vous en prie ! Je suis déjà assez à l'écart comme ça, avec tous ces gens qui fixent ma Marque l'air de se demander si je ne vais pas faire quelque chose de bizarre. Si vous me transférez dans une classe supérieure, ils vont y voir la confirmation de leurs soupçons.

Neferet hésita. Elle caressait la tête de Nala tout en réfléchissant.

— Je comprends ton appréhension. Mon adolescence a beau remonter à plus de cent ans, je me rappelle très bien ma Transformation. Les vampires ont une excellente mémoire. Bon, que dirais-tu d'un compromis ? demanda-t-elle en soupirant. Je te laisse avec les premières années, mais, en échange, tu me promets de lire chaque semaine un chapitre du manuel des quatrièmes années, et de me poser toutes les questions qui te viendront à l'esprit.

— Promis.

— Tu sais, Zoey, au fil de la Transformation, tu vas

littéralement devenir un être nouveau. Les vampires ne sont pas humains, même s'ils sont pleins d'humanité. Ta soif de sang, qui te paraît à ce point répréhensible pour l'instant, est aussi normale, dans ta nouvelle vie, que ta soif de soda dans l'ancienne.

— On ne peut vraiment rien vous cacher...

— Nyx s'est montrée très généreuse avec moi. En plus de mon affinité avec les félins et de mes pouvoirs de guérisseuse, elle m'a dotée d'une grande intuition.

— Vous pouvez lire dans mes pensées ? demandai-je, inquiète.

— Pas exactement. Mais j'arrive à déceler certaines choses. Par exemple, je sais que tu as encore quelque chose à me dire à propos de ce matin.

Je pris mon courage à deux mains.

— Après avoir appris que j'avais bu du sang, j'étais bouleversée, alors je me suis enfuie. C'est comme ça que j'ai trouvé Nala : elle était dans un arbre qui jouxte le mur d'enceinte. Croyant qu'elle était coincée, j'ai escaladé le mur pour l'attraper et, alors que je lui parlais, deux élèves de mon ancien lycée m'ont trouvée.

— Que s'est-il passé ?

La main de Neferet s'était immobilisée. J'avais toute son attention.

— Rien de bien. Ils étaient soûls et défoncés.

Je n'avais pas prévu de dire ça, mais ça m'avait échappé.

— Ont-ils essayé de te faire du mal ?

— Non, pas du tout. Il s'agissait de mon ex-meilleure amie et de mon futur ex-petit copain.

Neferet me lança un regard interrogateur.

— On ne sort plus vraiment ensemble, mais il y a toujours un lien entre nous, expliquai-je.

Elle hocha la tête d'un air entendu.

— Continue.

— Kayla et moi nous sommes un peu disputées. Elle me voit différemment, maintenant, et moi aussi. Je crois que nous n'aimons ni l'une ni l'autre ce que nous avons sous les yeux.

En prononçant ces mots, je me rendis compte que c'était exactement ça. Kayla n'avait pas changé, bien au contraire. Mais les petits détails que j'avais jusque-là ignorés, comme ses bavardages absurdes et incessants, ou sa mesquinerie, m'étaient devenus insupportables.

— Bref, repris-je, elle est partie, et je suis restée seule avec Heath.

Je me tus, ne sachant comment poursuivre. Neferet plissa les yeux.

— Et tu as eu soif de son sang.

— Oui, murmurai-je.

— Est-ce que tu en as bu, Zoey ? demanda-t-elle d'une voix dure.

— Juste une goutte. Je l'avais égratigné, sans le faire exprès. Je n'en avais pas l'intention, mais, quand j'ai entendu son pouls, je n'ai pas pu m'en empêcher.

— Alors, tu n'as pas bu à même la blessure ?

— J'allais le faire, mais Kayla est revenue et nous a interrompus. Elle a paniqué, et j'ai réussi à me débarrasser de Heath.

— Comment ça ? Il ne voulait pas partir ?

— Non, dis-je, au bord des larmes. Neferet, je suis tellement désolée ! Ce n'était pas prémédité. Je ne savais même pas ce que je faisais jusqu'à ce que Kayla se mette à hurler.

— Je comprends, me rassura-t-elle en me touchant le bras dans un geste maternel. Comment une novice tout juste marquée pourrait-elle être sensibilisée à la soif de sang ? Il n'y a probablement pas eu d'Empreinte.

— D'Empreinte ?

— C'est un phénomène qui peut se produire lorsqu'un vampire boit à même un humain, surtout s'il existe déjà un lien entre eux. C'est la raison pour laquelle les novices n'ont pas le droit de boire du sang humain. C'est d'ailleurs fortement déconseillé aux vampires adultes. Pour certains vampires, c'est un acte moralement condamnable, qui devrait être illégal.

Ses yeux s'assombrirent, ce qui me rendit soudain très nerveuse. Je frissonnai.

Elle battit des paupières et retrouva son regard normal. Avais-je seulement imaginé cette expression étrange ?

— Mais c'est une discussion que je réserve à mes élèves de quatrième année, conclut-elle.

— Que suis-je censée faire au sujet de Heath ?

— Rien. Tiens-moi au courant s'il essaie de te revoir. S'il t'appelle, ne réponds pas. S'il a commencé à imprimer, le simple son de ta voix l'attirera à toi.

— On se croirait dans *Dracula*, marmonnai-je.

— Ça n'a rien à voir avec ce livre minable ! s'écria-t-elle. Stoker a diffamé les vampires ; c'est à lui que nous devons nos éternelles querelles avec les humains.

— Je suis désolée, je ne voulais pas...

Elle m'interrompit d'un geste de la main.

— Non, c'est moi. Je n'aurais pas dû m'énerver à cause de ce vieux fou. Et ne t'inquiète pas pour ton ami, je suis sûre qu'il ira bien. Tu m'as dit qu'il était défoncé. J'imagine qu'il s'agissait de marijuana ?

Je hochai la tête.

— Mais moi, je ne fume pas, ajoutai-je. D'ailleurs,

il ne fumait pas avant, et Kayla non plus. Je ne comprends pas ce qui leur est arrivé. Ils doivent traîner avec ces footballeurs d'Union, des drogués, et ni l'un ni l'autre n'a assez de bon sens pour refuser.

— En ce cas, sa réaction a pu découler de son niveau d'intoxication plutôt que d'une possible Empreinte, dit-elle en me tendant un bloc-notes et un crayon. Mais, au cas où, veux-tu écrire le nom complet de tes amis, ainsi que leur adresse ? Oh, et aussi le nom des joueurs de foot, si tu les connais.

— Pourquoi ? m'inquiétai-je. Vous n'allez quand même pas appeler leurs parents ?

— Bien sûr que non ! dit-elle en riant. Les frasques des adolescents humains ne me regardent pas. J'en ai besoin pour me concentrer sur ce petit groupe afin de déceler d'éventuelles traces d'Empreinte parmi eux.

— Que se passerait-il, alors ? Qu'arriverait-il à Heath ?

— Il est jeune, et l'Empreinte serait faible ; elle devrait disparaître avec le temps et la distance. Dans le cas contraire, il existe des moyens de le guérir.

Je m'apprêtais à lui suggérer de rompre l'Empreinte par mesure de précaution lorsqu'elle ajouta :

— Aucun de ces moyens n'est agréable.

— Oh, je vois.

Je notai le nom et l'adresse de Kayla et de Heath ; quant aux joueurs d'Union, je ne connaissais que leurs noms. Pendant ce temps, Neferet alla chercher un livre épais au fond de la classe. Je lus son titre, écrit en grosses lettres argentées : *Sociologie avancée*.

— Commence par le chapitre I et lis-le jusqu'à la fin. Considère que cela remplace les devoirs que je donne au reste de ta classe.

Je pris le livre. Il était lourd, et sa couverture rafraîchit mes mains chaudes et tremblantes.

— Si tu as la moindre question, viens me voir immédiatement. Si je ne suis pas dans cette salle, tu auras de grandes chances de me trouver dans mon appartement, au sein du temple de Nyx. Une fois à l'intérieur, prends l'escalier sur la droite. Comme je suis la seule prêtresse de l'école, j'occupe tout le premier étage. Et surtout, ne crains pas de me déranger. Tu es ma novice ; je suis là pour ça.

— Merci, Neferet.

— Tâche de ne pas te faire trop de souci, dit-elle en me serrant dans ses bras. Nyx t'a touchée du doigt, et la déesse prend toujours soin des siens. Je vais aller expliquer ton retard à Mme Nolan. Utilise mon téléphone pour appeler ta grand-mère.

Elle m'étreignit de nouveau, puis referma doucement la porte derrière elle.

Je m'assis à son bureau en me disant qu'elle était vraiment super. Cela faisait si longtemps que ma mère ne m'avait pas prise dans ses bras comme ça ! Tout à coup, je me mis à pleurer, sans pouvoir m'arrêter.

CHAPITRE VINGT ET UN

— Bonsoir, Grand-mère, c'est moi.
— Oh ! Petit Oiseau ! Comment vas-tu, ma chérie ?

Je souris et m'essuyai les yeux.

— Très bien, Grand-mère. Mais tu me manques.
— Tu me manques aussi. Ta mère t'a appelée ?
— Non.

Elle soupira.

— Elle ne veut sans doute pas te déranger dans ta nouvelle vie. Je lui ai expliqué l'inversion des jours et des nuits dans ton école.

— Merci, Grand-mère, mais je ne pense pas que ce soit à cause de ça.

— Peut-être as-tu simplement manqué son appel. Hier, je suis tombée sur ton répondeur.

Je ressentis une pointe de culpabilité. Je n'avais même pas écouté mes messages depuis mon arrivée.

— J'ai oublié de recharger la batterie, et mon téléphone est toujours dans ma chambre, désolée. Je regarderai tout à l'heure, promis.

— Alors, dis-moi, comment ça se passe ?
— Bien. Enfin, beaucoup de choses me plaisent.

Les cours sont géniaux. Je fais même de l'escrime et de l'équitation !

— Fantastique ! Tu aimais tellement monter ton cheval.

— Et j'ai un chat !

— Oh, Zoey, je suis vraiment contente pour toi. Tu as toujours adoré les chats. As-tu réussi à sympathiser avec quelques élèves ?

— Oui, ma camarade de chambre, Lucie, est super ! Et j'aime déjà ses amis.

— Alors, si tout va si bien, pourquoi ces larmes ?

J'aurais dû me rappeler que je ne pouvais rien lui cacher...

— C'est juste... juste que certains aspects de la Transformation sont difficiles à accepter.

— Tu te sens bien, Zoey ? demanda-t-elle d'une voix inquiète. Tu as mal à la tête ?

— Non, ce n'est pas ça. C'est...

Je me tus. J'avais envie de tout lui raconter, mais j'avais peur qu'elle ne m'aime plus. Après tout, ma mère avait bien cessé de m'aimer. Ou, plutôt, elle m'avait échangée contre un nouveau mari, ce qui était encore pire. Que ferais-je si Grand-mère s'éloignait de moi à son tour ?

— Zoey, tu sais que tu peux tout me dire, dit-elle doucement.

— C'est dur, Grand-mère.

Je me mordis la lèvre pour ne pas pleurer.

— Alors, laisse-moi te faciliter les choses. Rien de ce que tu pourras me dire ne changera mon amour pour toi. Je suis ta grand-mère aujourd'hui, demain et pour toujours. Je serai encore ta grand-mère quand j'aurai rejoint le monde des esprits, et je t'aimerai encore de là-bas, Petit Oiseau.

— J'ai bu du sang et j'ai aimé ça ! m'écriai-je.

— Ma chérie, répliqua-t-elle sans aucune hésitation, n'est-ce pas justement ce qui caractérise les vampires ?

— Si, mais je ne suis pas un vampire ! Je ne suis qu'une novice, et encore, seulement depuis quelques jours.

— Tu es spéciale, Zoey. Tu l'as toujours été. Pourquoi cela devrait-il changer aujourd'hui ?

— Je n'ai pas l'impression d'être spéciale. J'ai l'impression d'être un monstre.

— Alors, dis-toi que tu es toujours toi. Peu importe la Marque. Peu importe la Transformation. À l'intérieur, ton esprit est toujours le même. À l'extérieur, tu ressembles peut-être à une inconnue à l'air familier, mais il suffit que tu regardes en toi pour retrouver celle que tu as connue pendant seize ans.

— Une inconnue à l'air familier..., répétai-je dans un murmure. Comment tu as su ?

— Tu es ma petite-fille, chérie. La petite-fille de mon esprit. Il m'est facile de savoir ce que tu ressens : c'est à peu de chose près ce que je ressentirais à ta place.

— Merci, Grand-mère.

— Je t'en prie, *U-we-tsi a-ge-hu-tsa.*

Je souris, appréciant la sonorité magique et exotique du mot cherokee, digne d'un titre décerné par la déesse. À ce propos...

— Grand-mère, il y a autre chose.

— Dis-moi, Petit Oiseau.

— Je crois que je ressens les cinq éléments quand quelqu'un dessine le cercle sacré.

— Si c'est vrai, on t'a donné un immense pouvoir,

Zoey. Et cela s'accompagne de grandes responsabilités. Notre famille est issue d'une riche lignée de Sages Tribaux, de Guérisseurs et de Femmes Sages. Prends soin, Petit Oiseau, de réfléchir avant d'agir. La déesse ne t'a pas bénie de la sorte par hasard. Fais bon usage de tes pouvoirs, afin que Nyx et tes ancêtres te contemplent avec fierté.

— Je ferai de mon mieux, Grand-mère.

— C'est la seule chose que je t'aie jamais demandée.

— Il y a une fille ici qui possède aussi un pouvoir important, mais elle est horrible. C'est un tyran, et une menteuse. Je crois... je crois...

J'inspirai profondément et lui avouai ce qui m'obsédait depuis le réveil.

— Je suis convaincue que je suis plus forte qu'elle et que Nyx m'a marquée pour que je prenne sa place. Mais je ne sais pas si je suis prête pour ça. En tout cas, pas maintenant. Peut-être même jamais.

— Écoute ce que te souffle ton esprit. Chérie, te souviens-tu de la prière de purification de notre peuple ?

Je repensai aux innombrables fois où j'avais accompagné ma grand-mère au petit ruisseau derrière sa maison, pour la regarder s'y baigner tout en priant. Il m'était même arrivé d'entrer dans l'eau avec elle. Cette prière qui avait bercé mon enfance se disait au moment des changements de saison, en remerciement de la récolte de lavande ou en préparation de l'hiver, mais aussi lorsque Grand-mère devait prendre une décision difficile. Parfois, j'ignorais même pourquoi elle se purifiait.

— Oui, répondis-je. Je m'en souviens.

— Y a-t-il un cours d'eau sur le terrain de l'école ?

— Je ne sais pas...

— S'il n'y en a pas, rassemble des herbes. Le mieux, c'est de mélanger de la sauge et de la lavande, mais tu peux également prendre du pin. Tu sais comment faire, Petit Oiseau ?

— Je passe de la fumée sur tout mon corps en commençant par les pieds, récitai-je comme si j'étais redevenue une petite fille et qu'elle m'enseignait les coutumes de notre peuple. Ensuite, je me tourne vers l'est et je dis la prière.

— Très bien. Demande l'aide de la déesse, je pense qu'elle t'entendra. Tu peux faire ça avant le lever du soleil ?

— Je crois.

— Je le ferai également. J'ajouterai ainsi ma voix à la tienne.

Soudain, je me sentis mieux. Grand-mère ne se trompait jamais sur ce genre de chose. Si elle pensait que tout irait bien, tout irait bien.

— Je dirai la prière de purification avant l'aube. Je te le promets.

— Bien, Petit Oiseau. Maintenant, la vieille femme que je suis ferait mieux de te laisser. Tu es en plein milieu de ta nuit de travail, n'est-ce pas ?

— Oui, je dois aller en cours de théâtre. Grand-mère, tu ne seras jamais vieille.

— Pas tant que j'entendrai ta jeune voix. Je t'aime, *U-we-tsi a-ge-hu-tsa.*

— Je t'aime aussi, Grand-mère, dis-je avant de raccrocher.

Cette discussion m'avait ôté un lourd fardeau. Le futur m'effrayait toujours, et la perspective de détrôner Aphrodite ne me ravissait pas – d'autant que j'ignorais complètement comment m'y prendre –, mais, au moins, j'avais une mission à remplir. Je m'occuperais de la prière de purification et ensuite... ensuite, je trouverais bien un moyen de poursuivre.

« Oui, ça va marcher. » C'est du moins ce que je me répétai pendant toute la soirée. À l'heure du déjeuner, vers minuit, j'avais décidé du lieu de mon rituel : sous l'arbre où j'avais trouvé Nala. J'y réfléchis en me servant au buffet de salades, coincée entre les Jumelles. Les arbres, les chênes en particulier, revêtaient un caractère sacré pour le peuple cherokee. En plus, l'endroit était isolé, tout en restant facile d'accès. Certes, Heath et Kayla m'y avaient trouvée, mais je ne comptais pas me percher en haut du mur, cette fois-ci, et je voyais mal Heath se pointer à l'aube deux jours de suite, imprimé ou non. Il aimait trop dormir. Pendant les vacances, il ne se levait jamais avant deux heures de l'après-midi. Les jours d'école, il lui fallait deux réveils et les cris de sa mère pour se lever. Il aurait sans doute besoin de plusieurs mois pour se remettre de l'escapade de la veille. Surtout qu'il avait sans doute passé une nuit blanche : il était allé chercher Kayla (elle n'avait jamais eu aucun mal à faire le mur, tant ses parents étaient aveugles), et ils avaient attendu jusqu'à l'aube. Il avait donc dû sécher l'école ce jour-là et se faire faire un mot d'excuse le lendemain pour pouvoir dormir. Bref, je pouvais être tranquille de ce côté-là.

— Tu ne trouves pas que ces petits épis de maïs sont franchement bizarres ?

Je sursautai et faillis laisser tomber la louche dans le bac de sauce vinaigrette. Erik me regardait d'un air amusé.

— Oh, salut. Tu m'as fait peur.

— On dirait que ça devient une habitude de ma part, répondit-il.

Je gloussai nerveusement, consciente que les Jumelles épiaient nos moindres gestes.

— Tu t'es bien remise de ta soirée, constata-t-il.

— Oui, sans problème. Je vais bien. Et, cette fois, ce n'est pas un mensonge.

— J'ai appris que tu avais décidé de rejoindre les Filles de la Nuit.

Shaunee et Erin poussèrent un cri étouffé. Je pris soin de ne pas les regarder.

— Oui.

— Cool. Ce groupe a besoin de nouvelles recrues.

— Tu dis ça comme si tu n'en faisais pas partie. Tu es bien un Fils de la Nuit, pourtant.

— Oui, mais ce n'est pas pareil. Les garçons sont là surtout pour le décor. C'est plus ou moins l'inverse de ce qui se passe chez les humains. On sait très bien qu'on ne sert qu'à faire joli et à divertir Aphrodite.

Je crus lire un autre message dans son regard.

— Et c'est ce que tu fais ?

— Je te l'ai dit ce matin, plus maintenant. C'est aussi pour ça que je ne me considère plus vraiment comme un membre à part entière. Sans mon petit talent d'acteur, elles m'auraient mis à la porte depuis longtemps.

— Ne fais pas ton modeste ! Neferet ne m'a pas caché que les milieux professionnels s'intéressaient déjà à toi...

— Ce n'est pas la vraie vie, tout ça. En réalité, je suis un ringard, me souffla-t-il à l'oreille.

— Oh, pitié ! Tu as déjà réussi à embobiner quelqu'un avec ces salades ?

Il prit un air offensé.

— C'est pas des salades. Je peux le prouver.

— Bien sûr.

— Je t'assure. Si ça te dit, ce soir je te montrerai mon film préféré. C'est *La Guerre des étoiles*, la version originale. Je connais toutes les répliques par cœur – même celles de Chewbacca, murmura-t-il en se penchant vers moi.

J'éclatai de rire.

— Je retire ce que j'ai dit : tu es un gros ringard.

— Tu vois.

Comme nous étions arrivés au bout du buffet, il m'accompagna jusqu'à la table, d'où Damien, Lucie et les Jumelles nous observaient sans se cacher.

— Alors... tu veux bien passer la soirée avec moi ?

Je les vis tous les quatre retenir leur respiration. Littéralement.

— J'aurais bien aimé, mais je ne peux pas. Je... euh... je suis déjà prise.

— Oh. OK. Une prochaine fois, alors. À plus !

Il salua les autres et s'éloigna. Je m'assis. Ils avaient toujours les yeux braqués sur moi.

— Quoi ?

— Tu as complètement perdu la tête ! s'écria Shaunee.

— Tu m'ôtes les mots de la bouche, Jumelle, fit Erin.

— J'espère que tu as une très bonne raison pour lui avoir sorti ça, enchaîna Lucie. Tu l'as blessé, c'est évident.

— Vous pensez qu'il me laisserait le consoler ? demanda Damien en suivant Erik des yeux d'un air rêveur.

— Laisse tomber ! dit Erin.

— Il ne joue pas dans ton équipe, renchérit Shaunee.

— Taisez-vous ! s'exclama Lucie. Pourquoi tu lui as dit non ? Que peut-il y avoir de plus important qu'un rendez-vous avec lui ?

— Me débarrasser d'Aphrodite, répondis-je simplement.

CHAPITRE VINGT-DEUX

— Elle n'a pas tort, fit Damien.
— Elle a rejoint les Filles de la Nuit, annonça Shaunee.
— Quoi ? couina-t-il d'une voix qui avait monté d'au moins vingt octaves.
— Laissez-la tranquille, intervint Lucie, volant à mon secours. Elle fait de la reconnaissance.
— De la reconnaissance, tu parles ! Si elle met les pieds là-dedans, elle va affronter l'ennemi face à face ! s'exclama Damien.
— En tout cas, elle l'a fait, insista Shaunee.
— On l'a entendue, confirma Erin.
— Hé, ho ! Je suis là ! protestai-je. Vous pouvez me parler !
— Comment tu vas t'y prendre pour te débarrasser de cette bêcheuse ? demanda Damien.
— Alors là... aucune idée !
— Tu ferais mieux d'en trouver une, et vite, sinon ces sorcières vont te manger toute crue ! lança Erin.
— Ouaip, dit Shaunee en croquant férocement une feuille de salade pour ajouter un effet dramatique.
— Hé ! s'indigna Lucie. Pourquoi elle devrait se débrouiller toute seule ? On est là, nous !

Elle croisa les bras sur la poitrine et foudroya des yeux les Jumelles. Je la regardai avec gratitude.

— À vrai dire, j'ai une petite idée...

— Bien. Raconte-nous, et on partira de là, répondit Lucie.

Ils me fixaient tous les quatre avec insistance. Je soupirai. Au risque de passer pour une imbécile, je décidai de leur avouer ce qui me trottait dans la tête depuis ma discussion avec Grand-mère.

— Je pensais accomplir une ancienne prière de purification selon le rituel cherokee pour demander à Nyx de m'aider à trouver un plan.

Le silence qui suivit mes propos me parut interminable.

— Ce n'est pas une mauvaise idée, concéda finalement Damien.

— Tu es cherokee ? fit Shaunee.

— Tu as l'air cherokee, dit Erin.

— Réveillez-vous ! Elle s'appelle Redbird. Bien sûr qu'elle est cherokee, s'impatienta Lucie.

— Oui, c'est une idée, déclara Shaunee.

Mais son expression dubitative ne m'échappa pas.

— Peut-être que Nyx m'entendra et me donnera un conseil..., me justifiai-je en les regardant tour à tour. Mon instinct me souffle que ce n'est pas bien de permettre à Aphrodite de continuer à faire la loi ici.

— Laisse-moi leur dire ! s'écria soudain Lucie. Ils ne le répéteront à personne, je t'assure. Ce serait tellement plus simple s'ils étaient au courant !

— Au courant de quoi ? voulut savoir Erin.

— Vas-y, Zoey ! Maintenant, tu n'as plus le choix. Elle a fait exprès pour qu'on te harcèle jusqu'à ce que tu craques ! affirma Shaunee en pointant sa fourchette sur Lucie.

Je regardai ma copine en fronçant les sourcils ; elle haussa les épaules d'un air penaud.

— Désolée.

Je baissai la voix et me penchai vers eux.

— Vous me promettez de n'en parler à personne ?

— Promis, firent-ils en chœur.

— Eh bien... je crois que je sens les cinq éléments pendant l'évocation.

Silence. Ils se contentèrent de me dévisager : Lucie avec une fierté débordante, les autres l'air choqué.

— Alors, vous pensez toujours qu'elle ne peut rien contre Aphrodite ? demanda ma camarade.

— Je savais que ta Marque n'avait pas été transformée par une simple chute ! s'exclama Shaunee.

— Waouh ! fit Erin. Ça, c'est du scoop !

— Chut ! Personne ne doit le savoir ! répétai-je.

— D'accord, d'accord, on attendra, promit à contrecœur Shaunee.

Damien, excité comme une puce, les fit taire d'un geste impatient.

— C'est fabuleux ! Je ne crois pas qu'il existe une seule grande prêtresse possédant une affinité avec les cinq éléments. Tu sais ce que ça signifie ? Que tu pourrais devenir la grande prêtresse la plus puissante de toute l'histoire des vampires ! Je suis sûr que tu as les moyens d'écraser Aphrodite.

— Ça, c'est une excellente nouvelle ! se réjouit Erin tandis que Shaunee hochait vigoureusement la tête.

— Bon, on le fait où et quand, ton truc de purification ? demanda Lucie.

— On ?

— Oui, nous n'allons pas te laisser toute seule, Zoey, répondit-elle simplement.

J'ouvris la bouche pour protester – après tout, je n'avais pas vraiment de projet défini. Je ne voulais pas les embarquer dans une histoire qui avait de grandes chances de se révéler complètement chaotique. Mais Damien me devança :

— Tu as besoin de nous. Même la plus grande prêtresse ne peut agir sans son cercle.

— En fait, je ne pensais pas former un cercle.

— Tu pourrais en faire un, et ensuite prier Nyx de t'aider, suggéra Lucie.

— Ça paraît logique, fit Shaunee.

— En plus, reprit ma camarade de chambre, si tu as réellement une affinité avec les cinq éléments, je parie qu'on le ressentira quand tu les auras appelés. Pas vrai, Damien ?

Tout le monde se tourna vers l'intello du groupe.

— Ça me paraît tout à fait sensé, déclara-t-il.

Malgré le soulagement, le bonheur et la reconnaissance que m'inspirait la présence de mes amis à mes côtés, je m'apprêtais à protester lorsqu'une voix familière s'éleva en moi : *Apprécie-les à leur juste valeur ; ce sont des perles rares.*

Je compris que je devais me fier à cet instinct que Nyx m'avait transmis en m'embrassant sur le front, ce qui avait modifié ma Marque – et ma vie.

— Bon, je vais avoir besoin d'une poignée d'herbes pour remplacer l'eau courante lors du rituel, expliquai-je face à leurs regards surpris. À moins qu'il n'y en ait ici ?

— Tu veux dire un ruisseau ou une rivière ? demanda Lucie.

— Oui.

— Il y a un petit ru, dans la cour du réfectoire, qui disparaît quelque part sous l'école, se souvint Damien.

— Ça ne fera pas l'affaire ; il y a trop de monde, là-bas. On se débrouillera avec les plantes. Le mieux, c'est de mélanger de la lavande séchée et de la sauge, mais au pire je peux utiliser des branches de pin.

— Je m'en charge, dit Damien. On garde plein d'herbes dans les réserves de l'école, pour les cours de charmes et rituels des troisièmes et quatrièmes années. Je dirai que je viens en chercher pour un camarade. Quoi d'autre ?

— Lors du rituel de purification, Grand-mère remercie toujours le nord, le sud, l'est, l'ouest, le Soleil, la Terre et l'Être, qui sont sacrés pour les Cherokees. Mais je préférerais adapter notre prière à Nyx.

Je me mordis la lèvre, plongée dans mes pensées.

— Je trouve ça bien, dit Shaunee.

— Oui, approuva Erin. Après tout, Nyx n'est pas alliée avec le Soleil. Elle est la Nuit.

— Tu dois suivre ton instinct, déclara Lucie.

— La confiance en soi est l'une des premières choses que doit apprendre une grande prêtresse, renchérit Damien.

— D'accord, alors il me faudra également une bougie pour chacun des cinq éléments.

— Pas de problème, fit Damien. Le temple n'est jamais fermé à clé, et il y en a des milliers à l'intérieur.

— On a le droit de les prendre ? m'inquiétai-je.

Voler au sein même du temple de Nyx ne me semblait pas une bonne idée.

— Oui, tant qu'on les rapporte, me rassura-t-il. Ensuite ?

— C'est tout.

Enfin, je n'en étais pas si sûre... Zut, c'était une première, pour moi !

— Où et quand ? demanda Damien.

— Après le dîner. Disons à cinq heures. Mais on ne pourra pas y aller ensemble. Il ne faut surtout pas qu'Aphrodite ou une fille de sa cour voie que nous nous réunissons et se mette à poser des questions. Rendez-vous sous le chêne, près du mur d'enceinte, du côté est. Pour le trouver, rien de plus facile, dis-je avec un petit sourire en coin : imaginez que vous venez de quitter la salle d'initiation pour échapper aux Filles de la Nuit et que vous voulez à tout prix vous éloigner de ces sorcières.

— Pas besoin de beaucoup d'imagination ! s'exclama Shaunee.

Erin fit la grimace.

— Parfait, on s'occupera de tout ce qui est superfétatoire, déclara Damien.

— Oui, toi, tu t'occupes de la magie, et nous, on se charge de la superfétatoirité, dit Shaunee en jetant un regard provocateur à Damien.

— Ce n'est pas la forme correcte de ce mot, qui désigne un accessoire superflu. Tu devrais vraiment lire un peu plus. Ça ne ferait pas de mal à ton vocabulaire...

— Mais ça ne nous ferait pas de mal si tu lisais un peu moins, s'esclaffa Shaunee, imitée par Erin.

Je profitai du ping-pong verbal qui s'ensuivit pour manger ma salade dans une relative tranquillité. Je tentais de me souvenir des mots précis de la prière lorsque Nala sauta sur le banc. Elle me regarda avec intensité, puis se frotta contre moi en ronronnant comme un moteur à réaction. Sa présence me réconforta, tout comme le sourire et le discret clin d'œil de mes quatre amis et leur : « À plus, Zoey », qu'ils me lancèrent quand la sonnerie retentit.

Le cours d'espagnol passa en un éclair. Nous devions apprendre à dire ce que nous aimions ou n'aimions pas. Mme Garmy nous assura que cela allait changer notre vie. Elle me faisait mourir de rire ! *Me gustan los gatos.* (J'aime les chats.) *Me gusta ir de compras.* (J'aime faire les courses.) *No me gusta cocinar.* (Je n'aime pas cuisiner.) *No me gusta lavar el gato.* (Je n'aime pas laver le chat.) Tels étaient les goûts de notre prof, qui nous demanda ensuite de lister les nôtres. Je me retins d'écrire des phrases du genre : *Me gusta Erik*, ou : *No me gusta la sorciera Aphrodite.* (D'ailleurs, j'étais à peu près sûre que *sorciera* n'était pas le mot juste.) En tout cas, je m'amusai comme une folle, et je compris tout ce qu'on disait.

Le cours d'équitation, en revanche, me sembla plus long. L'entretien des box laissait du temps pour réfléchir, et l'heure me parut effectivement durer… une heure. Cette fois, Lucie n'eut pas à venir me chercher : j'étais bien trop nerveuse pour traîner. À mon grand plaisir, Lenobia m'avait encore permis de m'occuper de Perséphone. Elle m'avait annoncé que je pourrais la monter dès la semaine suivante, ce qui m'inquiétait un peu. Je rangeai les brosses, sortis rapidement de l'écurie et m'engageai dans l'allée, regrettant qu'il soit si tard dans le monde « réel » : j'aurais aimé appeler Grand-mère pour lui raconter mes progrès.

— Je sais ce qui se passe, siffla-t-on soudain derrière moi.

Je faillis mourir de peur.

— Bon sang, Aphrodite ! Tu aurais pu faire un peu

de bruit pour m'avertir de ta présence ! Tu es moitié fille, moitié araignée, ou quoi ?

— Du calme ! Qu'est-ce qui t'arrive ? Mauvaise conscience ?

— Tu connais beaucoup de gens qui ne sursautent pas quand quelqu'un se ramène dans leur dos sans prévenir ? La mauvaise conscience n'a rien à voir là-dedans.

— Alors, tu ne te sens pas coupable ?

— De quoi tu parles ?

— Je sais ce que tu mijotes.

— Ah bon ? Pas moi !

« Au secours ! Comment peut-elle être au courant ? » pensai-je.

— Ils tombent tous dans le panneau : « Zoey est tellement mignonne ! » et « Zoey est tellement innocente ! ». Ils sont tous impressionnés par ta foutue Marque. Tous, sauf moi.

Elle se tourna pour me faire face, et nous nous arrêtâmes. Avec ses yeux bleus plissés et ses traits déformés, elle ressemblait réellement à une sorcière. Berk ! Je me demandai si les Jumelles se doutaient de la pertinence du surnom qu'elles lui avaient donné.

— Je me moque de ce que tu as pu entendre, reprit-elle. Il est toujours à moi. Il sera toujours à moi.

Je me sentis tellement soulagée que j'explosai de rire. Elle pensait à Erik, pas au rituel de purification !

— Waouh ! Tu parles comme sa mère. Est-ce qu'il sait que tu l'espionnes ?

— Et je ressemblais à sa mère, peut-être, quand j'étais avec lui dans le couloir ?

Alors, elle savait. Tant pis. Cette conversation était inévitable.

— Non, pas du tout. Tu ressemblais à ce que tu es

vraiment : une pauvre fille. Une nana pathétique qui s'est jetée sur un mec alors qu'il lui répétait qu'il ne voulait plus d'elle.

— Je te déteste ! siffla-t-elle en levant la main pour me gifler. Personne ne me parle comme ça !

Le monde sembla alors s'arrêter, comme si nous bougions toutes les deux au ralenti. Je lui attrapai le poignet et l'immobilisai avec une facilité déconcertante. On aurait dit une gamine qui faisait un caprice, mais qui n'avait pas la force de me faire mal. Je la bloquai un moment dans cette position et regardai droit dans ses yeux haineux.

— N'essaie plus jamais de me frapper. Je ne suis pas du genre à me laisser faire. Mets-toi ça dans le crâne, une bonne fois pour toutes : je n'ai pas peur de toi.

Je la relâchai. À ma grande surprise, elle recula de plusieurs pas en chancelant. Puis elle se frotta le bras et me foudroya du regard.

— Inutile de venir demain. Tu ne fais plus partie des Filles de la Nuit.

— Vraiment ? fis-je avec calme, consciente d'avoir tous les atouts dans mon jeu. Alors, je te laisse le soin d'expliquer à mon mentor – la grande prêtresse Neferet, qui m'a suggéré de rejoindre ce groupe – que tu m'as renvoyée parce que tu étais jalouse que ton ex m'aime bien.

Elle blêmit.

— Oh, repris-je en feignant de sangloter, et sois certaine que je serai complètement bouleversée quand Neferet viendra m'en parler.

— As-tu la moindre idée de ce que c'est que d'appartenir à un groupe où *personne* ne veut de toi ? cracha-t-elle, les dents serrées.

Elle avait touché une corde sensible, et je luttai de toutes mes forces pour n'en rien laisser paraître. Oui, je savais exactement ce que ça faisait, mais j'aurais préféré mourir que de l'admettre devant elle. À la place, je lui servis mon sourire le plus faux.

— Comment ça, Aphrodite ? lançai-je d'une voix mielleuse. Erik est un Fils de la Nuit, non ? Eh bien, il m'a dit tout à l'heure qu'il était ravi que je rejoigne le groupe.

— Comme tu voudras. Viens au rituel. Comporte-toi comme si tu y avais ta place. Mais n'oublie pas une chose : ce sont *mes* Filles de la Nuit. Tu seras une intruse, celle dont personne ne veut. Et n'oublie pas non plus qu'entre Erik Night et moi il y a un lien que tu ne comprendras jamais. Ce n'est pas mon *ex*. Tu es partie trop vite pour assister à la fin de notre petit jeu, dans le couloir... Il est à moi, plus que jamais.

Sur ce, elle rejeta en arrière sa longue crinière blonde et s'éloigna d'un pas raide.

Deux secondes plus tard, Lucie sortit la tête de derrière un vieux chêne.

— Elle est partie ?

— Oui, par chance ! dis-je en secouant la tête. Qu'est-ce que tu fais là ?

— Ben... je me cache ! Cette fille me fiche trop la trouille ! Je venais à ta rencontre quand je vous ai vues vous disputer. Quelle garce ! Elle a essayé de te frapper !

— Oui, elle a quelques difficultés à gérer sa colère.

Elle gloussa.

— Euh, Lucie, tu peux quitter ta cachette, maintenant.

Sans cesser de rire, elle me rejoignit en sautillant et passa son bras sous le mien.

— On peut dire que tu ne t'es pas laissé faire !
— Ça non.
— Elle veut vraiment ta peau.
— Ça oui, c'est clair.
— Tu sais ce que ça veut dire ?
— Ouais, que je n'ai plus le choix. Je vais devoir la détrôner.
— Ouais.

Mais, en fait, même avant cet instant, je n'avais pas eu le choix. Mon destin avait été scellé au moment où Nyx avait posé sa Marque sur moi. Alors que Lucie et moi avancions dans la nuit, à la lueur des lampes à gaz, les mots de la déesse résonnèrent dans mon esprit : « Tu es bien plus vieille que tu ne le penses, Zoey, Petit Oiseau. Aie confiance en toi, et tu trouveras un moyen d'accomplir ta mission. Mais, rappelle-toi, l'obscurité n'est pas toujours synonyme de mal, tout comme la lumière n'apporte pas toujours le bien. »

CHAPITRE VINGT-TROIS

— J'espère que les autres vont trouver, dis-je en scrutant la pénombre, une fois à côté du grand chêne. Il ne faisait pas aussi noir, la nuit dernière.

— Oui, il y a beaucoup de nuages, aujourd'hui ; la lune a du mal à percer. Mais ne t'inquiète pas, la Transformation améliore énormément notre vision de nuit. Je suis sûre que je vois aussi bien que Nala, dit Lucie en grattouillant la tête de la chatte. Ils vont nous rejoindre.

Je m'appuyai contre le tronc, inquiète. Le dîner, composé de poulet grillé, de riz épicé et de petits pois frais, avait été délicieux. (Ça, ils savaient cuisiner, dans cette école !) Tout était bien allé jusqu'au moment où Erik était venu me saluer à table et que, à la place d'un « Salut, Zoey, tu me plais toujours autant », j'avais eu droit à un : « Salut, Zoey », point final. Ouais. Je n'avais même pas remarqué les deux garçons qui l'accompagnaient et que les Jumelles avaient qualifiés de « potables ». Lorsqu'il s'était approché de nous, j'avais levé les yeux vers lui et souri. Il avait soutenu mon regard pendant un millième de seconde, sorti son bonjour glacial, puis était reparti aussitôt. Après ça, le poulet m'avait paru bien fade.

— Tu as blessé son ego, dit Lucie, me ramenant au moment présent. Sois gentille avec lui et, tu verras, il te proposera de nouveau de sortir avec lui.

— Comment tu as su que je pensais à lui ?

— Parce que c'est ce que je ferais à ta place.

— Oui, eh bien, je devrais penser plutôt à mon premier cercle et au rituel de purification qu'à un garçon.

— Ce n'est pas juste « un garçon ». C'est un garçon suuuuper mignon, dit-elle d'un air qui me fit éclater de rire.

— Je parie que vous parlez d'Erik, fit Damien en surgissant de l'ombre. Ne t'inquiète pas. J'ai vu les regards qu'il te lançait, pendant le déjeuner. Il reviendra à l'assaut.

— Oui, fais-lui confiance, déclara Shaunee, qui venait de nous rejoindre.

— C'est notre expert en mecs, précisa Erin, arrivée dans son sillage.

— Exact, confirma Damien avec fierté.

Gênée, je changeai rapidement de sujet.

— Vous avez tout ce qu'il nous faut ?

— J'ai dû mélanger moi-même la sauge et la lavande, dit Damien en sortant les herbes séchées de la manche de sa veste. J'espère que je les ai attachées correctement.

La botte, épaisse, mesurait presque trente centimètres. Il l'avait fermement liée avec du fil.

— C'est parfait, dis-je en souriant.

Il parut soulagé.

— Et les bougies ? demandai-je aux Jumelles.

Shaunee ouvrit son sac à main et en sortit trois : une verte, une bleue et une jaune, dans des coupes en verre coloré assorties.

— Hé, on te l'avait dit ! Pas de pro...

— ... blème ! termina Erin en sortant du sien deux bougies : une rouge et une violette.

— Super. Bon, laissez-moi réfléchir. On va un peu s'éloigner du tronc, mais pas trop, pour rester sous les branches. Voilà, ici.

« Et ensuite ? pensai-je en observant les bougies. Et si... » Alors, je sus exactement comment procéder. Sans chercher à comprendre le pourquoi du comment, ni à remettre en question mon intuition, je passai à l'action.

— Je vais vous donner une bougie à chacun. Comme les vampires du rituel de Neferet, vous représenterez les quatre éléments. Je serai l'esprit, le centre du cercle. Prenez place autour de moi.

Erin me tendit la bougie violette. Je lui pris des mains la bougie rouge et la donnai à Shaunee.

— Tu seras le feu.

— Quoi de plus normal ? Tout le monde connaît mon tempérament ardent !

Elle me fit un grand sourire et alla se placer au sud. Je saisis la bougie verte et me tournai vers Lucie.

— Tu seras la terre.

— C'est ma couleur préférée ! s'exclama-t-elle joyeusement en allant se poster en face de Shaunee.

— Erin, tu seras l'eau.

— Cool. J'ai toujours adoré nager, répondit-elle en prenant la bougie bleue et en se mettant à l'ouest.

— Je dois donc être l'air, dit Damien, qui s'empara de la bougie jaune.

— Oui. C'est ton élément qui ouvre le cercle.

— Ça tombe bien, pour quelqu'un qui essaie d'ouvrir l'esprit des gens, non ?

Il se mit en face d'Erin, à l'est. Je lui souris chaleureusement.

— Oui, ça tombe très bien.

— OK, lança Lucie. Ensuite ?

— Nous allons nous purifier avec la fumée des herbes, annonçai-je en posant la bougie violette à mes pieds. Ah, zut ! Quelqu'un a-t-il pensé à apporter un briquet ou des allumettes ?

— À ton avis ? fit Damien en sortant un briquet de sa poche.

— Merci, air.

— Je vous en prie, grande prêtresse.

Je frissonnai en l'entendant m'appeler ainsi.

— Je vais vous montrer comment on se sert des herbes, continuai-je, soulagée que ma voix ne trahisse pas mon tumulte intérieur.

Ayant décidé de procéder dans le même sens que pour le cercle, je me plaçai devant Damien et leur expliquai le processus, comme ma grand-mère l'avait fait avec moi quand j'étais petite.

— C'est un rituel destiné à débarrasser une personne, un lieu ou un objet de ses énergies négatives ou des mauvaises influences. Pour cela, on doit brûler des plantes sacrées et des résines, puis passer l'objet dans la fumée qu'elles produisent ou envoyer la fumée sur la personne ou le lieu. L'esprit de la plante nous purifie. Prêt ? demandai-je à Damien en lui souriant.

— Affirmatif, répondit-il, fidèle à lui-même.

J'enflammai le bouquet d'herbes et le laissai se consumer un instant avant de l'éteindre. Ensuite, en commençant par les pieds, je me mis à enrouler la fumée autour de Damien.

— Il est très important de se rappeler que nous devons montrer notre respect aux esprits des plantes sacrées en reconnaissant leur pouvoir.

— Quelles sont les propriétés de la sauge et de la lavande ? demanda Lucie.

— La sauge blanche s'utilise beaucoup lors des cérémonies traditionnelles. Elle chasse tout ce qu'il y a de négatif. La sauge du désert a le même effet, mais je trouve que celle-ci est plus parfumée. Tu as bien fait de choisir ces plantes-là, Damien, dis-je en arrivant à la hauteur de son visage.

— Parfois, je pense que je suis un peu devin.

Erin et Shaunee firent une grimace moqueuse qu'il ignora.

— Bon, tourne-toi dans le sens des aiguilles d'une montre, pour que je finisse par ton dos. Quant à la lavande, ma grand-mère en met toujours dans ses bouquets de rituel. Il faut dire qu'elle en possède une plantation.

— Génial ! s'exclama Lucie.

— Oui, c'est un endroit fantastique. Cette plante est connue pour restaurer l'équilibre, créer une atmosphère paisible, mais aussi pour attirer l'énergie d'amour et les esprits positifs. Voilà, c'est fini, annonçai-je à Damien en lui tapant l'épaule avant de me diriger vers Shaunee.

— Des esprits positifs ? répéta Lucie d'une petite voix craintive. Je pensais que nous allions seulement appeler les éléments.

— Arrête, Lucie ! fit Shaunee en fronçant les sourcils. En tant que vampire, tu ne peux pas avoir peur des fantômes.

— Oui, l'appuya Erin, c'est complètement contradictoire.

Je jetai un coup d'œil à mon amie, et nos regards se croisèrent brièvement. Le souvenir de ma rencontre avec le fantôme d'Elizabeth planait entre nous, mais nous n'avions ni l'une ni l'autre envie d'en parler.

— En attendant, je suis juste une novice, répondit-elle. J'ai bien le droit d'avoir la trouille !

— Une minute ! intervint Damien. Zoey parle d'esprits cherokees, non ? Pourquoi prêteraient-ils la moindre attention à un groupe de futurs vampires qui, à part leur grande prêtresse, n'ont aucune origine indienne ?

— Notre apparence n'a pas beaucoup d'importance, affirmai-je en passant de Shaunee à Erin. Ce qui compte, c'est notre intention. Vous voyez bien : Aphrodite et son clan font partie des élèves les plus beaux et les plus talentueux de cette école. Les Filles de la Nuit devraient donc former un club génial, et pourtant ce n'est qu'un ramassis de sorcières, de petits chefs et d'enfants gâtés.

« Et Erik, dans tout ça ? » songeai-je. Se moquait-il vraiment d'y appartenir ou pas, comme il me l'avait dit, ou était-il beaucoup plus impliqué que ça, comme l'avait prétendu Aphrodite ?

— Et de pauvres gamins qui se sont retrouvés embarqués là-dedans malgré eux, commenta Erin.

— Exactement ! approuvai-je.

Je me ressaisis : ce n'était pas le moment de penser à Erik. Je finis de purifier Erin et m'approchai de Lucie.

— En tout cas, je suis sûre que mes ancêtres nous entendent, et que les esprits de la sauge et de la lavande travaillent pour nous. Tu n'as rien à craindre, Lucie. Nous ne les appelons pas pour qu'ils aillent botter les fesses à Aphrodite – même si ça ne lui ferait pas de mal. Aucun fantôme effrayant ne traînera dans le coin aujourd'hui, ajoutai-je avec fermeté en lui tendant le bouquet. Maintenant, à toi de t'occuper de moi.

Elle imita mes gestes, et je me détendis en sentant la douce fumée familière m'envelopper.

— Comment ça, nous n'allons pas leur demander de lui botter le cul ? lança Shaunee, déçue.

— Non. Nous nous purifions afin de demander conseil à Nyx. Le but n'est pas de mettre une raclée à Aphrodite. Bon, d'accord, j'aurais adoré, dis-je en repensant au plaisir que j'avais éprouvé à la repousser, mais cela ne résoudrait pas le problème des Filles de la Nuit.

Comme Lucie avait terminé, je repris les herbes et les frottai soigneusement par terre. Puis je retournai au centre du cercle, où Nala s'était roulée en boule, juste à côté de la bougie représentant l'esprit.

— Même si nous n'aimons pas Aphrodite, il est important de ne pas nous concentrer sur des idées négatives. C'est ce qu'elle ferait à notre place. Ce que nous désirons, nous, c'est le bien. La justice, pas la vengeance. Nous sommes différents d'elle, et si nous parvenons à prendre sa place au sein de ce groupe, il sera différent lui aussi.

— Tu vois, dit Shaunee, c'est exactement pour ça que tu seras grande prêtresse, et qu'Erin et moi ne serons que tes séduisantes servantes. Notre côté superficiel nous empêche de voir plus loin que notre désir premier : lui dévisser la tronche.

— Seulement des pensées positives, s'il te plaît, dit Damien d'un ton sec. Nous sommes en plein milieu d'un rituel de purification.

— Super ! intervint Lucie. Moi, je n'ai que des pensées positives ! Tenez, là, par exemple, je pense à la tête que vont faire Aphrodite et sa clique quand elles vont comprendre ce qui se passe !

— Bonne idée, dit Damien. Je vais penser à la même chose.

— Hé ! Moi aussi ! s'exclama Erin. Avec moi, Jumelle !

— Oui, concentrons-nous ! s'écria Shaunee. Ce serait vraiment trop cool si Zoey dirigeait les Filles de la Nuit et suivait la formation de grande prêtresse !

« La formation de grande prêtresse... » Pourquoi cette idée me donnait-elle toujours la nausée ? J'allumai la bougie violette en soupirant.

— Prêts ? demandai-je.

— Prêts !

— OK, préparez vos bougies.

Vite, pour ne pas avoir le temps de me dégonfler, je m'avançai vers Damien. Je n'étais pas brillante et expérimentée, comme Neferet, ni même sûre de moi et séductrice, comme Aphrodite. Je n'étais que moi, Zoey, cette inconnue à l'air familier, qui, de lycéenne presque normale était devenue élève vampire hors du commun. J'inspirai profondément. Comme l'aurait dit ma grand-mère, je ne pouvais que faire de mon mieux.

— L'air est partout, il est donc logique qu'il soit appelé en premier. Je te demande de m'entendre, air, et te convoque dans ce cercle !

J'allumai la bougie jaune avec la mienne, et la flamme se mit aussitôt à danser follement. Damien écarquilla les yeux lorsque nos corps furent pris dans une minitornade, qui fit claquer nos cheveux et nos vêtements.

— C'est vrai, murmura-t-il, hébété. Les éléments se manifestent en ta présence.

— Oui, chuchotai-je, grisée. Enfin, au moins un. Passons au suivant.

Je me dirigeai vers Shaunee, qui me tendit sa bougie avec impatience.

— Vas-y !

— Le feu me rappelle les flambées réconfortantes dans la cabane de ma grand-mère lors des froides soirées d'hiver. Je te demande de m'entendre, feu, et te convoque dans ce cercle !

J'allumai la bougie rouge, et la flamme surgit, beaucoup plus vive qu'elle n'aurait dû. L'air qui nous entourait dégagea soudain l'odeur et la chaleur d'un bon feu de bois.

— Waouh ! s'exclama Shaunee, les reflets dorés dansant dans ses yeux noirs. Ça, c'est cool !

— Et de deux, constata Damien.

Erin souriait déjà lorsque je me plaçai devant elle.

— Je suis prête ! dit-elle avec impatience.

— L'eau représente un soulagement pendant les chaudes journées d'été. C'est l'immense océan, que j'aimerais tant voir un jour, c'est la pluie qui fait pousser la lavande. Je te demande de m'entendre, eau, et te convoque dans ce cercle !

J'allumai la bougie bleue, et ma peau fut immédiatement rafraîchie, tandis qu'une odeur salée, celle de l'océan, emplissait mes narines.

— Incroyable ! lâcha Erin en inspirant l'air marin. Vraiment, vraiment incroyable !

— Et de trois, dit Damien.

— Je n'ai plus peur, déclara Lucie quand j'arrivai devant elle.

— Tant mieux ! La terre nous soutient et nous nourrit. Nous ne serions rien sans elle. Je te demande de m'entendre, terre, et te convoque dans ce cercle !

La bougie verte s'enflamma sans peine et, soudain,

Lucie et moi fûmes submergées par la délicate senteur de l'herbe fraîchement coupée. Nous entendîmes frémir les feuilles du chêne et, en levant les yeux, nous vîmes qu'il avait replié ses branches au-dessus de nous, comme pour nous protéger.

— C'est absolument extraordinaire ! souffla mon amie.

— Et de quatre ! lança Damien, qui avait de plus en plus de mal à contenir son excitation.

Je revins au centre du cercle et brandis la bougie violette.

— Le dernier élément emplit chaque être et chaque objet. Il nous rend uniques et insuffle la vie en toute chose. Je te demande de m'entendre, esprit, et te convoque dans ce cercle !

J'eus soudain l'impression ahurissante d'être prise dans un tourbillon d'air et de feu, d'eau et de terre. Mais cela n'avait rien d'effrayant, bien au contraire. Je me sentais à la fois paisible et pleine d'une puissance extraordinaire. Je dus serrer les dents pour ne pas laisser échapper un rire de joie pure.

— Regardez ! Regardez le cercle ! cria Damien.

Je clignai des yeux et constatai que les éléments s'étaient calmés, tels des chatons qui se seraient assis autour de moi en attendant que je les fasse jouer avec une ficelle. Cela me fit sourire. Je vis alors la traînée de lumière qui marquait la circonférence du cercle, reliant Damien, Shaunee, Erin et Lucie. Elle était vive et claire, de la couleur argentée de la pleine lune.

— Et voilà le cinquième, dit Damien.

— Putain ! lâchai-je, oubliant subitement mes manières d'aspirante grande prêtresse.

Ils éclatèrent tous de rire et l'écho de leur allégresse

résonna dans la nuit. Je compris enfin pourquoi Neferet et Aphrodite avaient dansé lors de leur rituel. J'avais envie de tourbillonner, de rire et de pousser des cris de joie. « Une autre fois », me dis-je. Ce soir, j'avais des choses plus importantes à faire.

— Maintenant, je vais dire la prière de purification. Je me tournerai successivement vers chaque élément.

— Qu'est-ce qu'on doit faire ? demanda Lucie.

— Concentrez-vous sur la prière. Demandez aux éléments de la porter jusqu'à Nyx. À la déesse d'y répondre pour m'aider à trouver une solution, dis-je avec plus d'assurance que je n'en ressentais réellement.

Je me tournai une nouvelle fois vers l'est. Damien me sourit pour m'encourager. Je commençai alors à réciter l'ancienne prière, à laquelle j'avais apporté quelques changements.

— Grande déesse de la Nuit, dont j'entends la voix dans le vent, vous qui insufflez la vie à vos enfants, entendez-moi. J'ai besoin de votre force et de votre sagesse.

Je fis une brève pause et me tournai vers le sud.

— Laissez-moi marcher dans la beauté et embrasser du regard le coucher de soleil rouge et violet qui précède votre nuit. Faites que mes mains touchent avec respect toute chose créée par vous et que mon ouïe s'affine pour entendre votre voix. Conférez-moi la sagesse nécessaire à la compréhension du message que vous avez transmis à votre peuple.

Je me tournai de nouveau vers la droite. Ma voix gagnait en puissance à mesure que je prenais le rythme de la prière.

— Aidez-moi à garder mon calme et ma force face aux épreuves qui m'attendent. Enseignez-moi les leçons que vous avez cachées dans chaque feuille et chaque pierre. Aidez-moi à rechercher la pensée pure et à agir dans l'intérêt d'autrui. Aidez-moi à trouver la compassion sans que l'empathie me submerge.

Je fis face à Lucie, qui, les yeux fermés, semblait se concentrer de toutes ses forces.

— Je cherche le courage, non de surpasser les autres, mais de combattre mon pire ennemi : mes propres doutes.

Je retournai au centre du cercle pour terminer la prière. Et, pour la première fois de ma vie, je ressentis une puissance infinie lorsque ces mots d'autrefois quittèrent mes lèvres pour atteindre, je l'espérais de tout mon cœur et de toute mon âme, ma déesse.

— Faites que je sois toujours prête à venir vers vous les mains propres et le regard droit. Ainsi, lorsque ma vie disparaîtra comme le soleil couchant, mon esprit vous approchera sans aucune honte.

Normalement, c'était la fin de la prière cherokee que m'avait enseignée ma grand-mère, mais j'éprouvai le besoin de continuer :

— Nyx, je ne comprends pas pourquoi vous m'avez marquée ni pourquoi vous m'avez donné cette affinité avec les cinq éléments. Et je n'ai pas à le savoir. Je veux seulement vous demander de m'aider à trouver la bonne voie, de m'accorder le courage nécessaire.

Puis je conclus ma prière comme Neferet avait conclu son rituel.

— Soyez bénie !

CHAPITRE VINGT-QUATRE

— C'était le cercle le plus prodigieux auquel j'aie jamais participé ! s'exclama Damien alors que nous rassemblions les bougies et les herbes brûlées.

— Pour une fois, je ne vais pas te contredire, répondit Shaunee.

Ce qui étonna tout le monde sauf Erin.

— Oui, le cercle était vraiment prodigieux ! s'extasia celle-ci.

— Vous savez que j'ai vraiment senti la terre, quand Zoey l'a appelée ? nous confia Lucie. J'avais l'impression de me trouver dans un champ de blé. Non, plus que ça : j'avais l'impression d'en faire partie.

— Je vois exactement ce que tu veux dire, déclara Shaunee. Lorsqu'elle a appelé le feu, j'ai eu l'impression qu'il explosait en moi.

Je tentai de réfléchir à mes sentiments pendant qu'ils évoquaient leurs émotions. Bonheur et confusion se mêlaient en moi. Alors, comme ça, j'avais vraiment une affinité avec les cinq éléments...

Pourquoi ?

Pour détrôner Aphrodite ? Non, j'en doutais. Nyx ne m'aurait pas accordé un pouvoir aussi extraordinaire uniquement pour que je vire un tyran insupportable de la tête d'un club.

Bien sûr, les Filles et les Fils de la Nuit étaient plus qu'un simple club de lycéens, mais quand même.

— Zoey, tu vas bien ?

L'inquiétude dans la voix de Damien me fit lever les yeux. Je me rendis compte que j'étais assise au milieu du cercle, Nala sur les genoux, complètement absorbée dans mes pensées.

— Oh... oui, très bien. Désolée. Je suis juste un peu fatiguée.

— On devrait rentrer, dit Lucie. Il se fait tard.

— Oui, tu as raison.

Je tentai de me lever, Nala dans les bras, mais mes pieds ne voulaient pas suivre.

— Zoey ?

Damien, qui avait remarqué le premier mon hésitation, s'était arrêté. Les autres l'imitèrent, l'air perplexe.

— Euh... et si vous partiez devant ? Je vais rester ici un petit moment.

— Si tu veux, on peut..., commença Damien.

Mais Lucie l'interrompit :

— Zoey a besoin d'être un peu seule pour se recueillir. Vous en feriez autant si vous veniez de découvrir que vous étiez la seule novice de toute l'histoire à avoir de telles affinités, non ?

— Je suppose, admit Damien à contrecœur.

— Mais n'oublie pas qu'il va bientôt faire jour, dit Erin.

— Je ne serai pas longue, les rassurai-je.

— Je te ferai un sandwich et j'essaierai de te dégoter quelques chips pour accompagner ton Coca, promit

Lucie en entraînant les autres. Une grande prêtresse doit prendre des forces après un tel rituel.

Je la remerciai alors qu'ils disparaissaient dans l'ombre, puis j'allai m'asseoir contre le chêne. Je fermai les yeux et me mis à caresser Nala. Son ronronnement, normal, familier, m'apaisait.

— Je suis toujours moi, lui murmurai-je, comme l'a dit Grand-mère. Tout le reste peut bien changer, mais ce qui me constitue – ce que j'ai été pendant seize ans – reste.

Peut-être qu'à force de le répéter, je finirais par y croire... Le visage posé dans une main, l'autre s'attardant sur le dos du chat, j'essayais de me convaincre que j'étais toujours moi... toujours moi... toujours moi...

— « Voyez comme elle appuie sa joue sur sa main ! Oh ! que ne suis-je le gant de cette main ! Je toucherais sa joue[1] ! »

Je sursautai, faisant peur à Nala, qui protesta.

— Décidément, je te trouve toujours sous cet arbre, dit Erik en me souriant. Il était beau comme un dieu.

Comme d'habitude, sa vue déclencha une vague de chaleur dans mon ventre. Mais pourquoi me « trouvait-il », au juste ? Et depuis combien de temps m'observait-il, cette fois-ci ? Je n'étais pas préparée à cette rencontre.

— Qu'est-ce que tu fiches là, Erik ?

— Salut ! Moi aussi, ça me fait plaisir de te voir. Oui, je veux bien m'asseoir, merci, dit-il en commençant à se baisser.

---

1. Extrait de *Roméo et Juliette,* de William Shakespeare, acte II, scène 2, traduction de François-Victor Hugo.

Je me levai d'un bond, ce qui déplut beaucoup à Nala.

— C'est que... j'allais rentrer au dortoir.

— Hé, je ne voulais pas te déranger. Je n'arrivais pas à me concentrer sur mes devoirs, alors je suis sorti faire un tour. Je n'avais même pas prévu de venir ici. Mes pieds m'y ont porté d'eux-mêmes. Je te jure que je ne t'espionne pas !

Il fourra les mains dans ses poches, l'air gêné. Il était trop mignon quand il était mal à l'aise. Dire qu'il m'avait proposé de regarder un film avec lui et que j'avais refusé, alors que j'en mourais d'envie ! C'était déjà un miracle qu'il m'adresse encore la parole... Et moi, je le rejetais une seconde fois ! Ces histoires de grande prêtresse me prenaient vraiment trop la tête.

— Ça te dirait, de me raccompagner encore au dortoir ? lui demandai-je.

— Pourquoi pas ?

Nous marchâmes un moment en silence, Nala sur nos talons. J'aurais voulu l'interroger sur Aphrodite, lui confier ce qu'elle m'avait dit sur lui, mais je ne savais pas comment aborder le sujet.

— Alors, qu'est-ce qui t'a amenée sous cet arbre, cette fois ? demanda-t-il.

— Je voulais réfléchir.

Ce n'était pas un mensonge : j'avais en effet réfléchi. Beaucoup, même. Avant, pendant et après la formation du cercle... que j'allais délibérément oublier de mentionner.

— Je vois. C'est encore Heath qui t'inquiète ?

En fait, je n'avais pas pensé à lui et à Kayla depuis ma conversation avec Neferet. Je haussai néanmoins les épaules, préférant ne pas rentrer dans les détails.

— Ce doit être dur, de devoir rompre avec quelqu'un simplement parce qu'on a été marqué, continua-t-il.

— Je n'ai pas rompu à cause de ça. C'était déjà fini entre nous, ou presque. La Marque a seulement accéléré les choses. Et... Aphrodite et toi ? me lançai-je.

— Qu'est-ce que tu veux dire ? fit-il, surpris.

— Aujourd'hui, elle m'a affirmé que tu ne serais jamais son ex, que tu lui appartiendrais toujours.

Il plissa les yeux. Il avait l'air très énervé.

— Aphrodite a toujours eu du mal avec la vérité.

— Enfin, ça ne me regarde pas, mais...

— Si, ça te regarde, me coupa-t-il.

Et, sans que je m'y attende, il me prit la main.

— Du moins, j'aimerais que ça te regarde.

— Oh. OK, bon, OK.

Une fois encore, je constatai que je pouvais compter sur la richesse de mon vocabulaire pour l'éblouir...

— Alors, tu n'essayais pas de m'éviter ? demanda-t-il lentement. Tu voulais vraiment réfléchir ?

J'hésitai un instant. Comment lui expliquer ce qu'il ne devait pas savoir ?

— Je ne t'évitais pas, seulement... Seulement il m'arrive beaucoup de choses, en ce moment. Cette Transformation, ça me chamboule un peu.

— Ça va s'arranger, tu verras, dit-il en me pressant la main.

— J'en doute..., marmonnai-je.

Il rit et tapota ma Marque.

— Tu as juste pris de l'avance sur la plupart d'entre nous. C'est dur au début, mais, rassure-toi, ça passera.

— Je l'espère, soupirai-je, pas convaincue du tout.

Arrivé devant le dortoir, il se tourna vers moi.

— Zoey, ne crois pas ce que raconte Aphrodite, dit-il

d'une voix soudain grave. Nous ne sommes plus ensemble depuis des mois.

— Mais vous l'avez été.

Il hocha la tête, le visage crispé.

— Ce n'est pas une personne très gentille, Erik, poursuivis-je.

— Je sais.

Tout à coup, je compris ce qui me perturbait. Et puis, zut, autant le lui dire !

— Je n'aime pas l'idée que tu sois sorti avec une fille aussi méchante. J'en viens à me demander pourquoi j'ai tant envie d'être avec toi.

Il ouvrit la bouche, mais je continuai de parler, ne voulant pas entendre des excuses auxquelles je ne pourrais – ou je ne devrais – pas croire.

— Merci de m'avoir raccompagnée. Je suis contente que tu m'aies trouvée.

— Moi aussi. J'aimerais te revoir, Zoey, et pas seulement par accident.

J'hésitai, alors que j'avais vraiment envie de passer du temps avec lui. Il fallait que j'oublie Aphrodite. Après tout, c'était une jolie fille, et Erik n'était qu'un garçon. Il avait dû se retrouver pris dans sa toile avant même de comprendre ce qui lui arrivait. D'ailleurs, à bien des égards, elle me rappelait une araignée. Je devais plutôt m'estimer heureuse qu'elle ne l'ait pas décapité, et lui donner une chance !

— OK, et si on se le regardait samedi, ton film débile ? demandai-je, surprise par mon audace.

— Ça marche.

Tout en me laissant le temps de reculer si j'en avais envie, Erik se pencha vers moi et m'embrassa doucement. Ses lèvres étaient chaudes, et il sentait si bon !

J'aurais voulu que ce baiser dure plus longtemps. Cependant, lorsque nos lèvres se séparèrent, Erik ne s'éloigna pas de moi. Nos corps s'étaient rapprochés, et je me rendis compte que j'avais les mains sur sa poitrine. Les siennes étaient posées sur mes épaules. Je lui souris.

— Je suis contente que tu m'aies redemandé de sortir avec toi.

— Je suis content que tu aies enfin accepté.

Il m'embrassa de nouveau, mais sans hésitation, cette fois. Je passai les bras autour de ses épaules et sentis alors un gémissement monter en lui. Ce fut comme s'il avait appuyé sur un interrupteur en moi. Un désir brûlant me foudroya. C'était fou, incroyable, cela dépassait de loin tout ce que j'avais pu ressentir en embrassant quelqu'un jusque-là. J'aimais la façon dont mon corps s'accordait au sien, et je me pressai contre lui, oubliant Aphrodite, le cercle que je venais de former et le reste du monde. Lorsque nous cessâmes de nous embrasser, nous avions tous les deux le souffle court, et nous nous regardions droit dans les yeux. Quand la raison me revint, je me rendis compte que j'étais totalement collée à lui. J'osais faire ça devant mon dortoir ! Je tentai de me dégager.

— Qu'est-ce qu'il y a ? demanda-t-il en resserrant ses bras autour de moi. Tu as l'air préoccupée, tout à coup.

— Erik, je ne suis pas comme Aphrodite.

Je le repoussai un peu plus fort, et il me relâcha.

— Je sais bien. Tu ne me plairais pas si tu étais comme elle.

— Je ne parle pas seulement de ma personnalité. Je parle de notre comportement, là, tout de suite. Ce n'est pas normal pour moi.

— D'accord.

Il tendit la main, comme pour me ramener contre lui, mais il sembla se raviser.

— Zoey, avec toi je ressens des choses que je n'ai jamais ressenties auparavant.

Je rougis, sans savoir si c'était de la colère ou de la gêne.

— Ne me prends pas pour une idiote, Erik ! Je t'ai vu dans le couloir avec Aphrodite. De toute évidence, tu as déjà ressenti ça, et bien plus encore.

— Avec Aphrodite, ce n'était que physique. Toi, c'est mon cœur que tu touches. Je connais la différence, Zoey ; je pensais que tu la connaissais aussi.

Je sondai ses magnifiques yeux bleus, qui m'avaient troublée dès qu'il les avait posés sur moi. Je vis que je l'avais blessé.

— Excuse-moi, répondis-je. Je sais bien que c'est différent.

— Promets-moi que tu ne laisseras pas Aphrodite se mettre entre nous.

— Je te le promets.

Cela me terrifiait, mais j'y étais déterminée.

— Bien, fit-il.

À ce moment-là, Nala se faufila entre mes jambes en râlant.

— Je ferais mieux de rentrer.

— OK, dit-il en souriant et en me donnant un petit baiser. À samedi, Zoey.

CHAPITRE VINGT-CINQ

Le lendemain, la nuit commença d'une manière étonnamment normale. Lucie et moi passâmes le petit déjeuner à nous extasier sur Erik et à nous demander ce que je porterais samedi. Nous ne croisâmes pas Aphrodite, ni les trois sorcières, Belliqueuse, Terrible et Acerbe. Le cours de sociologie des vampires fut si intéressant – après les Amazones, nous étudiions l'antique fête grecque des vampires, appelée Correia – que je ne pensai même pas au rituel des Filles de la Nuit qui devait se dérouler à l'aube, et que j'en oubliai de m'inquiéter à propos d'Aphrodite. Je ne vis pas passer non plus le cours de théâtre. Je choisis l'un des monologues de Kate dans *La Mégère apprivoisée* de Shakespeare. (J'adorais cette pièce depuis que j'avais vu le film avec Elizabeth Taylor et Richard Burton.) À la fin du cours, Neferet me rattrapa dans le couloir pour me demander si j'avais avancé dans ma lecture du livre de sociologie qu'elle m'avait remis. Je lui répondis que je n'en avais lu que quelques pages (traduction : je ne l'avais même pas ouvert), et son évidente déception me préoccupait toujours quand j'arrivai en cours de littérature. Je venais de m'asseoir entre Damien et Lucie lorsque tout se mit à dégénérer, et ce qu'il y avait de normal dans cette journée disparut d'un coup.

Penthésilée lisait le chapitre IV de *La Nuit du Titanic* : « Vas-y, moi, je vais rester un moment. » C'était un très bon livre, et nous l'écoutions tous avec attention, quand cet imbécile d'Elliott se mit à tousser. Ce garçon était vraiment insupportable !

Soudain, une odeur riche et sucrée, délicieuse et indéfinissable, parvint jusqu'à moi. Instinctivement, j'inspirai à fond tout en m'efforçant de rester concentrée.

Sa toux empira et, comme le reste de la classe, je me retournai pour lui lancer un regard mauvais. Quand même, il ne pouvait pas boire une gorgée d'eau ou faire quelque chose d'autre pour la calmer ?

C'est là que je vis le sang.

Contrairement à son habitude, Elliott était assis bien droit ; il regardait sa main, couverte de sang. Il toussa de nouveau, produisant un horrible gargouillis, et un liquide écarlate jaillit de sa bouche.

— Que... ? murmura-t-il.

— Allez chercher Neferet ! aboya Penthésilée.

Elle ouvrit un tiroir, en sortit une serviette et se précipita vers Elliott. L'élève qui se trouvait le plus près de la porte partit en courant.

Penthésilée arriva devant Elliott juste à temps pour recueillir un nouveau jet dans la serviette, qu'il appuya contre son visage, pris de haut-le-cœur. Lorsqu'il releva les yeux, des larmes rouges maculaient son visage rond, tout pâle, et du sang coulait de son nez comme si quelqu'un avait ouvert un robinet. Quand il se tourna vers notre professeur, je vis qu'il en sortait aussi de ses oreilles.

— Non ! s'écria-t-il avec une émotion qui me surprit et me toucha. Non ! Je ne veux pas mourir !

— Chut, chuchota Penthésilée en lui caressant les cheveux. La douleur va bientôt cesser.

— Mais... mais, non, je..., lâcha-t-il d'une voix geignarde qui, déjà, lui ressemblait plus, avant d'être interrompu par une nouvelle quinte de toux.

Il vomit encore du sang dans la serviette, déjà toute rouge.

À cet instant, Neferet entra dans la pièce, flanquée de deux vampires imposants qui portaient une civière et une couverture. Elle-même tenait juste une fiole remplie d'un liquide blanchâtre. Deux secondes plus tard, Dragon Lankford arriva à son tour.

— C'est son mentor, souffla Lucie.

Je hochai la tête, me rappelant le moment où Penthésilée avait reproché à Elliott de ne pas lui faire honneur.

Neferet tendit la fiole à Dragon. Puis elle se plaça derrière Elliott et posa les mains sur ses épaules. Sa toux se calma immédiatement.

— Bois ça, Elliott, vite, dit Dragon.

Le garçon secoua faiblement la tête.

— Ça mettra fin à tes souffrances, insista son mentor.

— Vous... vous allez rester avec moi ? haleta Elliott.

— Bien sûr, répondit Dragon. Je ne te laisserai pas une seule seconde.

— Vous appellerez ma mère ?

— Oui.

Elliott ferma les yeux, puis, les mains tremblantes, porta la fiole à ses lèvres. Neferet fit un signe de tête aux deux hommes, qui l'allongèrent sur la civière. Puis ils quittèrent la pièce, suivis de Dragon. Une fois sur le seuil, Neferet se tourna vers la classe. Nous étions sous le choc.

— Je pourrais vous dire qu'Elliott va se remettre, qu'il va guérir ; seulement, ce serait un mensonge, déclara-t-elle d'une voix sereine mais autoritaire. La vérité, c'est que son corps a rejeté la Transformation. Dans quelques minutes, il mourra. Il ne deviendra jamais un vampire. Je pourrais vous dire de ne pas vous inquiéter, vous assurer que cela ne vous arrivera pas. Ce serait aussi un mensonge. En moyenne, un élève sur dix n'achève pas la Transformation. Certains meurent au début de leur première année, comme Elliott. D'autres, plus forts, tiennent jusqu'en quatrième année, où ils tombent subitement malades. Je ne veux pas que vous viviez dans la peur ; je vous dis cela pour deux raisons. D'abord, vous devez savoir que mon rôle de grande prêtresse n'est pas de vous mentir, mais de vous aider à passer dans l'autre monde, si ce moment doit venir. Ensuite, je souhaite que vous viviez comme si vous deviez mourir demain, car cela peut arriver. Ainsi, si vous avez laissé derrière vous un souvenir honorable, votre esprit reposera en paix. Si vous survivez, vous aurez alors posé les jalons d'une vie longue et intègre. Je demande à Nyx de vous réconforter, de vous rappeler que la mort fait partie de la vie, même pour un vampire, conclut-elle en me regardant droit dans les yeux. Car, un jour, nous retournerons tous à notre déesse.

Sur ce, elle referma la porte derrière elle.

Penthésilée passa à l'action avec une rapidité et une efficacité étonnantes. Elle nettoya d'un air neutre les taches de sang sur la table d'Elliott ; puis elle retourna à son bureau et reprit sa lecture là où elle s'était arrêtée. J'essayai d'écouter. J'essayai d'oublier l'image d'Elliott saignant des yeux, du nez, des oreilles et de la bouche. Et j'essayai également d'oublier que l'odeur délicieuse que j'avais sentie était celle du sang d'Elliott s'échappant de son corps.

Je savais que tout devait continuer normalement après la disparition d'un novice, même si la mort rapprochée de deux élèves sortait de l'ordinaire. Tout le monde demeura d'un calme surnaturel le reste de la journée. Le déjeuner se déroula dans un silence déprimant. Les élèves mangeaient sans appétit. Les Jumelles ne taquinèrent même pas Damien, ce qui aurait pu être agréable en d'autres circonstances. Lorsque Lucie trouva une excuse pour retourner au dortoir avant la reprise des cours, je sautai sur l'occasion et partis avec elle.

Nous marchâmes côte à côte dans l'obscurité épaisse de la nuit nuageuse. Ce soir-là, les lampes à gaz ne me parurent ni gaies ni chaleureuses, mais froides et trop faibles.

— Personne n'aimait Elliott, dit Lucie, et d'une certaine manière c'est encore pire. Bizarrement, c'était plus facile avec Elizabeth : on regrettait de tout cœur son départ.

— Oui, tu as raison. Moi, ce qui me choque le plus, c'est d'avoir vu ce qui peut nous arriver. Maintenant, je ne parviens plus à me sortir ça de la tête.

— Au moins, c'est rapide, murmura-t-elle.

— Je me demande si ça fait mal, fis-je en frissonnant.

— Ils leur donnent toujours ce liquide blanc. Ça calme la douleur, mais on reste conscient jusqu'au bout. Et Neferet est toujours là pour les accompagner.

— C'est effrayant, hein ?

— Oui.

Nous ne dîmes rien pendant un moment. Puis la lune sortit de derrière les nuages, teintant les feuilles des arbres d'une sinistre couleur argentée, qui me rappela soudain Aphrodite et son rituel.

— Aucune chance pour qu'Aphrodite annule le rituel de Samain ?

— Non. Les rituels des Filles de la Nuit ne sont jamais annulés.

— Et dire que c'était leur « frigo » ! m'exclamai-je.

Elle me regarda d'un air interloqué.

— Elliott ?

— Oui. C'était trop dégoûtant ! Il était bizarre, il avait l'air complètement drogué. Si ça se trouve, il avait déjà commencé à rejeter la Transformation. Je n'ai pas voulu t'en parler plus tôt, surtout après ce que tu m'avais dit sur... tu sais. Tu es sûre qu'Aphrodite ne va pas annuler ? Il y a quand même eu Elizabeth, et maintenant Elliott...

— Ça ne changera rien. Les Filles de la Nuit se fichent de ceux qu'elles utilisent. Elles trouveront quelqu'un d'autre, c'est tout. Écoute, Zoey, j'ai bien réfléchi. Tu ne devrais pas y aller, aujourd'hui. J'ai entendu ce qu'Aphrodite t'a dit, hier. Elle va faire en sorte que personne ne t'accepte. Elle est furieuse, et prête à tout.

— Tout ira bien, ne t'inquiète pas.

— Non, j'ai un mauvais pressentiment. Tu n'as toujours pas de plan, pas vrai ?

— Non... J'en suis encore à la « reconnaissance du terrain », dis-je pour détendre l'atmosphère.

— Tu le reconnaîtras une autre fois. Cette journée a été trop affreuse, tout le monde est bouleversé. Remets ça à plus tard.

— Je ne peux pas ne pas y aller. Elle croirait qu'elle a réussi à m'intimider avec sa scène d'hier.

Mon amie inspira à fond.

— Dans ce cas, je veux y aller avec toi. Tu es une Fille de la Nuit, maintenant. Théoriquement, tu peux inviter des gens aux rituels. Alors invite-moi. Je surveillerai tes arrières.

Affolée, je me souvins du moment où j'avais bu du sang. J'avais tellement aimé ça que même Belliqueuse et Terrible s'en étaient rendu compte. Depuis, j'avais essayé de ne pas repenser à l'odeur du sang – celui de Heath, d'Erik et même d'Elliott –, je n'y étais pas parvenue. Lucie finirait bien par découvrir à quel point cela m'affectait, mais pas ce jour-là ; pas avant longtemps. Je ne voulais pas prendre le risque de la perdre, ni elle, ni les Jumelles, ni Damien. Oui, ils savaient que j'étais « spéciale », et ils m'acceptaient parce que ma singularité avait des résonances positives, pouvant peut-être m'élever jusqu'au rang de grande prêtresse. Mais ma soif de sang n'avait rien de positif.

— Pas question ! déclarai-je.

— Mais, Zoey, tu ne dois pas te jeter seule dans la gueule de ces sorcières !

— Je ne serai pas seule. Il y aura Erik.

— Oui, mais c'est l'ex d'Aphrodite. Qui sait s'il saura lui tenir tête quand elle s'en prendra à toi ?

— Je peux me défendre toute seule.

— Je sais ; sauf que...

Elle s'interrompit et me regarda d'un air étrange.

— Zoey, est-ce que tu vibres ?

— Hein ? Est-ce que je fais quoi ? Ah ! C'est mon portable. Je l'ai mis dans mon sac après l'avoir rechargé, dis-je en riant. Il est minuit passé ; qui ça peut bien être ?...

Je sortis l'appareil, ouvris le clapet et m'aperçus avec

étonnement que j'avais quinze nouveaux textos et cinq messages !

— Punaise, quelqu'un n'a pas arrêté de m'appeler, et je ne m'en suis même pas rendu compte.

Je regardai d'abord les textos, et ma gorge se noua.

```
Zo, appelle-moi
Je t'm encore
Zo appelle stp
Je dois te voir
Toi & moi
Appelle !
Je veux te parler
Zo !
Rappelle-moi.
```

Inutile d'en lire plus. Ils étaient tous du même acabit.
— Ah, mince. C'est Heath.
— Ton ex ?
— Oui, dis-je en soupirant.
— Qu'est-ce qu'il veut ?
— Moi, apparemment.

Puis j'écoutai à contrecœur mes messages vocaux. Je fus surprise par la puissance de la voix de Heath et par son débit, très rapide.

— *Zo ! Appelle-moi. Je sais qu'il est tard, mais... Attends ! Ce n'est pas tard pour toi, c'est tard pour moi. Mais ce n'est pas grave, je m'en fous. Je veux seulement que tu m'appelles. Appelle-moi. Bisous.*

J'effaçai le message en poussant un grognement. Le suivant était encore plus hystérique.

— *Zoey ! Il faut que tu m'appelles. Vraiment. Ne m'en veux pas. Kayla ne me plaît pas. Elle est nulle. Je t'aime encore, Zo, je n'aime que toi. Alors, appelle-moi. Peu importe quand. Je me réveillerai.*

— Oh, mon Dieu, souffla Lucie, qui n'avait pas eu de mal à entendre ces messages. Ce garçon est complètement obsédé ! Pas étonnant que tu l'aies largué.

— Oui, marmonnai-je en supprimant le deuxième enregistrement.

Le troisième ressemblait aux deux premiers, en plus désespéré. Je baissai le volume et tapai avec impatience du pied en laissant défiler les autres, attendant le moment où je pouvais les effacer et passer au suivant.

— Il faut que je voie Neferet.

— Pourquoi ? Tu veux faire bloquer ses appels ?

— Non. Oui. Il faut juste que je lui parle de… euh… de ce que je dois faire, bafouillai-je en évitant son regard intrigué. Après tout, il s'est déjà pointé ici une fois. Je ne veux pas qu'il revienne et cause des ennuis.

— Oui, tu as raison. Tu imagines, s'il tombait sur Erik ?

— Oui, ce serait affreux. Bon, je ferais mieux de me dépêcher si je veux la trouver avant le prochain cours. À plus tard.

Sans attendre sa réponse, je m'élançai dans la direction du bureau de Neferet. Quelle nuit ! D'abord, Elliott était mort, et j'avais été attirée par son sang. Ensuite, je devais aller à un rituel avec un groupe d'ados qui me détestaient et comptaient bien me le faire sentir. Et, pour couronner le tout, j'avais probablement laissé mon Empreinte sur mon ex-petit copain.

Oui. Cette nuit était vraiment, vraiment pourrie.

CHAPITRE VINGT-SIX

S i les miaulements et les feulements de Skylar ne m'avaient pas alertée, je n'aurais jamais découvert ce qui se passait dans une petite alcôve, à quelques pas du bureau de Neferet.

— Qu'y a-t-il, Skylar ?

Je tendis prudemment la main, me rappelant l'avertissement de Neferet. Une chance que Nala ne m'ait pas suivie comme à son habitude : Skylar n'en aurait sans doute fait qu'une bouchée !

Le gros matou roux m'observa un moment, se demandant sans doute s'il allait ou non me mordre la main, puis il aplatit ses poils hérissés et s'avança vers moi. Il se frotta contre mes jambes, cracha de nouveau en direction du recoin et disparut dans le couloir.

C'était quoi, son problème ?

Je scrutai l'obscurité. Qu'est-ce qui avait bien pu effrayer un chat aussi agressif que Skylar ? Je restai muette de surprise. Aphrodite ! Elle était effondrée par terre, sous un piédestal exposant une jolie statue de Nyx, la tête rejetée en arrière et les yeux révulsés. Je me figeai, terrifiée, m'attendant à tout instant à voir du sang couler sur son visage. Elle marmonna alors des mots incompréhensibles, ses globes oculaires remuèrent derrière ses paupières fermées, et je compris ce qui se passait : elle était en état hypnotique et avait une vision. La sentant venir, elle s'était probablement cachée là afin de garder pour elle des informations qui pourraient éviter morts et destructions. Quelle horrible sorcière.

Je n'allais pas la laisser faire ! Je me penchai, l'attrapai sous les bras et la remis debout. Elle était bien plus lourde qu'elle n'en avait l'air !

— Allez, grommelai-je, on va aller faire un petit tour, et on verra bien quelle tragédie tu veux nous dissimuler, cette fois !

Heureusement, le bureau de Neferet n'était pas loin. Lorsque nous entrâmes en trébuchant, elle bondit de son fauteuil et se précipita vers nous.

— Zoey ! Aphrodite ! Que... ?

Dès qu'elle eut bien regardé Aphrodite, son inquiétude s'évanouit.

— Aide-moi à l'asseoir dans mon fauteuil. Elle y sera plus à l'aise.

Nous la conduisîmes jusqu'au gros siège en cuir, dans lequel elle se laissa lourdement tomber. Neferet s'agenouilla près d'elle et lui prit la main.

— Aphrodite, au nom de la déesse, je te conjure de me révéler ce que tu vois, dit-elle de sa voix douce mais impérieuse.

Les paupières d'Aphrodite se mirent aussitôt à tressaillir. Elle inspira profondément, puis ouvrit d'un coup des yeux immenses et vitreux.

— Tellement de sang ! Tellement de sang s'échappe de son corps !

— De qui s'agit-il, Aphrodite ? Concentre-toi et précise ta vision.

— Ils sont morts ! haleta-t-elle. Non. Non. C'est

impossible ! C'est mal. Non. Ce n'est pas naturel ! Je ne comprends pas... Je ne...

Elle cligna de nouveau des yeux et embrassa la pièce du regard. On aurait dit qu'elle ne reconnaissait rien.

— Toi..., dit-elle faiblement en m'apercevant. Tu sais.

— Oui, répondis-je, pensant qu'elle faisait allusion à sa tentative de dissimulation. Je t'ai trouvée dans le couloir et...

Mais Neferet m'arrêta d'un geste de la main.

— Non, elle n'a pas terminé. Elle ne devrait pas revenir à elle aussi rapidement. La vision est encore trop abstraite. Aphrodite, retournes-y. Vois ce que tu es destinée à voir et à empêcher.

« Ha ! Je t'ai bien eue ! » Je me félicitai intérieurement : après tout, pas plus tard que la veille elle avait essayé de m'arracher les yeux !

— Des morts..., reprit-elle, d'une voix de moins en moins intelligible. Des tunnels... Ils tuent... Il y a quelqu'un... Je ne... je ne peux pas...

Elle était dans un tel état qu'elle me fit presque pitié. De toute évidence, la scène à laquelle elle assistait l'épouvantait. Soudain, ses yeux se posèrent sur Neferet, et elle sembla la reconnaître. Je me détendis un peu, pensant qu'elle revenait à elle et qu'elle pourrait enfin nous dire ce qu'elle avait vu. Mais ses pupilles, toujours rivées sur celles de Neferet, s'élargirent de façon surnaturelle. La terreur se peignit sur son visage, et elle hurla.

Neferet posa les mains sur ses épaules tremblantes.

— Réveille-toi ! Va-t'en, Zoey, m'ordonna-t-elle d'un ton brutal. Sa vision est embrouillée, la mort d'Elliott l'a bouleversée. Je dois m'assurer qu'elle retrouve ses esprits.

Je n'avais pas besoin qu'on me le dise deux fois. Je déguerpis et filai en cours d'espagnol.

Je n'arrivais pas à me concentrer. Je ne cessais de revoir la scène angoissante qui s'était déroulée entre Aphrodite et Neferet. Elle avait clairement vu des gens mourir, mais, à en juger par la réaction de Neferet, ce n'était pas une révélation ordinaire (en supposant qu'une telle chose existe). D'après Lucie, Aphrodite était d'habitude d'une précision ahurissante. Cette fois, elle en avait été loin. Elle avait dit des trucs bizarres en m'apercevant et elle avait hurlé à la vue de Neferet. C'était tout. Ça n'avait aucun sens. J'étais presque impatiente que le petit matin arrive pour pouvoir observer son comportement. Presque.

À la fin du cours d'équitation, je rangeai les étrilles de Perséphone, attrapai Nala, qui avait passé l'heure perchée sur le râtelier à me fixer en miaulant, et je repartis lentement en direction du dortoir. Cette fois, Aphrodite ne vint pas m'ennuyer. Mais lorsque j'arrivai à l'allée menant au grand chêne, je surpris Lucie, Damien et les Jumelles qui discutaient avec animation. Ils se turent en me voyant, l'air coupable. Je n'eus aucun mal à deviner qui avait été au cœur de leur conversation.

— Quoi ? lâchai-je.

— On t'attendait, c'est tout, répondit Lucie, sans sa gaieté habituelle.

— Qu'est-ce qui ne va pas ? voulus-je savoir.

— Elle s'inquiète pour toi, m'apprit Shaunee.

— On s'inquiète pour toi, rectifia Erin.

— Qu'arrive-t-il avec ton ex ? me demanda Damien.

— Il me casse les pieds. D'ailleurs, s'il ne passait pas

son temps à me casser les pieds, on serait toujours ensemble.

Je m'efforçais de m'exprimer avec nonchalance, sans les regarder trop longtemps dans les yeux, n'ayant jamais été très douée pour mentir.

— On pense que je devrais t'accompagner au rituel, déclara Lucie.

— En fait, on pense qu'on devrait tous t'accompagner, précisa Damien.

Je fronçai les sourcils : pas question qu'ils me voient boire le sang du premier loser que les sorcières auraient déniché !

— Non.

— Zoey, ç'a vraiment été une mauvaise nuit. Tout le monde est stressé, et, par-dessus le marché, Aphrodite veut ta peau. C'est le moment ou jamais pour rester groupés, insista Damien avec une logique imparable.

Oui, mais ils ne connaissaient pas toute l'histoire. Et je ne voulais pas qu'ils la connaissent ; pas encore. Ils comptaient trop pour moi. Avec eux, j'avais l'impression d'être à ma place, en sécurité, acceptée. Je ne pouvais pas me permettre de perdre ça. Je recourus alors au stratagème que j'avais perfectionné chez moi, les fois où, bouleversée, je n'avais pas d'autre échappatoire : je durcis le ton et attaquai.

— Vous pensez que mes pouvoirs feront de moi un jour une grande prêtresse ?

Ils hochèrent tous vigoureusement la tête avec un sourire qui me fendit le cœur. Je serrai les dents et pris ma voix la plus froide :

— Dans ce cas, vous devez m'écouter quand je vous dis non. Je ne veux pas que vous veniez avec moi. Je dois gérer ça toute seule. Et je refuse d'aborder de nouveau la question.

Sur ce, je m'éloignai.

Évidemment, une demi-heure plus tard, je regrettais mon comportement. Je faisais les cent pas sous le grand chêne, devenu mon sanctuaire, ce qui ne manquait pas d'agacer Nala. J'aurais aimé que Lucie me rejoigne pour que je puisse lui demander pardon. Mes amis ignoraient tout de mes motivations, ils voulaient simplement veiller sur moi. Peut-être... peut-être qu'ils comprendraient. Erik avait bien eu l'air de comprendre, lui. D'accord, il était en troisième année, mais quand même. Nous en passerions tous par là. Nous aurions tous un jour soif de sang – ou alors nous mourrions. Reprenant espoir, je caressai la tête de Nala.

— Lorsque l'autre possibilité est la mort, une petite gorgée de sang n'a rien de bien terrible, hein ?

Elle se mit à ronronner, et je pris ça pour un oui. Je regardai l'heure. Zut ! Il fallait que je retourne au dortoir et que je me change pour le rituel. Je me mis en route sans entrain, longeant le mur. L'obscurité ne me dérangeait pas. En fait, je commençais à vraiment aimer la nuit. C'était une bonne chose : elle serait mon élément pendant très longtemps ! Si je vivais... Comme si elle lisait dans mes pensées, Nala poussa un miaulement grincheux.

— Oui, je sais. Je ne devrais pas être aussi négative. Je ferai un effort dès que...

La chatte s'était arrêtée. Que se passait-il ? Elle faisait le gros dos, les poils hérissés. Soudain, elle plissa les yeux et poussa un feulement féroce.

— Nala, qu'est-ce qu'il... ?

Un frisson terrible me remonta le long de la colonne avant même que j'aie vu quoi que ce soit. J'ouvris la bouche pour aspirer de l'air, incapable de proférer un son. J'étais pétrifiée.

À moins de trois mètres de moi, dans l'ombre du mur, se tenait Elliott. Il avait dû marcher dans la même direction que nous et se retourner à moitié en entendant Nala. Lorsqu'elle feula de nouveau, il pivota vers moi avec une rapidité effrayante.

Je ne pouvais plus respirer. C'était forcément un fantôme, et pourtant il avait l'air si réel... S'il n'avait pas rejeté la Transformation sous mes propres yeux, j'aurais pu croire qu'il était seulement d'une blancheur anormale. Mais ses yeux avaient changé : ils luisaient d'un rouge terrifiant, de la couleur rouille du sang séché.

Exactement comme ceux du fantôme d'Elizabeth.

Et ce n'était pas tout. Son corps paraissait étrange, comme s'il avait maigri. Comment était-ce possible ? L'odeur de renfermé que j'avais remarquée avant l'apparition d'Elizabeth parvint alors jusqu'à moi.

Nala feula. Elliott s'accroupit, en position d'attaque, et cracha à son tour, les lèvres retroussées. Quelle horreur ! Il avait des *crocs* ! Lorsqu'il s'avança vers la chatte, j'agis sans réfléchir.

— Laisse-la tranquille ! Dégage !

On aurait dit que je ne faisais que gronder un chien méchant, alors que j'étais terrifiée.

Pour la première fois, il posa les yeux sur moi. « C'est mal ! me cria mon intuition. C'est une abomination ! »

— Toi... Je t'aurai ! fit-il d'une voix rauque, comme si sa gorge était abîmée.

Il commença à s'approcher de moi.

Une peur atroce m'envahit.

Le hurlement sauvage de Nala déchira la nuit lorsqu'elle se jeta sur le fantôme. Je m'attendais à ce qu'elle le traverse comme un nuage, mais elle atterrit sur ses cuisses, toutes griffes dehors, et se déchaîna tel un fauve. Le fantôme rugit, l'attrapa par la peau du cou et la lança en l'air de toutes ses forces. Puis, avec une vitesse et une puissance inouïes, il sauta au sommet du mur et disparut dans la nuit.

Je tremblais de tout mon corps.

— Nala ! sanglotai-je. Où es-tu ?

Le poil hérissé, elle s'approcha de moi en grondant, les yeux rivés sur le mur. Je m'accroupis à côté d'elle et m'assurai qu'elle n'avait rien de cassé. Elle semblait bouleversée comme un être humain. Je la pris dans mes bras et me sauvai au pas de course en répétant :

— Ça va. Tout va bien, ma belle. Il est parti. Tu as été très courageuse !

Perchée sur mon épaule pour pouvoir regarder derrière moi, elle continuait de feuler. Arrivée au premier lampadaire, je l'examinai de plus près. Je crus que j'allais vomir : elle avait du sang sur les pattes ; il dégageait une odeur de vieille cave humide. Ce n'était pas le sien ! Réprimant un haut-le-cœur, je lui essuyai les coussinets dans l'herbe, puis je repartis vers le dortoir en la serrant contre moi. Elle ne cessa pas un seul instant de surveiller nos arrières.

Lucie, les Jumelles et Damien s'étaient évaporés : je ne les trouvai ni devant la télé, ni dans la salle des ordinateurs, ni dans la bibliothèque, ni dans la cuisine. Je gravis rapidement l'escalier, espérant tomber sur Lucie dans notre chambre. Je n'eus pas cette chance.

Je m'assis sur mon lit et caressai Nala, qui était toujours apeurée. Devais-je partir à la recherche de mes amis, ou bien rester ici ? Lucie finirait bien par rentrer. Je regardai sa pendule en forme d'Elvis : je disposais d'environ dix minutes pour me changer et me rendre à la salle d'initiation. Mais comment pourrais-je supporter le rituel après ce qui venait de se passer ?

Que venait-il de se passer, d'ailleurs ?

Un fantôme avait essayé de m'attaquer. Non. C'était impossible. Les fantômes ne saignaient pas. Et si ce n'était pas du sang ? Ça n'en avait pas l'odeur. Je n'y comprenais plus rien.

Je devais aller immédiatement voir Neferet pour tout lui raconter. Je devais me lever, prendre mon chat encore sous le choc, et aller lui parler d'Elizabeth et d'Elliott. Je devais... je devais...

Non. Cette fois, ce n'était pas un cri en moi, mais la force de la certitude. Je ne pouvais me confier à Neferet ; du moins, pas pour le moment.

— Je dois assister au rituel, dis-je à voix haute. Il faut que je sois à ce rituel.

Alors que j'enfilais ma robe noire et que je cherchais mes ballerines dans le placard, un calme étrange m'envahit. Ici, les règles n'étaient pas les mêmes que dans mon ancien monde, dans mon ancienne vie. Il était temps que je l'accepte.

Je possédais une affinité avec les cinq éléments. La déesse m'avait dotée de pouvoirs exceptionnels. Comme l'avait dit Grand-mère, cela entraînait d'importantes responsabilités. Peut-être me laissait-on voir des choses – des fantômes qui n'avaient ni l'allure, ni le comportement, ni l'odeur de fantômes, par exemple – pour une bonne raison, même si j'ignorais laquelle. Je ne savais que deux choses : je ne pouvais pas parler à Neferet, et je ne pouvais pas manquer ce rituel.

Sur le chemin de la salle d'initiation, je tentai de me persuader que la situation n'était pas si dramatique. Aphrodite ne viendrait peut-être pas ce soir, ou alors, elle renoncerait à me harceler.

Évidemment, je me trompais.

CHAPITRE VINGT-SEPT

— Jolie robe, Zoey. On dirait la mienne. Oh, mais attends, *c'est* la mienne !

Aphrodite me regarda avec pitié et éclata d'un rire méprisant. Je serrai les poings : je détestais cette façon de me traiter comme une gamine attardée.

Cependant je lui fis mon sourire le plus candide et me lançai dans un énorme bobard dont, finalement, je me tirai correctement, vu que je mentais très mal, que je venais de me faire attaquer par un fantôme et que tout le monde était pendu à nos lèvres.

— Salut, Aphrodite ! Figure-toi que je viens juste de terminer le chapitre du livre de sociologie avancée que m'a donné Neferet, dans lequel on explique l'importance de l'accueil réservé à chaque nouvel arrivant par la dirigeante des Filles de la Nuit. Apparemment, il est crucial qu'elle fasse en sorte qu'il se sente le bienvenu. Tu dois être fière d'accomplir cette tâche avec autant de brio !

Je m'avançai vers elle et baissai la voix pour qu'elle seule puisse m'entendre.

— Je dois dire que tu as bien meilleure mine que la dernière fois que je t'ai vue...

Elle pâlit, et je lus de la peur dans ses yeux. Bizarrement, cela ne m'inspira aucun sentiment de victoire.

Au contraire, je me sentis méchante, superficielle et fatiguée.

— Désolée, ajoutai-je en soupirant. Je n'aurais pas dû te sortir ça.

Son visage se durcit.

— Va te faire foutre, monstre de foire, siffla-t-elle.

Puis elle rit encore, comme si elle venait de raconter une blague hilarante, pivota sur ses talons et, en secouant sa crinière d'un air mauvais, se dirigea vers le centre de la salle.

Au moins, elle m'avait déculpabilisée, cette vache haineuse ! Elle leva le bras, et tous ceux qui me dévisageaient, bouche bée, se tournèrent vers elle. Elle portait une robe de soie rouge, d'apparence très ancienne, qui semblait avoir été peinte à même son corps. J'aurais bien aimé savoir où elle dénichait ses fringues. Dans une boutique pour allumeuses gothiques sans doute...

— Une novice est morte hier, et un autre novice est mort aujourd'hui, commença-t-elle d'une voix claire et puissante.

Elle paraissait presque éprouver de la compassion, ce qui me surprit. Pendant un court instant, elle me rappela même Neferet, et je me demandai si elle allait se lancer dans un discours fédérateur.

— Tout le monde les connaissait. Elizabeth était une gentille fille. Elliott a été notre frigo lors des derniers rituels.

Elle eut soudain un sourire cruel, et toute ressemblance avec Neferet disparut.

— Mais ils étaient faibles, et les vampires n'ont pas besoin de boulets. Si nous étions humains, nous évoquerions la survie du plus fort. Mais il n'en est rien, la déesse en soit louée ! Alors, contentons-nous d'évoquer le destin et de nous réjouir qu'il ne s'en soit pris à aucun d'entre nous.

Choquée, j'entendis des murmures d'approbation. Je n'avais pas vraiment connu Elizabeth, mais elle avait été sympa avec moi. J'admettais qu'Elliott m'avait agacée – comme tout le monde – avec son caractère désagréable (que perpétuait d'ailleurs son fantôme), mais sa mort m'avait quand même attristée.

« Si je prends un jour la tête des Filles de la Nuit, je jure de ne jamais tourner en dérision la mort d'un novice, quel qu'il soit. » Je me fis cette promesse et l'adressai en même temps à Nyx. J'espérais qu'elle m'entendrait, et qu'elle m'approuverait.

— Arrêtons de nous morfondre ! s'exclama Aphrodite. C'est le Samain ! La nuit où nous célébrons la fin des récoltes et, plus important encore, où nous nous rappelons nos ancêtres – tous les grands vampires qui ont vécu avant nous. La nuit pendant laquelle le voile entre la vie et la mort est le plus ténu, et où les esprits sont le plus à même de revenir sur terre.

Elle s'exprimait d'une voix sinistre, exaspérante. Elle fit une pause pour regarder chaque membre de l'assemblée. J'en profitai pour réfléchir à ce qu'elle venait de dire. Ce qui s'était passé avec Elliott pouvait-il avoir un rapport avec le Samain ?

— Alors, qu'allons-nous faire ? cria soudain Aphrodite, interrompant mes pensées.

— Sortir ! répondirent en chœur les Filles et les Fils de la Nuit.

Aphrodite laissa échapper un rire aux résonances éminemment sexuelles. Puis elle se trémoussa d'une manière ambiguë. Cette fille était vraiment cinglée !

— Exactement. J'ai choisi un endroit incroyable ! Les filles nous y attendent avec un nouveau petit frigo.

Brrr. Par « les filles », entendait-elle Belliqueuse, Terrible et Acerbe ? Je balayai la pièce du regard. En effet, elles n'étaient pas là. Génial. Je préférai ne pas imaginer le genre d'endroit que ces trois-là et Aphrodite qualifiaient d'« incroyable ». Sans parler du pauvre élève qu'elles avaient désigné comme frigo…

Je me promis d'ignorer la soif de sang qu'elle avait éveillée en moi.

— Alors, sortons d'ici ! Et rappelez-vous : soyez silencieux. Concentrez-vous pour devenir invisibles, de sorte que nous passions inaperçus aux yeux des humains encore éveillés. Et que Nyx ait pitié de quiconque nous trahirait, ajouta-t-elle en me regardant droit dans les yeux, car il ne pourra pas compter sur la nôtre. Suivez-moi, Fils et Filles de la Nuit !

Par petits groupes, tout le monde quitta la salle, suivant Aphrodite. Naturellement, on m'ignora. Je faillis bifurquer vers le dortoir. J'avais eu ma dose d'émotions. « Je ferais mieux de rentrer et de présenter mes excuses à Lucie », pensai-je. Ensuite, nous irions chercher les Jumelles et Damien, et je leur parlerais d'Elliott. (J'attendis un instant pour voir si mon instinct me contredisait, mais il resta silencieux.) Parfait. Cela me semblait une bien meilleure idée que de traîner avec cette horrible Aphrodite et ses acolytes qui me détestaient. Mais mon intuition, restée muette jusque-là, finit par se manifester. Je n'avais pas le choix : je devais y aller. Je poussai un soupir.

— Allez, Zoey ! Tu ne voudrais pas rater le spectacle ?

Erik m'attendait près de la porte de derrière. Avec ses yeux bleus souriants, il était vraiment craquant.

— Tu plaisantes ? Des filles haineuses et complètement folles, l'occasion d'être humiliée publiquement et d'assister à une saignée : je ne manquerais ça pour rien au monde ! dis-je en le rejoignant.

Tout le monde se dirigeait calmement vers le mur d'enceinte. La proximité de l'endroit où j'avais vu Elizabeth et Elliott me mit mal à l'aise.

Soudain, comme par magie, les autres semblèrent disparaître.

— Qu'est-ce que... ?
— Ce n'est qu'une illusion. Tu vas voir.

En fait, il y avait une petite porte dissimulée dans le mur épais, comme celles qu'on voyait dans les vieux films d'horreur, cachées dans la bibliothèque ou dans la cheminée, ou dans *Indiana Jones* (une référence pour la ringarde que j'étais). Elle pivotait et laissait juste assez d'espace pour qu'un novice, un vampire ou même un ou deux fantômes costauds) puissent s'y faufiler. Erik et moi passâmes les derniers. J'entendis un grincement et je me retournai : c'était la porte qui se remettait doucement en place.

— Il y a un système automatique, chuchota Erik.
— Oh ! Qui est au courant ?
— Tous ceux qui font ou ont fait partie des Filles de la Nuit.
— Je vois.

Cela incluait sans doute la plupart des vampires adultes de l'école. Je vérifiai si personne ne nous observait. Erik surprit mon regard.

— Ils s'en moquent. C'est une tradition de l'école, de faire le mur à l'occasion de certains rituels. Tant qu'on reste réglo, les profs font semblant de ne rien savoir, dit-il en haussant les épaules. Comme ça, tout le monde est content.

— Tant qu'on reste réglo, répétai-je.

— Chut ! siffla quelqu'un devant nous.

Je me tus et me concentrai sur le trajet.

Il était environ quatre heures et demie du matin. Tous les habitants de la ville dormaient... Ça me faisait un drôle d'effet de marcher ainsi dans ce quartier élégant de Tulsa, totalement désert. Nous traversions les jardins magnifiquement aménagés d'anciennes demeures aristocratiques sans que le moindre chien aboie. J'avais l'impression d'être une ombre... ou un fantôme. Cette pensée me donna la chair de poule. Le ciel s'était dégagé, et la lune projetait une lumière blanc argenté étonnamment claire. Il faisait froid, mais mon corps y était moins sensible qu'avant. Sans doute un autre signe de la Transformation...

Alors que nous nous glissions sans bruit entre deux jardins, j'entendis de l'eau avant même de la voir. Un ruisseau, enjambé par une passerelle, scintillait au clair de lune. Captivée par la beauté des lieux, je ralentis le pas, me rappelant que la nuit était désormais ma journée. J'espérais ne jamais me lasser de sa sombre majesté.

— Viens, Zoey, me souffla Erik, de l'autre côté de la passerelle.

Je relevai les yeux. Sa silhouette se découpait sur une splendide demeure perchée sur une colline, entourée d'une immense pelouse en terrasses. J'aperçus un étang, un belvédère, des fontaines et des cascades (de toute évidence, les propriétaires avaient de l'argent à ne plus savoir qu'en faire). Dans ce contexte, Erik me fit penser à un héros romantique du passé, comme... comme...

Bon, les deux seuls héros qui me venaient à l'esprit étaient Superman et Zorro, et ni l'un ni l'autre n'étaient vraiment des figures historiques... Il n'en avait pas moins l'air d'un chevalier au cœur vaillant. Tout à coup, je réalisai où nous nous trouvions, et je me hâtai de le rejoindre.

— Erik ! murmurai-je, affolée. C'est le Philbrook Museum ! On va avoir de sacrés ennuis si quelqu'un nous surprend ici !

— Personne ne va nous surprendre.

Je dus accélérer le pas pour rester à sa hauteur. Il marchait vite, plus pressé que moi de rattraper le reste du groupe silencieux et fantomatique.

— Écoute, il ne s'agit pas de la propriété d'un millionnaire quelconque, insistai-je. C'est un musée, surveillé jour et nuit par des agents de sécurité.

— Aphrodite les aura drogués.

— Quoi ?

— Chut ! Ça ne va pas leur faire de mal. Ils se sentiront sonnés pendant un moment, mais en rentrant chez eux ils ne se souviendront de rien. Pas de quoi en faire un drame.

Je ne répondis pas, mais sa nonchalance me déplut. Évidemment, je comprenais l'utilité de la chose : nous étions entrés par effraction, nous ne pouvions pas risquer d'être pris sur le fait. Mais droguer des agents de sécurité était à mes yeux un délit grave. Encore une habitude qu'il me faudrait changer chez les Filles de la Nuit ! Avec leur attitude suffisante, elles me faisaient de plus en plus penser au Peuple de la Foi, et ce n'était pas une comparaison flatteuse...

Erik et moi rejoignîmes enfin le groupe, qui avait formé un cercle irrégulier autour du belvédère à dôme, non loin du bassin, au pied des terrasses remontant vers le musée. L'endroit était magnifique. J'y étais venue deux ou trois fois en visite scolaire : un jour, en cours d'arts plastiques, la beauté des jardins m'avait tant inspirée que j'avais tenté de les esquisser, malgré ma nullité légendaire en dessin. La nuit avait transformé ces pelouses impeccables, parsemées de fontaines en marbre, en un royaume magique, que la lune colorait de tons de gris, d'argent et de bleu sombre.

Le belvédère, auquel on accédait par un immense escalier, était somptueux. Des colonnes blanches sculptées soutenaient son dôme, illuminé par en dessous. On aurait dit un bâtiment de la Grèce antique, qu'on aurait restauré pour lui rendre sa beauté originelle, éclairé pour le seul plaisir de la nuit.

Aphrodite gravit les marches et prit place au centre, ce qui enleva aussitôt au belvédère une grande part de sa splendeur. Belliqueuse, Terrible et Acerbe étaient déjà là, accompagnées d'une fille que je ne reconnus pas, même si j'avais déjà dû la croiser. (Une énième poupée blonde dont le nom signifiait sans doute Vicieuse ou Odieuse.) Elles avaient installé une petite table recouverte d'un tissu noir, sur laquelle elles avaient posé plusieurs bougies, un verre à pied et un couteau. Je vis quelqu'un, recouvert d'un grand manteau, affalé sur une chaise, l'air inconscient, la tête sur la table. On aurait vraiment dit Elliott, le jour où il avait servi de frigo.

Donner son sang dans ces conditions devait être horrible. Cela avait-il précipité sa mort ? Je tentai de refouler la soif que provoquait en moi la pensée du sang de cet adolescent mélangé au vin. Étrange comme cette pratique pouvait à la fois me dégoûter et éveiller en moi le désir.

— Maintenant, dit Aphrodite, je vais demander aux esprits de nos ancêtres de venir danser avec nous.

Sa voix se propageait comme un brouillard empoisonné. J'étais effrayée à l'idée que des fantômes allaient rejoindre le cercle, surtout après mes expériences récentes, et pourtant je ne pouvais m'empêcher d'être curieuse. J'en apprendrais peut-être davantage sur Elizabeth et Elliott. Et puis, si ce rituel remontait effectivement à des années, il ne pouvait pas être bien dangereux. Aphrodite avait beau prendre un air supérieur, je sentais qu'au fond elle était comme tous les tyrans, peu sûre d'elle et immature. Ces gens-là ne se confrontaient pas à plus durs qu'eux. En toute logique, les esprits qu'elle appellerait seraient inoffensifs, voire gentils. Je la voyais mal affronter un gros monstre sanguinaire.

Ni un être aussi détestable que ce qu'était devenu Elliott.

Je me détendis un peu lorsque les quatre Filles de la Nuit prirent les bougies correspondant à l'élément qu'elles représentaient, et ressentis la puissante vibration, désormais familière. Aphrodite appela le vent, et la brise, que j'étais apparemment la seule à sentir, souleva légèrement mes cheveux. Je fermai les yeux, savourant l'électricité qui me picotait la peau. Malgré la présence de ces bêcheuses, j'appréciais vraiment ce début de rituel. Et, avec Erik à mon côté, je me fichais que personne ne m'adresse la parole.

Brusquement, j'eus la certitude que l'avenir ne serait pas aussi sinistre que je me l'étais imaginé. Je me réconcilierais avec mes amis, nous découvririons ensemble l'explication de ces étranges apparitions, et j'aurais peut-être même un petit copain carrément canon. Tout irait bien. J'ouvris les yeux et je vis Aphrodite se déplacer dans le cercle. Chaque élément prenait vie dans mon corps et mon esprit. Comment Erik, qui se tenait si près de moi, pouvait-il ne pas le voir ? Je lui jetai un coup d'œil, m'attendant à le surprendre en train de me dévisager : non, il regardait Aphrodite, comme tout le monde, ce qui m'agaça un peu. Mais, quand elle appela les esprits ancestraux, je fus moi aussi incapable de la quitter des yeux. Elle embrasa une longue tresse d'herbes séchées au-dessus de la bougie de l'esprit, puis la laissa se consumer un instant avant de l'éteindre. Elle l'agita doucement autour d'elle, remplissant le cercle de volutes de fumée. Je reconnus l'odeur de l'herbe de bison, dont Grand-mère se servait souvent lors de ses prières, une plante sacrée réputée pour attirer les énergies spirituelles. Je fronçai les sourcils, inquiète : cette herbe ne devait être utilisée qu'une fois l'atmosphère purifiée par la fumée de la sauge ! Sans ça, elle risquait d'attirer toutes sortes d'énergies – et pas forcément positives. Mais il était trop tard pour intervenir. Entourée par l'épaisse fumée, Aphrodite avait déjà commencé son incantation d'une voix hypnotique.

— En cette nuit de Samain, entendez mon appel, vous, esprits de nos ancêtres. En cette nuit de Samain, permettez à ma voix et à cette fumée de parvenir jusqu'à l'Autre monde, où de vifs esprits jouent dans les brumes de la mémoire. En cette nuit de Samain, je n'appelle pas les esprits de nos ancêtres humains. Non, je les laisse dormir ; je n'ai nul besoin d'eux, ni dans la vie ni dans la mort. En cette nuit de Samain, j'appelle les ancêtres magiques, les ancêtres mystiques, ceux qui furent autrefois plus qu'humains et qui, dans la mort, le demeurent.

En transe, je regardai la fumée tourbillonner et se transformer. Je clignai des yeux, croyant être victime d'une hallucination. Mais je compris qu'il n'en était rien : des personnes prenaient réellement forme dans la fumée. D'abord indistinctes, davantage silhouettes que véritables corps, elles devinrent plus nettes, et soudain le cercle fut rempli de spectres aux yeux sombres et caverneux, à la bouche grande ouverte.

Ils n'étaient pas du tout comme Elizabeth ou Elliott. Ils correspondaient exactement à l'image que je me faisais des véritables fantômes : transparents, brumeux, glaçants. Je humai l'air : non, aucune odeur immonde de vieux sous-sol, cette fois.

Aphrodite reposa les herbes encore fumantes et prit le verre. Elle me sembla d'une pâleur inhabituelle, comme si certaines caractéristiques physiques des fantômes avaient déteint sur elle. Sa robe rouge était d'un éclat presque violent dans le cercle de fumée grise.

— Je vous souhaite la bienvenue, esprits ancestraux, et vous demande d'accepter cette offrande de vin et de sang. Qu'elle vous permette de vous remémorer le goût de la vie.

Elle leva le verre, et les silhouettes s'agitèrent, excitées.

— Je vous souhaite la bienvenue, esprits ancestraux, et, au sein de la protection de mon cercle, je...

— Zo ! Je savais que je finirais par te trouver !

La voix de Heath fendit la nuit, coupant net le discours d'Aphrodite.

CHAPITRE VINGT-HUIT

— Heath ! Qu'est-ce que tu fais là ?

Sans se soucier de ceux qui nous entouraient, il me serra dans ses bras. Je n'avais pas besoin du clair de lune pour voir que ses yeux étaient injectés de sang.

— Tu ne m'as pas rappelé ! s'exclama-t-il en me soufflant dans le nez son haleine qui empestait la bière. Tu m'as tellement manqué, Zo !

— Heath. Tu dois partir...

— Non. Qu'il reste, m'interrompit Aphrodite.

Heath leva les yeux vers elle, et je n'eus pas de mal à imaginer l'impression qu'elle lui fit. Au milieu du nuage de fumée, on aurait dit qu'elle était immergée dans l'eau. Sa robe de soie rouge la moulait, ses longs cheveux blonds tombaient en cascade dans son dos. Ses lèvres esquissaient un sourire mauvais, que Heath, j'en étais certaine, interpréterait comme une marque de gentillesse. Il ne remarquait sûrement pas le ton étrange de sa voix, ni ses yeux immobiles et vitreux, ni même les fantômes qui, ayant cessé de tourner autour du verre, le fixaient maintenant de leurs yeux vides. Le connaissant, il ne voyait que la taille de ses seins.

— Cool, une nana vampire !

J'avais raison.

— Fais-le partir, dit Erik, l'air tendu.

Heath le foudroya du regard, ayant réussi à grand-peine à se détourner de la poitrine d'Aphrodite.

— T'es qui, toi ?

Oh, mince ! Je reconnaissais ce ton : c'était celui qu'il prenait lorsqu'il s'apprêtait à piquer une crise de jalousie.

— Heath, tu dois t'en aller, dis-je.

— Non, répondit-il en passant un bras possessif autour de mes épaules, sans quitter Erik des yeux. Je suis venu voir ma petite amie, et je compte bien voir ma petite amie.

Je réussis à ignorer son pouls qui battait contre mon épaule et à ne pas lui mordre le poignet. Puis je me dégageai et le forçai à me regarder dans les yeux.

— Je ne suis pas ta petite amie.

— Ah, Zo... Tu dis ça comme ça...

Je serrai les dents. Ce qu'il était bête !

— Tu es complètement stupide, ou quoi ? lança Erik.

— Écoute-moi bien, sale suceur de sang..., commença Heath.

Mais la voix étrangement retentissante d'Aphrodite l'interrompit :

— Viens par là, humain.

Comme si nos yeux étaient des aimants soumis à son attraction, Heath, Erik et moi, ainsi que tous les Fils et Filles de la Nuit, la regardâmes. Elle ne se mouvait pas normalement. On aurait dit que son corps palpitait. Comment était-ce possible ? Elle rejeta ses cheveux en arrière et passa lentement la main sur son corps, comme une strip-teaseuse de bas étage, la posant d'abord sur un sein avant de la faire glisser entre ses cuisses. De l'autre main, elle fit signe à Heath de la rejoindre.

— Viens à moi, humain. Laisse-moi te goûter.

Je sursautai : une catastrophe allait se produire s'il pénétrait dans le cercle.

Complètement hypnotisé, Heath s'avança sans aucune hésitation. Je le retins par un bras, et, à mon grand soulagement, Erik fit de même.

— Stop, Heath ! Stop ! Je veux que tu partes. Tout de suite ! Tu n'as rien à faire ici.

Avec un effort surhumain, il quitta Aphrodite des yeux. Il repoussa le bras d'Erik, le regarda d'un air mauvais, puis se tourna vers moi.

— Tu me trompes !

— Est-ce que tu vas m'écouter ? Je ne peux pas te tromper, nous ne sommes pas ensemble ! Maintenant, va-t'en !

— S'il résiste à nos appels, nous devrons aller à lui, lâcha Aphrodite.

Elle se mit à trembler, et des volutes grises sortirent de son corps. Elle émit un bruit entre le cri et le sanglot. Les esprits, dont ceux qui l'avaient de toute évidence possédée, se précipitèrent vers la frontière du cercle.

— Arrête-les, Aphrodite ! Ils vont le tuer ! hurla Damien en jaillissant d'un buisson au bord du bassin.

— Damien, qu'est-ce que… ?

Il m'interrompit d'un geste impatient.

— Pas le temps de t'expliquer !

Il s'adressa à Aphrodite :

— Tu sais ce qu'ils sont. Tu dois les contenir dans le cercle, ou il mourra.

Aphrodite était tellement pâle qu'on aurait dit un fantôme. Elle s'éloigna des silhouettes grises qui essayaient toujours de passer la frontière invisible et s'appuya contre la table.

— Je ne les arrêterai pas. S'ils le veulent, ils peuvent l'avoir. Mieux vaut lui que moi – ou que n'importe lequel d'entre nous.

— Hé, nous, on ne veut pas être mêlés à ça ! s'écria Terrible.

Elle lâcha sa bougie, qui crachota et s'éteignit, puis dévala l'escalier du belvédère. Les trois autres filles censées personnifier les éléments la suivirent et disparurent dans la nuit, abandonnant là leurs bougies éteintes.

Au même instant, l'une des silhouettes grises traversa le cercle. Son corps spectral glissa sur les marches tel un serpent. Horrifiée, je m'aperçus que tous les Fils et les Filles de la Nuit reculaient, les traits tordus par la peur.

— À toi de jouer, Zoey !

— Lucie !

Tremblant de tout son corps, elle se tenait au beau milieu du cercle ! Elle avait ôté la cape qui la recouvrait, et je vis des bandages blancs autour de ses poignets.

— Je t'avais prévenue qu'il fallait rester groupés, déclara-t-elle en me souriant faiblement.

— On a intérêt à se dépêcher, intervint Shaunee, apparaissant à son tour.

— Ces fantômes fichent une trouille bleue à ton ex, commenta Erin, qui la talonnait.

Sur ce, les Jumelles se placèrent de chaque côté de Heath, qui s'était figé, livide. Je ressentis une joie immense. Ils ne m'avaient pas abandonnée ! Je n'étais pas seule !

— Allons-y ! Retiens-le, lançai-je à Erik, qui me regardait, stupéfait.

Sans prendre la peine de m'assurer que mes amis me

suivaient, je gravis quatre à quatre les marches du belvédère envahi de fantômes. En atteignant la limite du cercle, que les esprits, obsédés par Heath, franchissaient lentement, j'hésitai un instant. Puis j'inspirai à fond et me lançai. Un frisson glacé me parcourut lorsque les spectres effleurèrent ma peau.

— Tu n'as rien à faire ici ! hurla Aphrodite, furieuse. C'est *mon* cercle !

Elle me bloqua le passage afin que je ne puisse pas atteindre la table où se trouvait la bougie de l'esprit, la seule encore allumée.

— *C'était* ton cercle, répondis-je. Maintenant, tu vas la fermer et dégager.

Elle plissa les yeux, se préparant à riposter. Oh non, je n'avais vraiment pas de temps à perdre.

— Hé, la bimbo ! l'interpella Shaunee en se postant à ma gauche. Tu obéis à Zoey, ou je vais me fâcher tout rouge ! Ça fait deux ans que ça me démange de te botter les fesses !

— Moi aussi, j'en crève d'envie, dit Erin en se plaçant à ma droite.

Au moment où les Jumelles allaient se jeter sur elle, Heath poussa un cri aigu. Je fis volte-face. La brume remontait le long de son jean qu'elle déchirait par endroits ; le sang se mit à couler. Heath donnait des coups de pied dans le vide en hurlant, complètement paniqué. Erik essayait de l'aider même s'il se faisait lui aussi attaquer par les fantômes.

— Vite ! Prenez place dans le cercle ! criai-je, ne voulant pas me laisser déconcentrer par l'odeur alléchante de leur sang.

Mes amis coururent ramasser les bougies abandonnées.

Je contournai Aphrodite, qui fixait Heath et Erik, les mains pressées contre sa bouche comme pour contenir des hurlements. J'attrapai la bougie violette et m'élançai vers Damien.

— Air, je t'appelle en ce cercle ! criai-je en allumant la bougie jaune.

Je faillis verser des larmes de soulagement en sentant le tourbillon familier s'élever, s'enrouler autour de mon corps et me décoiffer.

J'abritai la bougie violette avec mes mains et courus jusqu'à Shaunee.

— Feu, je t'appelle en ce cercle !

La chaleur se mêla à l'air tourbillonnant. Je repartis immédiatement.

— Eau, je t'appelle en ce cercle !

L'océan se manifesta, à la fois doux et salé.

— Terre, je t'appelle en ce cercle !

Je tressaillis en voyant les bandages de Lucie. Malgré sa pâleur extrême, elle sourit lorsque l'odeur du foin fraîchement coupé emplit l'atmosphère.

Heath hurla de nouveau. Je me précipitai au centre du belvédère et levai ma bougie :

— Esprit, je t'appelle en ce cercle !

L'énergie se mit à grésiller en moi. Je regardai mon cercle et vis le ruban de pouvoir qui en marquait la circonférence. Je fermai les yeux un instant : « Oh ! Merci, Nyx ! »

Puis je reposai la bougie sur la table et attrapai le verre de vin mélangé au sang. Je me tournai vers Heath, Erik et la horde de fantômes.

— Voici votre sacrifice ! criai-je en répandant le liquide autour de moi. Vous n'êtes pas ici pour tuer !

Nous vous avons appelés, car en cette nuit de Samain nous voulons vous honorer.

Je versai encore un peu de vin, formant un cercle ensanglanté sur le sol du belvédère.

Les fantômes cessèrent leur assaut. Je me concentrai sur eux, refusant de me laisser distraire par la terreur dans les yeux de Heath ou la douleur dans ceux d'Erik.

— *Nous préférons ce jeune sang chaud, prêtresse*, répondit une voix sinistre, qui me glaça.

Je sentis une haleine fétide de chair avariée. J'avalai ma salive.

— Je le comprends, mais ces vies ne vous appartiennent pas. Cette nuit est un moment de célébration, pas de mort.

— *Et pourtant nous choisissons la mort ; elle nous est plus chère.*

Le rire des fantômes s'éleva dans la nuit. Ils encerclèrent de nouveau Heath et Erik. Je jetai le verre par terre et levai les mains en l'air.

— Dans ce cas, je ne vais plus vous le demander ! Air, feu, eau, terre, esprit ! Au nom de Nyx, je vous ordonne de refermer ce cercle et d'y ramener les morts qui s'en sont échappés. Maintenant !

Je sentis une chaleur incroyable envahir mon corps et jaillir de mes mains tendues. Poussé par un vent salé et brûlant, un brouillard vert vif s'y joignit ; il alla envelopper Heath et Erik, dont les vêtements et les cheveux se mirent à battre furieusement. Le vent magique balaya les spectres, les éloignant de leurs victimes, puis, avec un rugissement assourdissant, il les ramena à l'intérieur de mon cercle. Soudain, je fus entourée de fantômes, dont je sentais palpiter la faim et la colère aussi distinctement que j'avais perçu le pouls de Heath. Aphrodite, recroquevillée sur la chaise, tremblait de tout son corps. Quand l'un des spectres l'effleura, elle poussa un cri aigu qui parut les exciter plus encore. Ils se pressèrent autour de moi.

— Zoey ! s'écria Lucie d'une voix effrayée.

Elle fit un pas hésitant dans ma direction.

— Non ! hurla Damien. Ne romps pas le cercle ! Ils ne peuvent pas blesser Zoey, ni aucun d'entre nous. Le cercle est trop puissant, mais il ne faut surtout pas le briser.

— Entendu, je ne bouge pas, dit Shaunee.

— Moi aussi, je reste là, déclara Erin d'une voix à peine tremblante.

Leur loyauté et leur totale confiance en moi me firent l'effet d'un sixième élément, qui m'emplit de force. Je me redressai et défiai les fantômes du regard.

— Nous n'avons pas l'intention de céder. C'est donc vous qui devez partir.

Je pointai du doigt le vin et le sang répandus par terre.

— Prenez votre sacrifice, et allez-vous-en. C'est le seul sang que vous aurez, ce soir.

La horde des fantômes cessa un instant de s'agiter. Je savais que je les tenais. J'inspirai à pleins poumons.

— Par le pouvoir des éléments, je vous l'ordonne : partez !

Alors, comme si un géant invisible les avait écrasés, ils s'évanouirent dans le sol imbibé de vin, absorbant le liquide, qui disparut avec eux.

Je poussai un long soupir de soulagement et me tournai spontanément vers Damien.

— Merci, air. Tu peux partir.

Damien n'eut même pas besoin de souffler sa bougie :

un petit coup de vent le fit à sa place. Il me sourit, puis écarquilla les yeux, stupéfait.

— Zoey ! Ta Marque !

— Quoi ?

Je portai la main à mon front. Il me picotait, comme mes épaules et mon cou, mais cela n'avait rien d'étonnant : mes muscles se nouaient toujours quand j'étais stressée. Mon corps entier vibrait, le pouvoir des éléments ne s'étant pas encore totalement dissipé.

Le visage de Damien s'éclaira.

— Finis de défaire le cercle, dit-il. Ensuite, tu pourras te contempler dans l'un des nombreux miroirs d'Erin.

Je me tournai vers Shaunee pour dire au revoir au feu.

— Waouh... Incroyable ! fit-elle en me dévisageant.

Puis je pivotai vers Erin, qui s'adressait à Damien.

— Hé, comment tu sais que j'ai plusieurs miroirs dans mon sac ? Bordel ! s'exclama-t-elle en me voyant.

— Erin ! On ne jure pas dans un cercle sacré ! la réprimanda Lucie. Vous savez tous que... Oh, mon Dieu !

Je soupirai. « Quoi, encore ? » Je retournai à la table et soufflai la bougie de l'esprit.

— Merci, esprit. Tu peux partir.

Aphrodite se leva si brusquement qu'elle renversa la chaise. Elle aussi me regardait d'un air hébété.

— Pourquoi ? s'écria-t-elle. Pourquoi toi ? Pourquoi pas moi ?

— Aphrodite, de quoi tu parles ?

— De ça, intervint Erin.

Elle me tendit un miroir de poche. Je l'ouvris et fixai

sans comprendre le reflet qu'il me renvoyait. C'était trop étrange, trop surprenant.

— C'est magnifique…, murmura Lucie.

Et elle avait raison. Ma Marque s'était étendue. Des tatouages saphir en forme de tourbillons, aussi délicats que de la dentelle, encadraient mes yeux. Ils n'étaient ni aussi grands ni aussi élaborés que ceux des vampires, mais ils n'en étaient pas moins inouïs pour une novice. Je passai les doigts sur le dessin sinueux qui, pensai-je, n'aurait pas détonné sur le visage d'une princesse exotique. Ou, peut-être, sur celui d'une grande prêtresse… J'admirai sans un mot ce moi qui n'était pas moi, cette inconnue de plus en plus familière.

— Et ce n'est pas tout, Zoey, dit doucement Damien. Regarde tes épaules.

Je baissai les yeux sur mes épaules dégagées, et un frisson me parcourut. Des tatouages en spirale descendaient depuis mon cou jusqu'à mes épaules et mon dos. Pareils à ceux de mon visage, mais ornés de symboles mystérieux, ils semblaient d'un style plus ancien.

J'ouvris la bouche, mais aucun son ne s'en échappa.

— Zoey, il a besoin d'aide ! s'écria Erik.

Je sortis de ma torpeur et regardai derrière moi : Erik gravissait difficilement les marches du belvédère en soutenant Heath, à moitié inconscient.

— Peu importe ! dit Aphrodite. Laisse-le là. Quelqu'un le trouvera bien demain matin. On doit filer avant que les gardes se réveillent.

Je me retournai brusquement vers elle.

— Et tu te demandes pourquoi moi et pas toi ? Peut-être parce que Nyx ne te supporte plus, espèce d'égoïste pourrie, gâtée, haineuse et…

Je me tus, furieuse, à court d'adjectifs.

— Vicieuse ! s'écrièrent en chœur Erin et Shaunee.

— Oui, sale sorcière tyrannique ! La Transformation est déjà assez difficile comme ça : ce n'est vraiment pas la peine que quelqu'un comme toi vienne en rajouter ! Tu traites tous ceux qui refusent de devenir tes... tes sycophantes, dis-je en souriant à Damien, comme des nuls, des moins que rien. C'est fini, Aphrodite ! Ce que tu as fait cette nuit est grave, très grave. Heath a failli mourir à cause de toi, Erik aussi, et je ne sais qui encore.

— Ce n'est pas ma faute si ton petit copain t'a suivie jusqu'ici ! hurla-t-elle.

— Non, et c'est bien la seule chose dont tu ne sois pas responsable. C'est ta faute si tes prétendues amies ne t'ont pas soutenue et ont rompu le cercle. Et c'est ta faute aussi si les esprits se sont déchaînés, sale sorcière ! Tu aurais dû brûler de la sauge pour chasser les énergies négatives, avant de brûler l'herbe de bison. Pas étonnant que tu aies attiré des fantômes aussi immondes !

— Ouais, parce que tu es immonde, dit Lucie.

— Toi, la ferme, sale frigo ! siffla Aphrodite.

— Non ! criai-je en pointant le doigt sur elle. Ces histoires de frigo se terminent ce soir.

— Oh, parce que tu vas peut-être prétendre que tu ne meurs pas d'envie de boire du sang, plus encore que nous tous ?

Je regardai mes camarades. Damien me fit un sourire pour m'encourager ; Lucie hocha la tête ; les Jumelles me firent un clin d'œil. Je compris à cet instant que j'avais été stupide. Ils n'allaient pas me rejeter. C'étaient mes amis. J'aurais dû leur faire confiance, même si je n'avais pas encore appris à me fier à moi-même.

— Un jour ou l'autre, nous aurons tous soif de sang, dis-je simplement. Ou nous mourrons. Mais cela ne fait pas de nous des monstres, et il est temps que les Filles de la Nuit cessent de se comporter comme tels. C'est fini, Aphrodite. Tu ne diriges plus les Filles de la Nuit.

— Et évidemment, tu comptes prendre ma place ?

— Oui. Je n'ai pas demandé ces pouvoirs en arrivant à la Maison de la Nuit. Tout ce que je voulais, c'était trouver ma place. Je suppose que c'est la façon de Nyx d'exaucer ma prière, dis-je en souriant à mes amis. De toute évidence, la déesse a le sens de l'humour.

— Sale petite idiote ! Tu ne peux pas prendre la tête des Filles de la Nuit comme ça. Seule une grande prêtresse peut le décider.

— Ça tombe bien que je sois là, alors, non ? lança quelqu'un caché dans l'obscurité.

CHAPITRE VINGT-NEUF

Neferet ! Elle sortit de l'ombre, gravit les marches du belvédère et s'approcha de Heath et d'Erik. Elle toucha le visage d'Erik puis regarda les coupures sanglantes sur ses bras, laissées par les fantômes alors qu'il tentait de défendre Heath. Elle passa les mains au-dessus de ses blessures, et le sang sécha aussitôt. Il poussa un soupir de soulagement, comme si sa douleur avait disparu en même temps.

— Tes plaies vont guérir. Nous irons à l'infirmerie en rentrant à l'école, et je te donnerai un baume pour apaiser les picotements, dit-elle en lui caressant la joue, ce qui le fit rougir. Tu as fait preuve d'un courage digne d'un vrai guerrier vampire. Je suis fière de toi, Erik Night. La déesse est fière de toi.

Ces paroles m'emplirent de joie. J'étais fière de lui, moi aussi. Puis j'entendis des murmures approbateurs tout autour de moi, et je me rendis compte que les Filles et les Fils de la Nuit étaient revenus et s'étaient attroupés sur les marches. Depuis combien de temps nous observaient-ils ?

Neferet s'agenouilla à côté de Heath, et j'oubliai tout le monde. Elle souleva les lambeaux de son jean et examina les marques ensanglantées sur ses jambes. Puis elle prit son visage pâle entre ses mains et ferma les yeux. Le corps de Heath se raidit. Enfin, il poussa un soupir et, comme Erik, se détendit. Quelques secondes plus tard, il semblait dormir paisiblement.

— Il va guérir, dit Neferet, toujours à genoux, et il ne se rappellera rien, à part qu'il était soûl et qu'il s'est perdu en essayant de trouver son ex-petite amie.

Elle leva vers moi ses yeux bienveillants et compréhensifs.

— Merci, murmurai-je.

Elle hocha légèrement la tête, puis se leva et se dirigea droit sur Aphrodite.

— Je suis aussi responsable que toi de ce qui s'est produit cette nuit, déclara-t-elle. Depuis longtemps, j'ai conscience de ton égoïsme, mais j'avais choisi de l'ignorer, espérant que l'âge et l'influence de la déesse te feraient mûrir. J'avais tort. Aphrodite, je te démets officiellement de ta fonction de dirigeante des Fils et des Filles de la Nuit. Tu es exclue de la formation de grande prêtresse. À partir d'aujourd'hui, tu seras une simple novice.

D'un geste rapide, elle attrapa le collier d'argent et de grenat qui pendait entre les seins d'Aphrodite et l'arracha.

Celle-ci ne dit pas un mot. Le teint blême, elle fixa Neferet d'un regard vide. Lui tournant le dos, la grande prêtresse s'approcha de moi.

— Zoey Redbird, j'ai su que tu étais unique le jour même où Nyx m'a appris que tu serais marquée.

Elle me sourit et releva délicatement mon menton pour observer les nouveaux tatouages sur mon visage. Puis elle repoussa mes cheveux sur le côté afin de dégager ceux qui étaient apparus sur mon cou, mes épaules et mon dos. Les Fils et les Filles de la Nuit poussèrent des exclamations étouffées en apercevant ces marques étonnantes.

— Extraordinaire, vraiment extraordinaire..., souffla Neferet. Aujourd'hui, tu nous as prouvé que la déesse a fait preuve d'une grande sagesse en t'accordant des pouvoirs hors du commun. Grâce à tes dons, à ta compassion et à ton discernement, tu as mérité la place de dirigeante des Fils et des Filles de la Nuit et de grande prêtresse en formation.

Elle me tendit le lourd collier.

— Fais-en meilleur usage que celle qui t'a précédée.

Elle fit alors un geste incroyable : Neferet, grande prêtresse de Nyx, me salua, le poing sur le cœur, la tête penchée en signe de respect. Tout le monde l'imita, sauf Aphrodite. Des larmes brouillèrent ma vue lorsque mes quatre amis me sourirent et s'inclinèrent à leur tour.

Pourtant, une ombre s'insinua dans ce bonheur immense : comment avais-je pu ainsi douter de Neferet ?

— Retourne à l'école. Je vais m'occuper de tout, me dit-elle avant de me serrer dans ses bras et de me chuchoter à l'oreille : Je suis très fière de toi, Zoey Redbird.

Puis elle me poussa doucement vers mes amis.

— Accueillez comme il se doit la nouvelle dirigeante des Fils et des Filles de la Nuit !

Damien, Lucie, Shaunee et Erin m'acclamèrent, imités bientôt par tous les autres membres du groupe, qui vinrent m'entourer. J'eus l'impression d'être emportée par une vague de rires et de félicitations. J'avais beau me réjouir et sourire à mes nouveaux « amis », je n'étais pas dupe : quelques instants plus tôt, ils avaient approuvé avec le même enthousiasme tout ce que disait Aphrodite...

Il faudrait du temps pour changer les choses.

Lorsque nous arrivâmes à la passerelle, je leur demandai d'être discrets sur le chemin du retour et leur fis signe de me devancer. Lorsque vint le tour de Lucie, de Damien et des Jumelles, je leur murmurai :

— Non, marchez avec moi.

Ils m'entourèrent, l'air heureux. Je croisai alors le regard brillant de Lucie.

— Tu n'aurais pas dû te porter volontaire pour servir de frigo, fis-je. Je sais combien ça t'a coûté !

Elle s'assombrit lorsqu'elle entendit la note de réprobation dans ma voix.

— Mais, sans ça, nous n'aurions pas su où allait se dérouler le rituel, Zoey ! Je l'ai fait pour pouvoir envoyer un texto à Damien, qui devait nous rejoindre avec les Jumelles. On savait que tu aurais besoin de nous.

Je l'interrompis d'un geste, et elle se tut, au bord des larmes. Je lui souris affectueusement.

— Tu ne m'as pas laissée finir. Tu n'aurais pas dû, mais tu ne peux pas savoir à quel point je te suis reconnaissante de l'avoir fait quand même !

Je la serrai dans mes bras et, à travers mes larmes, je regardai les trois autres.

— Merci à tous d'avoir été là.

— C'est à ça que servent les amis, me fit remarquer Damien.

— Exact, confirma Shaunee.

— Et comment ! appuya Erin.

S'ensuivit une étreinte chaleureuse à quatre qui me fit un bien fou.

— Hé, est-ce que je peux me joindre à vous ?

Je levai les yeux et vis Erik.

— Oui, avec plaisir ! s'écria Damien.

Lucie pouffa ; Shaunee soupira :

— Laisse tomber, Damien. Vous ne jouez pas dans la même équipe, tu te souviens ?

Erin me poussa vers Erik.

— Va lui faire un baiser. Il a quand même essayé de sauver ton petit copain !

— Mon ex-petit copain, précisai-je en me glissant dans les bras d'Erik.

Il m'embrassa alors avec une telle fougue que la tête m'en tourna.

— S'il vous plaît, un peu de tenue ! plaisanta Shaunee.

— Attendez qu'on soit partis ! s'exclama Erin.

Damien gloussa lorsque je me dégageai, gênée.

— Je meurs de faim, déclara Lucie. Servir de frigo m'a affamée.

— Allons trouver quelque chose à manger, dis-je.

— Ça te dérange, si on fait le chemin ensemble ? me proposa Erik.

— Non, je commence à m'y faire...

Il rit, et nous nous mîmes en route. Derrière moi, dans l'obscurité, j'entendis alors un miaulement agacé.

— Oh... vas-y, je te rejoins dans une minute, dis-je à Erik avant de me diriger vers les buissons. Nala ? Nala...

Une petite boule de fourrure orange se rua dans mes jambes. Je la pris dans mes bras, et elle se mit immédiatement à ronronner.

— Et alors, petite coquine, pourquoi tu es venue jusque-là si tu n'aimes pas gambader ? Comme si tu n'en avais pas assez vu, cette nuit !

Je m'apprêtais à repartir lorsque Aphrodite surgit de l'obscurité, me bloquant le passage.

— Tu as peut-être gagné aujourd'hui, mais la partie n'est pas terminée, siffla-t-elle.

Je me sentis soudain très lasse.

— Je ne voulais pas « gagner » quoi que ce soit. Je voulais juste bien faire.

Aphrodite ne pouvait s'empêcher de jeter des coups d'œil vers le belvédère, comme si elle craignait d'avoir été suivie.

— Et tu penses avoir réussi ? Tu n'as aucune idée de ce qui s'est vraiment passé cette nuit. On s'est juste servi de toi – on s'est servi de nous tous. Nous ne sommes que des marionnettes.

Elle s'essuya rageusement le visage, et je me rendis compte qu'elle pleurait.

— Aphrodite, dis-je avec douceur, les choses n'ont pas à être comme ça entre nous.

— Bien sûr que si ! s'écria-t-elle. C'est le rôle que nous devons jouer. Tu verras... tu verras...

Et elle s'éloigna.

Une image me traversa alors l'esprit. Je la revis, au moment où elle avait eu sa vision. J'entendis de nouveau ses mots : « Ils sont morts ! Non. Non. C'est impossible ! C'est mal. Non. Ce n'est pas naturel ! Je ne comprends pas... Je ne... Toi... tu sais. » J'entendis son cri de terreur. Je pensai à Elizabeth... à Elliott... au fait qu'ils m'étaient apparus, à moi. Ça ne pouvait pas être une simple coïncidence.

— Aphrodite, attends ! Dans ta vision, tout à l'heure, de quoi était-il vraiment question ?

Elle s'arrêta et secoua lentement la tête.

— Ce n'est qu'un début. Ça ne va faire qu'empirer.

Elle voulut repartir, mais mes amis lui bloquèrent la route.

— C'est bon, laissez-la passer.

Ils s'écartèrent. Aphrodite releva la tête, rejeta ses cheveux en arrière et les dépassa comme une reine. Je la regardai traverser le petit pont, et ma gorge se noua. Elle savait quelque chose sur Elizabeth et sur Elliott, et je devrais découvrir ce que c'était.

— Hé, fit Lucie.

Je regardai ma camarade de chambre et nouvelle meilleure amie.

— Quoi qu'il arrive, on l'affrontera ensemble.

Je sentis le nœud dans ma gorge se défaire.

— Allons-y, dis-je. On rentre à la maison.

Remerciements

J'aimerais remercier mon irremplaçable étudiant, John Maslin, pour ses recherches, pour ses relectures et pour les nombreux conseils qu'il nous a prodigués sur les premières versions de ce livre. Il nous a été d'une aide inestimable.

Un immense merci à mes classes de création littéraire de l'année scolaire 2005-2006. Vos idées, très amusantes, nous ont été particulièrement utiles.

J'aimerais également remercier Kristin, ma fille géniale, qui s'est assurée que nous nous exprimions comme des adolescents. Kristin, je ne m'en serais jamais sortie sans toi. (Elle m'a forcée à écrire ça.)

PC

J'aimerais remercier ma chère maman, plus connue sous le nom de PC, pour son immense talent et le plaisir que j'ai eu à travailler avec elle. (Évidemment, elle m'a forcée à écrire ça.)

Kristin

PC et Kristin tiennent à remercier leur père/grand-père, Dick Cast, pour l'hypothèse biologique qu'il les a aidées à créer et qui est la base de l'existence des vampires de la Maison de la Nuit. On t'aime, papa/papi !

Découvrez la suite
des aventures de
Zoey dans

LA MAISON DE LA NUIT
LIVRE 2

Trahie

CHAPITRE UN

— Regardez, une nouvelle ! souffla Shaunee en s'installant à la table que nous nous étions appropriée dans le réfectoire (c'est-à-dire la cafèt' de luxe de l'école).

— Tragique, Jumelle, tragique, commenta Erin sur le même ton.

Shaunee et elle possédaient un lien psychique étonnant qui les rendait étrangement similaires, d'où leur surnom de « Jumelles ». Pourtant, Shaunee, qui venait du Connecticut, devait sa peau café au lait à son origine jamaïcaine, alors qu'Erin était une blonde aux yeux bleus, pur produit de l'Oklahoma.

— C'est la camarade de chambre de Sarah Freebird, dit Damien en désignant la fille aux cheveux très noirs qui faisait visiter la pièce à la nouvelle.

Il évalua en un seul coup d'œil la tenue vestimentaire des deux filles, des chaussures aux boucles d'oreilles.

— Elle a plus de style que Sarah, alors qu'elle vient seulement d'être marquée et qu'elle a changé d'école. Peut-être qu'elle pourra suppléer à sa déplorable absence de goût en matière de chaussures.

— Damien, commença Shaunee, tu recommences à me taper sur...

— ... les nerfs avec ton vocabulaire de snob, termina Erin.

— Si vous n'étiez pas d'une ignorance crasse, vous n'auriez pas à vous promener avec un dictionnaire sous le bras pour me comprendre, répliqua Damien, l'air condescendant.

Les Jumelles plissèrent les yeux et se préparèrent à riposter. Heureusement, Lucie, ma camarade de chambre, intervint à ce moment-là. Avec son accent campagnard à couper au coupeau, elle récita les définitions de ces deux termes comme si elle participait à un concours de vocabulaire.

— Suppléer à : corriger un défaut. Ignorance crasse : ignorance prenant des proportions terribles. Voilà. Maintenant, soyez gentils et arrêtez de vous chamailler. La visite des parents va commencer. Ce serait mieux qu'on ne passe pas pour des attardés devant eux.

— Ah, zut ! m'exclamai-je. J'avais complètement oublié.

— Moi aussi, grogna Damien en se cognant la tête contre la table.

Nous lui lançâmes un regard compatissant. Ses parents se fichaient qu'il ait été marqué, qu'il se soit installé à la Maison de la Nuit et qu'il ait entamé la Transformation qui ferait de lui un vampire ou qui – si son corps ne la supportait pas – le tuerait. Mais pas qu'il soit gay.

Au moins, ils ne rejetaient pas tout en bloc. Ma mère et son mari – mon beauf-père, John Genniss – détestaient tout chez moi.

— Mes vieux ne se pointent pas ce mois-ci, annonça Shaunee. Ils sont déjà venus le mois dernier. Là, ils sont trop occupés.

— Tiens, voilà une autre preuve de notre gémellité, fit Erin. Les miens m'ont envoyé un mail pour me prévenir qu'ils feraient l'impasse. Ils sont partis en croisière en Alaska pour Thanksgiving avec ma tante Alane et mon oncle Lloyd, enfin tu vois le genre.

Ni l'une ni l'autre ne semblait très affectée par cette défection parentale.

— Hé, Damien, peut-être que tes parents vont se désister eux aussi, lança Lucie.

— Oh non, ils seront là ! soupira-t-il. C'est le mois de mon anniversaire. Ils vont apporter des cadeaux.

— Ça ne m'a pas l'air si terrible que ça, fis-je. Tu disais justement qu'il te fallait un nouveau bloc à dessin.

— Ils ne vont pas me l'offrir. L'année dernière, j'avais demandé un chevalet. Ils m'ont donné du matériel de camping et un abonnement à un magazine sportif.

— Berk ! s'exclamèrent Shaunee et Erin tandis que Lucie et moi faisions la grimace.

Damien se tourna vers moi. Il voulait visiblement changer de sujet.

— Et toi ? À quoi tu t'attends de la part des tiens ?

— À un cauchemar, soupirai-je. Un cauchemar complet, total et absolu.

— Zoey, je voulais te présenter ma nouvelle camarade de chambre, Diana. Diana, voici Zoey Redbird – la dirigeante des Filles de la Nuit.

Entendant la voix timide de Sarah, je levai les yeux, ravie de cette diversion.

— Waouh ! Alors, c'est vrai ! s'exclama la nouvelle, les yeux braqués sur mon front, sans me laisser le temps de lui dire bonjour. Enfin, euh... désolée. Je ne voulais pas paraître impolie ni...

Elle rougit violemment et se tut, mal à l'aise.

— Ce n'est rien. Oui, c'est vrai. Ma Marque est colorée et étendue.

Je me forçai à sourire pour ne pas la mettre encore plus mal à l'aise, même si j'avais horreur de passer pour la principale attraction de la foire aux monstres.

— Eh oui ! intervint Lucie avant que le silence ne devienne trop gênant. Zoey a eu ce tatouage super cool sur le visage et sur les épaules quand elle a sauvé son ex-petit copain qui était attaqué par une armée de fantômes vampires !

— C'est ce que Sarah m'a dit, lâcha Diana. Mais ça semblait tellement incroyable que, eh bien, euh...

— Tu ne l'as pas crue ? lui souffla Damien.

— Oui. Désolée, répéta-t-elle en se tripotant nerveusement les ongles.

— Ne t'en fais pas pour ça, dis-je en lui adressant un sourire sincère. Même moi, j'ai encore du mal à y croire, et pourtant j'y étais !

— Et tu as assuré grave ! renchérit Lucie.

Je lui lançai un regard pour lui signifier qu'elle ne m'était pas d'une grande aide ; elle l'ignora royalement. Oui, je deviendrais peut-être un jour leur grande prêtresse, mais mes amis étaient loin de me considérer comme leur chef.

— Bref, poursuivis-je, même si cet endroit peut sembler un peu étrange au début, tu verras, on s'y habitue.

— Merci, répondit Diana avec chaleur.

— Bon, on va y aller, annonça Sarah. Je dois lui montrer la salle de son prochain cours.

Sur ce, elle prit une expression sérieuse et me salua à la manière traditionnelle des vampires, le poing sur le cœur, la tête inclinée en signe de respect. Je n'aurais pas pu être plus embarrassée.

— Je déteste quand ils font ça, marmonnai-je dès qu'elles furent parties.

— Moi, je trouve ça bien, déclara Lucie.

— Tu mérites qu'on te montre du respect, enchaîna Damien d'un ton professoral. Tu es la seule première année de l'histoire à avoir été nommée dirigeante des Filles de la Nuit, et la seule, novices et vampires confondus, à posséder une affinité avec les cinq éléments.

— Accepte-le, Zoey..., commença Shaunee en pointant sa fourchette sur moi.

— ... tu es spéciale, termina Erin.

C'était vrai. Jamais une élève de première année n'avait dirigé les Filles de la Nuit. J'étais une veinarde, quoi...

— En parlant de ça, reprit Shaunee, tu as déjà défini les nouveaux critères d'admission ?

« Je n'arrive pas à croire que j'aie à me charger de ça ! » songeai-je. Je réprimai une envie de hurler et me contentai de secouer la tête. Sur un coup de génie – du moins, je l'espérais – je décidai de leur mettre un peu la pression.

— Non, pas encore. En fait, je comptais sur vous. Des idées ?

Comme je m'y attendais, personne ne répondit. J'allais les remercier de leur aide précieuse lorsque la voix autoritaire de notre grande prêtresse s'échappa des haut-parleurs. Je me réjouis de cette interruption ; cependant, mon ventre se noua quand je l'entendis annoncer :

— Tous les élèves et professeurs sont priés de se rendre dans la salle de réception pour la visite mensuelle des parents.

Et zut.

— Lucie ! Ma petite Lucie ! Comme tu m'as manqué !

— Maman !

Mon amie se jeta dans les bras d'une femme dont elle était le portrait craché, malgré ses vingt ans et vingt kilos de moins.

Damien et moi nous tenions, tout empruntés, à l'entrée de la pièce qui commençait à se remplir de parents, visiblement mal à l'aise, de quelques frères et sœurs ainsi que d'élèves et de professeurs vampires.

— Ah, voilà mes parents ! soupira Damien. Autant se débarrasser de ça tout de suite. À plus.

— À plus, marmonnai-je.

Pâle, l'air tendu, il s'approcha de deux personnes d'allure tout à fait ordinaire qui avaient les bras chargés de cadeaux. Sa mère l'étreignit rapidement ; son père lui serra la main avec une virilité exacerbée.

Je me dirigeai vers la table couverte d'une nappe, qui courait sur toute la longueur du mur. Elle débordait de fromages coûteux, de plats de viande, de desserts, de café, de thé – et de vin. Cela faisait un mois que je vivais à la Maison de la Nuit, et j'étais toujours choquée par la désinvolture avec laquelle on y servait de l'alcool. Il y avait pourtant une explication simple à cela. En effet, l'école fonctionnait sur le modèle des Maisons de la Nuit européennes. Là-bas, à ce que j'avais compris, boire du vin à table était aussi anodin que de boire du thé ou du Coca. Mais il y avait une autre raison, d'ordre génétique celle-ci : les vampires adultes ne pouvaient pas s'enivrer ; quant aux novices, ils étaient à peine éméchés quand ils buvaient de l'alcool. (Avec le sang, c'était malheureusement une tout autre histoire.) J'étais en train de me dire qu'il serait intéressant de voir la réaction des parents quand j'entendis Lucie s'écrier :

— Maman ! Il faut que tu fasses la connaissance de ma camarade de chambre. Je t'ai parlé d'elle, tu te rappelles ? Je te présente Zoey Redbird. Zoey, voici ma maman.

— Bonjour, madame Johnson, fis-je, ravie de vous rencontrer.

— Oh, Zoey ! Je suis tellement contente de faire ta connaissance ! déclara-t-elle avec le même accent que sa fille. Oh, Lucie ne m'avait pas menti, ta Marque est magnifique !

Sans crier gare, elle me serra dans ses bras avec une douceur maternelle.

— Je suis heureuse que tu prennes soin de ma petite fille, me souffla-t-elle à l'oreille. Je me fais du souci pour elle, tu sais.

— C'est un plaisir, madame Johnson. Lucie est ma meilleure amie.

J'aurais tellement aimé que ma mère me serre dans ses bras et s'inquiète pour moi, elle aussi ! Mais il ne fallait pas rêver...

— Maman, tu m'as apporté des cookies aux pépites de chocolat ? demanda Lucie.

— Oui, ma puce, mais je viens de me rendre compte que je les ai oubliés dans la voiture. Et si tu venais les chercher avec moi ? J'ai prévu un petit supplément pour tes amis, cette fois-ci. Tu peux nous accompagner si tu veux, Zoey.

— Zoey.

On avait prononcé mon prénom sur un ton glacial qui contrastait violemment avec la gentillesse de Mme Johnson. Je me retournai et, un nœud à l'estomac, je vis ma mère et John qui s'avançaient vers moi. Elle l'avait amené ! Bon sang, elle n'aurait pas pu venir seule, pour une fois, qu'on puisse rester entre nous ? Sauf qu'il ne l'aurait pas permis ; et comme elle ne s'opposait jamais à sa volonté...

Depuis son mariage avec John Genniss, ma mère n'avait plus aucun souci d'argent, elle habitait une maison immense dans une banlieue résidentielle tranquille, elle faisait partie de l'association des parents d'élèves et elle participait activement à la vie de l'Église. Et pourtant, pendant les trois années de ce mariage prétendument parfait, elle avait complètement changé d'attitude à mon égard.

— Désolée, madame Johnson. J'aperçois mes parents. Je dois y aller.

— Oh, chérie, j'adorerais rencontrer ton papa et ta maman.

Et, comme si nous étions à une réunion parents/profs absolument normale, elle se tourna vers eux, tout sourires. Lucie et moi échangeâmes un regard entendu. « Désolée », articulai-je en silence. J'ignorais si les choses allaient mal tourner, mais, à voir mon beauf-père s'approcher de nous tel un général bourré de testostérone à la tête d'un convoi funèbre, il y avait de grandes chances que la réponse soit oui.

Soudain mon cœur fit un bond : la personne que j'aimais le plus au monde surgit de derrière John et me tendit les bras.

— Grand-mère !

Elle m'étreignit avec tendresse et je fus submergée par le doux parfum de lavande qui l'accompagnait toujours, comme si elle portait avec elle, où qu'elle aille, une parcelle de sa merveilleuse plantation.

— Oh, Zoey, Petit Oiseau ! Tu m'as manqué, *U-we-tsi a-ge-hu-tsa.*

Je souris à travers mes larmes en entendant ce mot cherokees familier qui signifiait « fille » et qui m'évoquait la sécurité, l'amour et l'acceptation inconditionnelle. Autant de choses que je n'avais plus trouvées à la maison depuis le remariage de ma mère et que j'allais chercher chez elle, dans sa ferme.

— Toi aussi, tu m'as manqué, Grand-mère. Je suis tellement contente que tu sois là !

— Vous devez être la mamie de Zoey, dit Mme Johnson. Je suis ravie de vous rencontrer. Vous avez là une bien gentille petite !

Grand-mère lui sourit chaleureusement. Elle s'apprêtait à répondre lorsque John l'interrompit de sa voix dégoulinante de condescendance.

— En réalité, il s'agirait plutôt de NOTRE gentille petite.

En bonne épouse soumise, ma mère saisit cette invitation à ouvrir la bouche.

— Oui, nous sommes les parents de Zoey. Je m'appelle Linda Genniss. Voici mon mari, John, et ma mère, Sylvia Red…

Elle s'arrêta au beau milieu de son laïus, le souffle coupé, ayant enfin pris la peine de me regarder.

Je réussis non sans mal à lui sourire : j'avais l'impression que mes lèvres étaient du plâtre resté trop longtemps au soleil, qui risquait de se craqueler à tout moment.

— Salut, maman.

— Au nom du ciel, qu'as-tu fait à cette Marque ?

Elle avait prononcé ce terme comme elle aurait prononcé « cancer » ou « pédophile ».

— Elle a sauvé la vie d'un jeune homme grâce à son affinité avec les cinq éléments, un don de la déesse Nyx, répondit Neferet de sa voix douce et musicale en s'avançant au milieu de notre petit groupe, la main tendue vers mon beauf-père. En récompense, celle-ci lui a octroyé plusieurs Marques, extraordinaires pour une novice.

Comme la plupart des vampires adultes, elle était d'une perfection absolue : grande, de longs cheveux acajou, des yeux en forme d'amande d'une étonnante couleur mousse. Elle se mouvait avec une grâce et une assurance surhumaines. Sa peau était tellement belle qu'on aurait dit qu'une lumière émanait d'elle. Ce jour-là, elle portait un costume de soie bleu roi, impeccablement coupé, et des boucles d'oreilles en argent en forme de spirale, le symbole du chemin de la déesse, ce qu'ignoraient la plupart des parents. La silhouette argentée de la déesse, les mains levées, était brodée sur sa veste, à la hauteur du cœur. Son sourire était éblouissant.

— Monsieur Genniss, je suis Neferet, grande prêtresse de la Maison de la Nuit. Cependant il serait plus simple que vous me considériez comme le proviseur d'un lycée ordinaire. Merci d'être venu à la nuit des parents.

Je vis bien que mon beauf n'acceptait sa poignée de main que par automatisme, et parce qu'elle l'avait eu par surprise. Neferet se tourna vers ma mère.

— Madame Genniss, c'est un plaisir de rencontrer la mère de Zoey. Nous sommes vraiment ravis qu'elle ait rejoint la Maison de la Nuit.

— Oh, euh, merci ! répondit ma mère, visiblement désarmée par la beauté et le charme de Neferet.

Lorsque celle-ci salua ma grand-mère, son sourire s'élargit, montrant plus qu'une simple politesse. Elles se serrèrent la main à la manière traditionnelle des vampires, en s'attrapant l'avant-bras.

— Sylvia Redbird ! C'est toujours une grande joie de vous voir.

— Neferet, mon cœur se réjouit également en votre présence. Je vois que vous avez honoré votre promesse ! Vous avez pris soin de ma petite-fille, et je vous en remercie.

— Cela n'a pas été difficile. Zoey est une élève si talentueuse ! dit-elle en me souriant chaleureusement. Tiens, et voilà Lucie Johnson, la camarade de chambre de Zoey, et sa mère ! J'ai entendu dire que ces deux jeunes filles étaient quasiment inséparables. Même Nala, la chatte de Zoey, se serait prise d'affection pour Lucie !

— Oui, c'est vrai, dit mon amie en riant. Elle s'est installée sur mes genoux hier matin, pendant qu'on regardait la télé. Pourtant, Nala n'aime personne à part Zoey.

— Un chat ? lâcha John. Je ne me souviens pas d'avoir donné ma permission pour que Zoey ait un animal domestique.

Il ne manquait pas de culot ! Personne sauf Grand-mère ne s'était souciée de savoir ce que je devenais pendant un mois entier !

— Vous m'avez mal comprise, monsieur Genniss, dit Neferet avec diplomatie. À la Maison de la Nuit, les chats circulent librement. Ce sont eux qui choisissent leurs maîtres, et pas l'inverse. Zoey n'a donc pas eu besoin de permission.

John fit une grimace méprisante, mais, à mon grand soulagement, tout le monde l'ignora. Bon sang, quel abruti !

— Puis-je vous offrir un rafraîchissement ? demanda Neferet en désignant la table d'un geste gracieux.

— Oh, mince ! s'exclama Mme Johnson. Ça me rappelle mes cookies ! Lucie et moi étions sur le point d'aller les chercher dans la voiture. C'était un plaisir de tous vous rencontrer, vraiment.

Elles me serrèrent tour à tour dans leurs bras, puis m'abandonnèrent à mon sort.

Je me rapprochai de Grand-mère et lui pris la main. Comme ç'aurait été facile si elle était venue seule ! Je jetai un coup d'œil à ma mère. On aurait dit qu'on lui avait peint un froncement de sourcils permanent sur le visage. Elle observait les autres adolescents et ne regardait presque jamais dans ma direction. « Pourquoi tu es venue ? aurais-je voulu lui crier. Pourquoi prétendre que tu te soucies de moi – que je te manque, même – alors que ton comportement indique clairement le contraire ? »

— Un peu de vin, Sylvia ? Monsieur et madame Genniss ? proposa Neferet.

— Avec plaisir, répondit Grand-mère. Du rouge, s'il vous plaît.

John serra les lèvres.

— Non, nous ne buvons pas.

Je fis un effort surhumain pour ne pas lever les yeux au ciel. Depuis quand ne buvaient-ils pas ? J'aurais parié les derniers cinquante dollars de mon compte en banque qu'il y avait un pack de bières dans le frigo familial au moment même où nous parlions. Et ma mère sirotait souvent du vin rouge, comme Grand-mère. Je surpris d'ailleurs son regard envieux lorsque cette dernière en prit une gorgée. Mais, non, ils ne buvaient pas. Du moins, pas en public. Les hypocrites !

— Alors, comme ça, l'extension de la Marque de Zoey est le résultat de ses prouesses ? demanda Grand-mère en me pressant la main. Elle m'a dit qu'on l'avait nommée dirigeante des Filles de la Nuit, mais elle ne m'a pas raconté comment cela s'était passé.

Je me tendis, craignant la scène qui n'allait pas manquer de suivre si ma mère et John découvraient que l'ancienne dirigeante des Filles de la Nuit, Aphrodite, avait formé un cercle la nuit de Halloween (appelée ici Samain, la nuit où le voile entre notre monde et celui des esprits est le plus fin) et invoqué l'esprit de vampires terrifiants dont elle avait perdu le contrôle lorsque mon ex-petit copain humain, Heath, s'était pointé pour me voir. Je redoutais surtout que quelqu'un ne mentionne ce que très peu de personnes savaient : que Heath me cherchait parce que j'avais goûté à son sang, et qu'il faisait désormais une véritable fixation sur moi, ce qui arrivait souvent quand les humains avaient des relations avec les vampires – même novices.

Bref, cette nuit-là, les fantômes avaient littéralement entrepris de dévorer Heath. Ils n'auraient pas dédaigné de nous croquer, nous aussi, le « nous » incluant Erik Night, le jeune vampire sexy en diable avec qui, je pouvais désormais l'annoncer fièrement, je sortais plus ou moins depuis un mois, ce qui faisait de lui mon quasi-petit ami. Il avait donc fallu que je prenne les choses en main. Avec l'aide de Lucie, Damien et les Jumelles, j'avais formé mon propre cercle en exploitant le pouvoir des cinq éléments : le vent, le feu, l'eau, la terre et l'esprit. J'avais réussi à renvoyer les fantômes là d'où ils étaient venus (où précisément, j'aurais eu bien du mal à le dire...). C'était ce qui avait provoqué l'apparition de mes nouveaux tatouages, de délicats tourbillons couleur saphir, fins comme de la dentelle, qui encadraient à présent mon visage, du jamais-vu chez un novice, et couraient également sur mes épaules, entremêlés de symboles runiques – du jamais-vu, cette fois, ni chez un novice, ni chez un vampire adulte.

Quant à Aphrodite, elle avait révélé sa vraie nature de fille odieuse et incapable. Neferet l'avait renvoyée et m'avait nommée à sa place, de telle sorte que je suivais désormais une formation pour devenir une des grandes prêtresses de Nyx, la déesse des vampires qui est la Nuit personnifiée.

Rien de tout ça ne passerait très bien auprès de mes parents ultrareligieux, aux jugements ultracatégoriques.

— Un petit incident s'est produit ici, dit Neferet. Grâce à Zoey, à la rapidité de sa réaction et à son courage, personne n'a été blessé. Elle a utilisé l'affinité extraordinaire qui lui a été donnée et qui lui permet d'extraire l'énergie des cinq éléments. Le tatouage n'est que le signe extérieur de la faveur de la déesse.

Elle avait fourni cette explication avec une fierté évidente. Cela m'emplit de joie.

— Ce que vous dites est un blasphème, déclara John d'une voix tendue, l'air à la fois furieux et condescendant. Vous mettez l'âme immortelle de Zoey en péril.

Neferet posa sur lui ses yeux couleur mousse. Elle ne semblait pas en colère ; en fait, elle semblait plutôt amusée.

— Vous devez être l'un des membres du Conseil du Peuple de la Foi, fit-elle.

Mon beauf-père gonfla sa poitrine de poulet.

— Eh bien, oui, absolument.

— En ce cas, mettons les choses au clair, monsieur Genniss. Il ne me viendrait jamais à l'idée de me présenter chez vous, ou dans votre église, et de critiquer vos croyances, bien que je sois en total désaccord avec elles. Je ne m'attends pas à ce que vous suiviez le même culte que moi. En vérité, il me paraîtrait insensé d'essayer de vous y convertir, malgré mon attachement profond et éternel à ma déesse. Je ne demande qu'une seule chose : que vous me montriez autant de courtoisie que j'en montre à votre égard. Dans ma maison, on respecte ma foi.

Les yeux sournois de John n'étaient plus que deux fentes, et sa mâchoire s'était contractée.

— Vous vivez dans le péché et dans le mal, décréta-t-il d'un ton féroce.

Neferet eut un rire dépourvu d'humour, qui me donna la chair de poule.

— Amusant, dans la bouche d'un homme dont la secte prône que le plaisir est avilissant, qui relègue les femmes au rang de servantes ou de mères pondeuses, et qui cherche à contrôler ses fidèles par le biais de la culpabilité et de la peur. Méfiez-vous de la façon dont vous jugez les autres ; vous gagneriez peut-être à balayer devant votre porte, d'abord.

Le visage écarlate, John prit une inspiration, prêt à délivrer un de ses horribles sermons sur le bien-fondé de ses croyances et la fausseté de toutes les autres. Mais Neferet sut l'en empêcher. Alors qu'elle n'avait pas élevé la voix, elle dégageait à présent toute la puissance d'une grande prêtresse. Même si sa colère n'était pas dirigée contre moi, je frémis.

— Vous avez deux possibilités, monsieur. Vous pouvez rester à la Maison de la Nuit en tant qu'invité – auquel cas vous respecterez nos coutumes et garderez pour vous vos jugements et votre déplaisir – ou partir et ne plus revenir. Jamais. Décidez MAINTENANT.

Il y avait dans ces mots une telle violence contenue que je dus fournir un effort considérable pour ne pas reculer. Ma mère regardait Neferet avec de grands yeux vitreux, le visage pâle comme du lait. Celui de John était à l'opposé : il avait les yeux plissés et les joues d'un rouge particulièrement peu seyant.

— Linda, dit-il, les dents serrées, on s'en va.

Puis il me regarda avec tant de dégoût et de haine que, cette fois, je fis un pas en arrière. Je savais qu'il ne m'aimait pas ; je n'avais encore jamais réalisé à quel point.

— Tu mérites de vivre ici ! cracha-t-il. Ta mère et moi ne reviendrons pas. Dorénavant, tu es toute seule.

Sur ce, il pivota sur ses talons et se dirigea vers la porte. Ma mère hésita et, l'espace d'un instant, je crus qu'elle allait dire quelque chose de gentil : qu'elle était désolée du comportement de son mari, que je lui manquais, qu'il ne fallait pas que je m'inquiète, qu'elle passerait me voir, quoi qu'il en pense.

À la place, elle me lança :

— Zoey, je n'arrive pas à croire que tu te sois fourrée dans une situation pareille !

Elle secoua la tête et, imitant comme toujours son mari, quitta la pièce. Aussitôt, Grand-mère accourut me prendre dans ses bras.

— Oh, ma chérie, je suis navrée ! Je reviendrai, Petit Oiseau, je te le promets. Je suis tellement fière de toi ! dit-elle en souriant à travers ses larmes. Nos ancêtres cherokees le sont aussi, je le sens. Tu as été touchée par la déesse, et tu peux compter sur la loyauté de tes amis et de professeurs d'une grande sagesse, ajouta-t-elle en regardant Neferet. Peut-être même sauras-tu un jour pardonner à ta mère. D'ici là, souviens-toi que tu es la fille de mon cœur, *U-we-tsi a-ge-hu-tsa*. Je dois y aller. J'ai conduit ta petite voiture jusqu'ici pour te la laisser, alors je suis obligée de rentrer avec eux.

Elle me tendit les clés de ma Coccinelle vintage et m'embrassa.

— N'oublie pas que je t'aime, Zoey, Petit Oiseau.

— Je t'aime aussi, Grand-mère.

Je l'embrassai à mon tour et l'étreignis de toutes mes forces, inspirant son parfum. J'aurais voulu l'emprisonner dans mes poumons pour pouvoir le rejeter progressivement tout au long du mois à venir, dans les moments où elle me manquerait trop.

— Au revoir, ma chérie. Appelle-moi dès que tu peux.

En la regardant s'éloigner, je sentis des larmes couler sur mes joues et dans mon cou. Je ne m'étais pas rendu compte que je pleurais. J'avais même oublié la présence de Neferet à mon côté, si bien que je sursautai lorsqu'elle me tendit un mouchoir en papier.

— Je suis désolée, Zoey, dit-elle calmement.

Je me mouchai et m'essuyai le visage avant de la regarder en face.

— Pas moi. Merci de lui avoir tenu tête.

— Je ne voulais pas renvoyer ta mère.

— Vous ne l'avez pas fait. Elle a choisi de le suivre. Comme elle le fait depuis plus de trois ans maintenant, dis-je en réprimant les sanglots qui me brûlaient la gorge. Elle était différente, autrefois. C'est idiot, je sais, et pourtant j'espère toujours qu'elle va redevenir comme avant. Mais ça n'arrivera jamais. On dirait qu'il a tué ma mère et mis quelqu'un d'autre à sa place.

Neferet passa son bras autour de mes épaules.

— J'ai beaucoup aimé ce qu'a dit ta grand-mère. Un jour, tu trouveras peut-être la force de lui pardonner.

— Ce jour n'est pas près d'arriver, dis-je, les yeux rivés sur la porte par laquelle ils avaient disparu tous les trois.

Neferet me serra l'épaule avec compassion. Je la regardai, heureuse qu'elle soit auprès de moi, et – pour la millionième fois depuis que je la connaissais – je regrettai qu'elle ne soit pas ma mère. Je me rappelai alors ce qu'elle m'avait confié un mois plus tôt : sa mère était morte quand elle était petite, et son père avait abusé d'elle, physiquement et mentalement, jusqu'au jour où sa Marque l'avait sauvée.

— Avez-vous pardonné à votre père ? fis-je d'une voix hésitante.

Neferet cligna plusieurs fois des yeux, comme pour sortir d'un rêve qui l'aurait emportée très loin.

— Non. Non, je ne lui ai jamais pardonné. Mais quand je pense à cette période, j'ai l'impression qu'il s'agit de la vie de quelqu'un d'autre. Ce qu'il m'a infligé, il l'a infligé à une fillette humaine, pas à une grande prêtresse vampire. Et aux yeux d'une grande prêtresse vampire il est, comme la plupart des humains, un être insignifiant.

Malgré sa voix forte et assurée, je décelai tout au fond de ses magnifiques yeux verts l'ombre d'un souvenir ancien et douloureux, qui ne risquait pas de disparaître, et je me demandai si elle était vraiment honnête envers elle-même…

Cet ouvrage a été composé par
PCA – 44400 REZÉ

Impression réalisée par **CPI**
en avril 2015
N° d'impression : 3010614

Dépôt légal : avril 2012
Suite du premier tirage : mars 2015

Pocket Jeunesse, une marque d'Univers Poche,
est un éditeur qui s'engage pour
la préservation de son environnement
et qui utilise du papier fabriqué à partir
de bois provenant de forêts gérées
de manière responsable.

12, avenue d'Italie – 75627 PARIS Cedex 13